CONRADO RUBIO *Plaza Bolivar*

Conrado Rubio

Plaza Bolivar

Roman

LANGENMÜLLER

MIX
Papier | Fördert gute Waldnutzung
FSC® C014889

Satz: VerlagsService Dietmar Schmitz GmbH, Heimstetten
Umschlagmotiv: Camille Pissarro, Plaza Mayor
Druck und Binden: Friedrich Pustet GmbH & Co. KG, Regensburg
Printed in Germany
ISBN: 978-3-7844-3643-2

www.langenmueller.de

Für meine Mutter,

von der ich die Liebe zu diesem
wunderbaren Land geerbt habe.

Sie hat die glücklichen Zeiten
Venezuelas erlebt und musste die schlimmen
Zeiten nicht mehr mit ansehen.

Und für meine Töchter und meine Enkel,
denen ich von Herzen wünsche, dass sie
eines Tages, wenn die schlimmen Zeiten
hoffentlich vorbei sind, das Land und
seine Menschen wieder besuchen
können und kennenlernen.

Conrado Rubio

Dank

Meinem Verleger Michael Fleissner
danke ich sehr, dass er sich entschieden hat,
meinen Venezuela-Roman herauszugeben,
der mir sehr wichtig war.

Der Verlagsleiterin Sissi Klauser danke
ich für die immerwährende Unterstützung,
und Daniela Wilhelm Bernstein für die
vorzügliche Betreuung.

Rainer Wieland hat sich wieder als
beratender und korrigierender Lektor sehr
um das Buch verdient macht.

Inhalt

Dramatis Personae

Don Juan Vicente Morales Ramírez
Besitzer der Kaffeeplantage »La Cayena«, einer der größten Haziendas im Táchira, dem Anden-Bundesstaat im Westen Venezuelas

Doña Mariela García de Morales
seine verstorbene Frau, Tochter von **Dr. Pablo García** aus San Cristóbal

Miguelito
sein verstorbener Sohn

Don Alfonso Morales Urdaneta
und
Doña Rosita Ramírez de Morales
seine Eltern

Rodrigo Torres Moreno
Herausgeber und Eigentümer der Tageszeitung *El Diario del Táchira*, Don Juan Vicentes Freund

Amira
seine Frau

José Miguel Medina
Onkel von Don Juan, verheiratet mit **Doña Celestina**, Schwester von Doña Rosita

Carlos Contreras
Neffe von Don Juan, Sohn seines Halbbruders

Maruja
Don Juans treue Köchin

Ramón Mantilla
Mayordomo auf der Hazienda La Cayena und Vertrauter von Don Juan, auf der Hazienda aufgewachsen, und seine Frau **Esperanza,**
seine Eltern **Domingo Mantilla** und seine Frau **Dolores, genannt Chicha**

Ramóns Tante, Tía **Gregoria,**
ältere Schwester von Chicha, bekannt für ihre *brujerías.*

Serafina
Besitzerin des Dorfladens in El Chícaro

Roberto Lopez
junger Fahrer auf der Hazienda La Cayena

Pedro Lozano
Bürgermeister von Rubio

Nelson Gutiérrez
Professor für Wirtschaftswissenschaften an der Universität San Cristóbal, Gouverneur des Staates Táchira von Don Juans Gnaden

Luís Alvarez Moreno
Präsident der Republik

General Juan Vicente Gómez
Venezolanischer Präsident, regierte Venezuela mit eiserner Hand mit Unterbrechungen zwischen 1908 und 1935, Patenonkel von Don Juan Vicente Morales

Marcos Pérez Jiménez
Diktator, regierte Venezuela von 1952 bis 1958

Carlos Andrés Pérez
Präsident Venezuelas von 1974 bis 1979 und von 1989 bis 1993, als er wegen Unterschlagung öffentlicher Gelder seines Amtes enthoben wurde

Prolog

In den Straßen dauerten die Kämpfe bereits seit Tagen an, und es wurde nicht ruhiger. Einige Viertel von San Cristóbal, der einst so schönen und stolzen Hauptstadt des Andenstaates Táchira im Südwesten Venezuelas, waren teilweise unpassierbar. Eine weitere Detonation erschütterte das Gebäude. Ein Stoß von Akten und Papieren rutschte vom Tisch. Rodrigo Torres musste sich bücken, um die Papiere aufzusammeln. Er seufzte und zuckte mit den Schultern, man hatte sich ja schon fast daran gewöhnt.

Den ganzen Vormittag war es schon heftig hergegangen, unten auf der Straße, an ein geregeltes Arbeiten war ohnehin seit der Zuspitzung der Kämpfe nicht mehr zu denken. Rodrigo Torres war wie jeden Tag aus Gewohnheit in sein Büro gekommen, denn zu tun war ja nun nichts mehr, seit die Zeitung aus Mangel an Papier eingestellt werden musste. Aber dieses Mal war er gekommen, um etwas zu suchen.

Die Zeitung war sein Leben gewesen, er hatte sich nie etwas anderes vorstellen können als die Zeitung seines Vaters und Großvaters, die stolze Tageszeitung der Familie, El Diario del Táchira *in San Cristóbal, als Herausgeber und Eigentümer weiterzuführen. Alle noch so unglücklichen und glücklichen Zeiten hatte die Zeitung überlebt. Wie viele Diktatoren waren es in den vergangenen neunzig oder hundert Jahren, sagte Rodrigo Torres zu sich selbst, er führte oft Selbstgespräche, wenn er allein am Schreibtisch saß. Vier oder fünf, bis Pérez Jiménez, der letzte von ihnen, im Jahr 1958 das Land verließ? Das »demokratische« System, das darauf folgte, hat nie wirklich funktioniert. Unser korruptes Zweiparteiensystem hat uns ruiniert! Die eine, das Comité de Organización Política Electoral Independiente (COPEI), christlich-sozial und mitte-rechts, die andere, die Acción Democrática (AD) sozial-demokratisch und mitte-links. Jahrzehntelang haben sie sich alle fünf Jahre abgelöst, denn nach einer Legislaturperiode war die Partei, die gerade an der Regierung war, bereits unwählbar, so viel Mist hatte sie in dieser Zeit angehäuft! Und so kam in schöner Regelmäßigkeit nach fünf Jahren wieder die andere Partei ans Ruder, als hätten sie sich abgesprochen – und jeweils ein neuer Präsident: von Rómulo Betancourt zu Raúl Leoni, von Rafael Caldera zu Carlos Andrés Pérez, dann zu Luís Herrera Campíns und wieder zurück zu Carlos Andrés Pérez, bis dann schließlich der mittlerweile greise Caldera erneut das Amt übernahm. Und jedes Mal wurde dabei das gesamte Personal ausgetauscht, von den Ministerien und Gouverneuren zu den Bürgermeistern und Gemeinderäten bis hinunter zum kleinen Verkehrspolizisten. Und jeder, der mit seiner Partei ins Amt kam, wusste von Anfang an, dass er sich beeilen musste, die Gefälligkeiten, die jetzt in seiner Macht lagen, seiner Familie und seinen Amigos zu gewähren und dabei natürlich sich selbst nicht zu vergessen, weil in fünf Jahren war die Bonanza wieder vorbei! So war es doch seit den sechziger Jahren immer gewesen. Und so ist ein ganzes Land von seinem eigenen System korrumpiert worden.*

Wo waren wir, die Journalisten, die schon vor Jahren längst hätten aufschreien müssen? Versagt haben wir! Wir haben alle gewusst, warum alles so falsch läuft, und keiner hat etwas dagegen getan. Korrupt waren sie alle, unsere Präsidenten und ihre Gefolgsleute, aber es war dem Land wenigstens gut dabei gegangen, wir waren das reichste Land Südamerikas. Haben wir deshalb nichts gesagt? Wir waren alle käuflich …

Und dann kam Hugo Chávez, und anschließend, noch schlimmer, Nicolás Maduro. Und was ist uns jetzt, nach dieser unglaublichen Misswirtschaft und Korruption der beiden, geblieben? Die Menschen hungern, es gibt keine Medikamente, kein Klopapier, nichts, die Läden sind leer, neulich ist ihnen sogar das Tränengas ausgegangen! Die Not im Land ist unaussprechlich. Wir sind zu einer der ärmsten Nationen der Welt geworden.

Das ist nicht mehr mein Venezuela, sagte sich Rodrigo Torres, dieses herrliche Land mit seinen Menschen voller Fröhlichkeit und Leichtigkeit. Die Opposition ist so zerstritten, dass sie keine Rolle mehr spielt, sie könnte Maduro keinen größeren Gefallen tun. Und weil die Opposition keine Rolle mehr spielt, verfällt das Land in Lethargie, obwohl das Parlament aufgelöst wurde und eine Verhaftungswelle der anderen folgt. Am Anfang sind wenigstens noch die Studenten auf die Straße gegangen. Die vom Volk gewählten Abgeordneten der Opposition verschwanden einer nach dem anderen, entweder sind sie vor der drohenden Verhaftung ins Ausland geflohen, oder sie sind tatsächlich verhaftet worden und schmoren ohne Prozess und abgeschnitten von der Außenwelt in den Gefängnissen. Einer nach dem anderen ist verschwunden, und die meisten im Land haben die Hoffnung aufgegeben. Oder sie sind ausgewandert, die meisten Kinder meiner Freunde sind ausgewandert, sie sahen keine Zukunft mehr in diesem verkommenen Land, keine Hoffnung.

Wenn wir das Land nach dem Abgang dieses unsäglichen Regimes wiederaufbauen wollen, wird uns eine ganze Generation fehlen. Wir haben alle versagt. Wie hat es nur so weit kommen können? Das ganze Land verfällt in Chaos, die öffentliche Ordnung ist aufgehoben, und man weiß nicht mehr, von wem man auf der Straße erschossen wird: Sind es die verbrecherischen Chaoten, die sich immer noch als Anhänger von Maduro bezeichnen, oder ist es das Militär, das keine Ahnung hat, gegen wen es eigentlich kämpft? Es macht keinen Unterschied. Tot ist tot. Und wenn die Leute nicht erschossen werden, dann verhungern sie. Mittlerweile sind wir das ärmste Land des Kontinents. Die Mehrheit der Familien des Landes lebt in extremer Armut und hungert. Es wäre der Gipfel des Zynismus, wenn es wirklich so wäre, wie viele Leute mittlerweile sagen, dass Maduro den Hunger der Bevölkerung bewusst ausnutzt, um die Menschen noch abhängiger zu machen. Aber wie sonst kann man erklären, dass es gerade die Ärmsten der Armen sind, die dem Regime hinterherlaufen und Maduro immer wieder wählen? Und das, obwohl wir alle wissen, dass seit den ersten Wahlen, die Chávez abgehalten hat, bis zum heutigen Tag alle Wahlergebnisse gefälscht wurden und sich Maduro nicht schämt, sein ganzes Volk zu betrügen? Maduro klammert sich an die Macht mithilfe des permanenten Ausnahmezustandes.

Ja, ich auch, ich weiß, sagte Rodrigo Torres zu sich selbst. Ich habe auch versagt. Wir alle haben versagt, und die Opposition am allermeisten. Die Wahlen zu boykottieren – wie dumm kann man sein! Maduro sozusagen kampflos das Land zu überlassen! Aber bei der letzten Wahl waren wir vereint, und wir haben die Mehrheit im Parlament gegen Maduro errungen. Und was hat es uns gebracht? Nichts! Er hat einfach ein Gegenparlament eingesetzt. Der Kampf eines Juan Guaidó und anderer Oppositionspolitiker, die den Mut aufbrachten, nicht das Land zu verlassen und versuchten, die immer größere Opposition in eine nationale Liga der Unzufriedenen zu führen, schien wie ein Kampf gegen Windmühlen. Die einzige Chance, die das Land noch hatte, die Diktatur von Maduro und seiner Militärjunta loszuwerden, lag in der Hand der USA. Nur noch ein militärisches Eingreifen des Auslandes hätte helfen können. So schien es wenigstens.

Rodrigo konnte nur noch verständnislos den Kopf schütteln. Aber ich habe mein Leben hinter mir, sagte er sich, mit meinen fast achtzig Jahren. Wenn ich gehe, kräht kein Hahn nach mir.

Rodrigo setzte sich in seinen alten Schreibtischstuhl, auf dem schon sein Vater gesessen hatte, ein altes knarzendes hölzernes Modell, wie es in den zwanziger Jahren des letzten Jahrhunderts in Mode war. Etwas unbequem. Der Vater hatte gesagt, ein Schreibtischstuhl soll unbequem sein, dann hält er dich wach, in einem bequemen Stuhl schläfst du ein. Rodrigo hatte dennoch, und das war eine der wenigen Handlungen gewesen, mit der er sich dem allmächtigen Vater gegenüber posthum als ungehorsam erwiesen hatte, ein Kissen aufgelegt. Nach so vielen Jahren war das Kissen durchgesessen, so dass es keinen Unterschied mehr machte, ob man auf einem Kissen saß oder auf dem blanken Holz. Die Knochen taten ihm heute wieder weh. Er lehnte sich zurück, seine Beine unter dem Schreibtisch ausgestreckt, und verschränkte die Arme hinter dem Kopf.

Eine Stunde zuvor war er in seinem Büro angekommen. Er hatte sein Haus oben in den Hügeln über San Cristóbal in seinem alten Toyota verlassen, hatte sich einen Weg gebahnt auf Nebenstraßen, die teilweise verbarrikadiert waren, und er war um einen Berg brennender Autoreifen herumgefahren, um festzustellen, dass sein gewohnter Schleichweg nicht mehr passierbar war. Zwei ausgebrannte Autos versperrten den Weg. Er musste auf der schmalen Gasse wenden, die eine Einbahnstraße war, und in verkehrter Richtung zurückfahren, aber darum kümmerte sich jetzt ohnehin niemand mehr. Er musste ein paarmal vor- und zurücksetzen, bis er wenden konnte, und jedes Mal, bei jedem nutzlosen Manöver, fürchtete er, das Benzin könnte ihm wieder ausgehen. Es war gar nicht daran zu denken, noch Benzin aufzutreiben. Dann fuhr er wieder zurück auf die große Avenida, die ins Zentrum hinunterführte. Rodrigo überlegte, wie er jetzt fahren sollte. Die Avenida hinunter, um dann in die Transversal einzubiegen, das hatte wahrscheinlich keinen Sinn. Er fuhr wieder ein Stück zurück, fuhr wieder an der Straße, die zu seinem Haus führte, vorbei und noch höher hinauf in die Hügel. Früher hatte hier oben, in den colinas, *die bessere Gesellschaft der Stadt gewohnt, hier war auch das ehemals beste Hotel der Stadt, das Hotel Tamá, das noch unter Pérez Jiménez in den fünfziger Jahren gebaut worden war. Als er am Hotel vorbeifuhr, sah er, wie verwahrlost die Auffahrt aussah. Die schönen Blumenbeete, vertrocknet. Das Pförtnerhäuschen, zerschossen. Hier hatten sich offenbar irgendwelche Kämpfer von irgendeiner Seite verschanzt. Er sah auch die Blutspritzer an der Wand des Wärterhäuschens. Die Sache war offenbar nicht gut ausgegangen. Und das Hotel war geschlossen.*

Alle großen Feste hatte man früher hier in der feineren Gesellschaft der Stadt gefeiert, wenn die Räumlichkeiten im Club Táchira nicht ausreichten. Der große Saal des Hotels war sogar größer als die Kirche, hatte der Hoteldirektor immer ganz stolz gesagt. Im Club Táchira war es zwar feiner, aber der eignete sich nur für kleinere Gesellschaften. Die Familie Torres hatte die jährlichen Empfänge anlässlich des Jahrestags der Unabhängigkeitserklärung früher immer im großen Saal abgehalten, es gab üppige Buffets, und man tanzte zu herrlicher Salsa, gespielt von einer Band, und die Zeitung erschien in Sonderausgaben und berichtete vom Empfang im Hotel Tamá.

Es gab auch immer Ansprachen. Gefeiert wurde jedes Jahr am 5. Juli, dem Tag der Unabhängigkeitserklärung des Jahres 1811. Es dauerte zwar danach noch viele Jahre bis zur wirklichen Unabhängigkeit, und es floss noch viel Blut in mehreren Schlachten und Scharmützeln unter wechselnden königlich-spanischen Befehlshabern, bis sich schließlich im Juni 1821 die Spanier in der glorreichen Schlacht von Carabobo dem charismatischen General und späteren ersten Präsidenten Venezuelas Simón Bolívar endgültig ergaben und die zuvor proklamierte Unabhängigkeit des Landes Wirklichkeit werden konnte. Seitdem stand in jedem noch so kleinen Dorf ein Denkmal für den Befreier Simón Bolívar inmitten des zentralen Platzes eines jeden Dorfes, jeder Stadt bis hin zur Hauptstadt Caracas, der dem siegreichen Libertador *geweiht war: die Plaza Bolívar.*

Jedes Jahr machte es seinem Vater großes Vergnügen, auf alle historischen Details einzugehen. Es waren jedes Jahr die gleichen Ansprachen, dachte Rodrigo, aber sie taten gut, sie gaben uns Identität und ließen uns, angesichts der nationalen Größe Venezuelas, auf die wir so stolz waren, die Unzulänglichkeiten des Alltags vergessen.

Über den jährlichen Empfang zum Unabhängigkeitstag berichtete dann El Diario del Táchira *an den darauffolgenden Tagen immer sehr ausführlich. Seitenweise waren die Reichen und Schönen der Stadt abgebildet, und Rodrigos Vater war auf jedem zweiten Foto zu sehen, umgeben von den wichtigsten Persönlichkeiten des Andenstaates. Jahr für Jahr, bis zu seinem Tod. Als Rodrigo die Zeitung in den siebziger Jahren übernahm, versuchte er, sich langsam von den Angewohnheiten und Traditionen seines Vaters zu lösen. Er mochte es nicht, sich selbst in der Zeitung zu sehen, er hatte auch nicht die stattliche Figur, mit der der Vater jeden in seiner Umgebung fast um Hauptеslänge überragte. Rodrigo war eher zierlich, eigentlich dürr, musste er selbst zugeben, und hatte bereits in jungen Jahren einen leichten Buckel. Seine Mutter hatte ihm ständig in den Ohren gelegen, er solle doch anständig essen, damit er so stattlich werde wie sein Vater.*

Als er dann seine Jugendliebe Amira geheiratet hatte, stellte er sehr bald fest, dass er vom Regen in die Traufe geraten war. Die ständige Hauptsorge seiner Frau war, ob er denn genug zu essen hätte. Sie hatte es allerdings bald aufgegeben, ihm sein Mittagessen in Blech-

büchsen fürs Büro mitzugeben, weil er die Büchsen immer im Auto liegen ließ. Stattdessen kümmerte sie sich darum, dass der Kühlschrank im Büro immer wohlgefüllt war, und hielt die Sekretärinnen des Verlages dazu an, für den Chef zu sorgen.

In all den Jahren ihrer Ehe hatte Amira es sich nicht abgewöhnt, sich um das Essen ihres Mannes zu sorgen. Aber jetzt, beim Gedanken an die Marotte seiner Frau, ihn ständig füttern zu müssen, knurrte Rodrigo tatsächlich der Magen. Das Mittagessen war ausgefallen, und er hatte es gar nicht bemerkt. Amira war zu ihrer Schwester nach Táriba, in das kleine Dörfchen oberhalb von San Cristóbal, hinaufgefahren und hatte ihm wohl irgendetwas im Kühlschrank zurückgelassen, aber Rodrigo hatte nicht daran gedacht, als er sich entschlossen hatte, ins Büro zu fahren. Er stand auf und ging durch das leere Vorzimmer in die kleine Küche, in der der mannshohe Kühlschrank stand. Der stand nicht nur leer, er war auch abgeschaltet. Rodrigo entfuhr ein tiefer Seufzer: Ach, Amira, was gäbe ich jetzt darum, du wärst hier und hättest etwas zu essen für mich!

Unverrichteter Dinge setzte er sich wieder auf seinen Stuhl, und ohne nachzudenken, ganz automatisch seiner alten Gewohnheit folgend, nahm er die Abdeckung von seiner alten Schreibmaschine. Auch in dieser Beziehung war Rodrigo Torres ein Dinosaurier. Er hatte es versäumt, damals, als die ersten PCs aufkamen, sich einen Computer zuzulegen. Das Büro, die Redakteure, ja natürlich, die mussten mit der Zeit gehen und waren dann sogar eines Tages »vernetzt«. Rodrigo hatte nie verstanden, wie das funktionieren sollte. Er jedenfalls blieb bei seiner alten Schreibmaschine, die Rodrigos Vater einst von seiner einzigen Europa-Reise mitgebracht hatte! Eine deutsche »Adler« mit extra breitem Wagen, so dass er eine DIN-A4-Seite auch quer einlegen konnte, wobei er davon nie Gebrauch gemacht hatte. Seine täglichen Leitartikel, die er schnell und ohne auf Schreibfehler zu achten, herunterschrieb – »Das ist nicht meine Aufgabe!« –, wurden einer der Sekretärinnen zum Abschreiben übergeben, und die waren dann auch »vernetzt«. Er sah sich in der nachmittäglichen Konferenz die am Morgen in Auftrag gegebenen Artikel und Beiträge an, stimmte dem Umbruch zu, überflog noch einmal seinen Leitartikel, um zu kontrollieren, ob man nicht eine seiner geliebten, bewusst altmodischen Ausdrucksweisen verändert hatte, und gab den Druck frei.

Diese täglichen Rituale fehlten ihm. Lange Zeit hatte Rodrigo Torres versucht, im Interesse des Fortbestehens der Zeitung, mit seiner Kritik an der Regierung Zurückhaltung zu üben, aber als der Präsident auch noch das Parlament auflösen ließ und seiner »Verfassunggebenden Versammlung«, die ausschließlich aus seinen eigenen Leuten zusammengesetzt war, alle Vollmachten im Staat übertrug, war es ihm zu viel geworden. Er konnte sich nicht weiter verbiegen, sein geliebtes Land war endgültig zu einer Diktatur verkommen, in der seine Ideale von Freiheit und Demokratie, an die er sein Leben lang geglaubt und für die er gekämpft hatte, pervertiert worden waren. Das Land hungerte, die Inflation galoppierte, und der Präsident und seine Leute taten noch immer so, als seien alle Schwierigkeiten des Landes dem bösen Einfluss des kapitalistischen Imperiums zu verdanken, der internationalen Verschwörung gegen die »Bolivarianische Revolution«.

Der Hunger im Land war unvorstellbar. Eine Weile war wenigstens der teure Supermarkt oben in den *colinas*, wo die vermögenden Bürger der Stadt einkauften, noch einigermaßen gefüllt. Aber der Mangel an Klopapier und an Toilettenartikeln hatte inzwischen auch die teureren Supermärkte erreicht. Eine Zeit lang war es noch möglich gewesen, dort die Dinge des täglichen Lebens zu finden, zu wesentlich höheren Preisen als unten im Stadtzentrum, aber bald ging dies nur noch über den Freund des Fahrers, den *compadre* des

Gärtners, der Schwester des Pförtners, die noch irgendeinen Zugang zum Schwarzmarkt hatten. Anders war an nichts mehr heranzukommen. Selbst Amira hatte sich angewöhnt, ihren Kaffee schwarz zu trinken, es war zu kompliziert und geradezu unsinnig teuer geworden, gepantschtem Milchpulver nachzujagen.
»Claro, el presidente y su gente se limpian el culo con tres hojas a la vez!«, hatte Rodrigo neulich die Köchin ausrufen hören. Vergnügt hatte Rodrigo damals in die Küche zurückgerufen: »Und woher weißt du, dass er sich seinen Arsch mit drei Blättern gleichzeitig abwischt?«
Seine Frau wies ihn zurecht. Er hatte es bis zu diesem Tag nicht bemerkt, dass die Beschaffung von Klopapier ein so großes Problem geworden war. Amira hatte es sich immer zu ihrer Aufgabe gemacht, die hässlichen Seiten der immer schwieriger werdenden Bewältigung des Alltags von ihrem Mann fernzuhalten. Mittlerweile waren die Regale der Supermärkte vollkommen leer. Es gab nichts mehr. Nichts. Vor allem gab es nichts mehr zu essen. Seine Frau, die nie sehr korpulent gewesen war, aber doch einige Rundungen aufzuweisen hatte, war sehr schmal geworden. La »dieta Maduro« hatte sie mindestens acht Kilo leichter gemacht. Auch das war Rodrigo irgendwie entgangen. Da er sich nie viel aus Essen gemacht hatte, war es für ihn eher angenehm, dass seine Frau nicht mehr ständig mit dem Essen hinter ihm her war. Das ganze Land hatte abgenommen.
Die Maduro-Diät war die erfolgreichste »Errungenschaft« des Präsidenten. Aber das war leider alles andere als komisch: Das Volk hungerte, in den Krankenhäusern starben die Menschen, weil es keine Medikamente gab, die Kindersterblichkeit war rasant gestiegen, aber der Präsident wehrte sich immer noch gegen internationale Hilfe. Man habe schließlich die größten Erdölvorkommen der Welt! Nur, dass die Ölindustrie, die immerwährende und leider

auch einzige Melkkuh des Landes, langsam ihren Geist aufgab, weil seit Jahren nichts mehr investiert wurde und die Anlagen verrotteten, das wollte Maduro nicht sehen. Ab und zu ernannte er einen neuen Ölminister, der als Vorsitzender des staatlichen Ölkonzerns PDVSA die Misere verwalten sollte, mit dem Ergebnis, dass immer mehr Leute aus seiner Umgebung jede Möglichkeit nutzten, noch größere Mengen Dollar außer Landes zu schaffen. Es war, so schien es Rodrigo, als wollte man den kaputten Motor des Autos reparieren, indem man ihm einen neuen, mindestens so inkompetenten Fahrer gab. Der dachte an alles, nur nicht daran, den Motor zu reparieren.

Um sich den Anschein von Aktivität zu geben, hatte der Präsident vor Kurzem zwei Manager der Ölfirma, immerhin Chavistas der ersten Stunde, verhaften lassen. Man hatte ihnen vorgeworfen, eine unbeschreibliche Summe aus der Kasse der PDVSA außer Landes gebracht zu haben – nach Andorra! Angeblich waren es mehrere Hundert Millionen Dollar.

Rodrigo Torres stützte den Kopf in beide Hände. Wir wissen doch alle nicht mehr, wie es weitergehen soll! Der Realitätsverlust des Regimes war nicht mehr nachzuvollziehen. Dann streckte er sich und schüttelte den Kopf. Nein, so ist es doch gar nicht. Die sind doch nicht so naiv, selber an das zu glauben, was sie da jeden Tag an Unsinn von sich geben! Schon lange ging es doch nur noch um eines: den Machterhalt und darum, mehr Zeit zu gewinnen, um noch mehr Reichtümer außer Landes zu schaffen!

Rodrigo stand auf und begann im Zimmer auf und ab zu gehen. Allerdings, wo sollten sie denn jetzt noch hin? Es wird kaum ein Land geben, das die Clique um Maduro noch aufnähme. Nicht mal mehr Kuba! Wohin mag er sich dann noch absetzen wollen! Mein Gott, unsere Diktatoren! Entweder man muss sie umbringen, oder sie gehen vorher mehr oder weniger freiwillig und verlassen das

Land! Pérez Jiménez war damals nach Madrid gegangen. In Madrid würde Maduro sich wenigstens noch verständigen können, denn Spanisch war ja wohl die einzige Sprache, die dieser Trottel halbwegs beherrschte.

Rodrigo Torres hatte alle seine Mitarbeiter entlassen, seine ganze stolze Redaktion auflösen müssen. Das war vor zwei Jahren. Der Maduro-hörige Gouverneur des Táchira hatte ihm zunächst die Papierlieferungen gestrichen, und als Torres dann mit einer Online-Ausgabe weitermachen wollte, wurde ihm die Lizenz genommen. So einfach war das. Alle Mitarbeiter hatte Torres entlassen müssen, bis auf seinen alten Fahrer José, den er selbst meistens fahren musste, weil er am Steuer einschlief. Aber er brachte es nicht übers Herz, den alten treuen José auch noch gehen zu lassen.

Er schloss die Schreibtischschublade auf – sie klemmte, aber das tat sie schon immer – und schüttete den Inhalt auf die Schreibtischplatte. Da, ganz hinten, da war der Schlüssel, den er verloren glaubte, der Schlüssel zu dem alten Aktenschrank im Vorzimmer. Aufgeregt ging er hinaus, schloss den Schrank auf, und endlich – jetzt hatte er gefunden, wonach er gesucht hatte, sein ganzes Büro hatte er danach durchsucht! Rodrigo hatte nicht mehr gewusst, wo er das Manuskript versteckt hatte, damals, vor zwanzig Jahren, offenbar doch zu gut versteckt: den Nachruf auf seinen alten Freund Don Juan. Dann war ihm doch noch der Schlüssel zum alten Aktenschrank eingefallen.

Mit zitternden Händen hielt Rodrigo den Packen Papier in beiden Händen und setzte sich wieder an den Schreibtisch.

Er begann, nach fast zwanzig Jahren, seine eigenen Zeilen zu lesen, seit damals hatte er das Manuskript nicht mehr in der Hand gehalten. Er wusste auch, warum: Er hatte es sich nie verziehen, er hatte sich selbst die Schuld gegeben, an allem, was geschehen war.

Rodrigo Torres stieß den Rauch seiner Zigarette aus und legte sie in den Aschenbecher. Früher liebte er die ruhigen, späten Stunden in seinem Büro, wenn von der Redaktion niemand mehr im Haus war. Damals, nach den schrecklichen Ereignissen, hatte er sich gequält, um jedes seiner Worte hatte er ringen müssen, um das Unsägliche zu beschreiben …

Er erinnerte sich, wie er damals an seinem Schreibtisch saß. Es war im Spätsommer 1998, einige Monate bevor Hugo Chávez zum Präsidenten Venezuelas gewählt wurde. Ich bin schuld am Tod meines Freundes!, sagte sich Rodrigo immer wieder. Ich bin schuld, ich habe ihn bedrängt, in die Politik zu gehen! Nach den tragischen Geschehnissen drüben in Rubio auf der Plaza Bolívar hatte er drei Tage lang nicht geschlafen. Er versuchte, den Nachruf auf seinen Freund Don Juan zu schreiben.

Rodrigo erinnerte sich daran, wie er sich immer wieder von Neuem hinsetzte und hektisch in die Tastatur hackte:

»Wir hatten mit ihm die Chance für einen Neuanfang. Ehrlichkeit, Integrität, Unbestechlichkeit schienen wieder Tugenden zu sein, die existieren! Erstmals hatten wir seit Langem, seit vielen Jahren, wieder das Gefühl, Politik sei nicht nur ein schmutziges Geschäft …«

»Der gran líder, *auf den wir so lange gewartet hatten, ist von uns gegangen, bevor er die Chance bekommen hatte …«*

Nein, bevor WIR die Chance bekamen, wäre besser, wäre wahrer!

»Das Begräbnis von Don Juan hat sich zu einer politischen Demonstration nie gesehenen Ausmaßes entwickelt …«

»Einer der letzten Großen unseres Landes …«

Ich kann es nicht! Rodrigo war verzweifelt. Zum ersten Mal in meinem Leben, seit ich für diese Zeitung lebe, bin ich nicht in der Lage, zu schreiben! Mein Leben lang habe ich nichts anderes getan als schreiben, schreiben, schreiben, und jetzt kann ich nicht. Eine totale Blockade! Er war wirklich verzweifelt.

Aber er wusste, er konnte diese Aufgabe nicht an einen Redakteur weitergeben. Den Nachruf auf seinen Freund, seinen besten Freund, Don Juan Vicente Morales Ramírez, den musste er selbst schreiben. Dieser Pflicht konnte er sich nicht entziehen.
Rodrigo stand auf und ging in seinem Büro auf und ab. Er blieb stehen, um sich eine Zigarette anzuzünden. Wie oft hatte Don Juan ihn damals angerufen, sobald er drüben in Rubio die Zeitung gelesen hatte. Er war immer einer der ersten Anrufer, wusste immer einen Kommentar zu den Berichten und vor allem zu Rodrigos Leitartikeln. Und er, Don Juan, war damals selbst sehr häufig Gegenstand von Berichten, Kommentaren und Leitartikeln.
Rodrigo lächelte. Im letzten Jahr vor seinem Tod hatte ihn Don Juan fast jeden Morgen angerufen. Er sagte dann immer wieder, er hätte die Eitelkeiten früherer Jahre überwunden. Die Eitelkeit, das wusste Don Juan selbst zu genau, war sein wunder Punkt. Und er liebte es, die Rolle des Gran Señor zu spielen, sie auszufüllen, die Rolle, in die er hineingeboren war; es war für ihn zwar nur ein Spiel, wie er selbst immer wieder sagte, zu ihm, seinem Freund Rodrigo, und zu sich selbst, in seinen endlosen durchaus kritischen Dialogen, die er mit sich selbst führte, aber es war ein sehr ernstes Spiel. Spätestens seit er sich selbst, kurz nachdem sein Vater gestorben war, mit »Don Juan« ansprach, nahm er sich in seiner Rolle ernst. Und er sprach oft mit sich selbst in der Sie-Form, das war der alte Umgangston der traditionsbewussten Familien, vor allem in der Andenregion. Rodrigo hatte seine Eltern niemals gesiezt, und Don Juan hätte es als Respektlosigkeit angesehen, sie zu duzen, vielleicht war es bei ihm aber auch nur eine Art Ritual, wie so vieles in seinem Leben Ritual oder Spielregel war. Niemals wäre es ihm in den Sinn gekommen, seinen engsten Freund zu duzen. So war es zwischen ihnen immer bei »Don Juan« und »Don Rodrigo« geblieben.

»Er herrschte über ein kleines Imperium, als einer der letzten großen Landbesitzer, seine Hazienda La Cayena war eine der größten Kaffeeplantagen des Landes. Begründet von seinem Großvater Don Umberto bereits im 19. Jahrhundert, war la Cayena von Don Alfonso, dem Vater, in der ersten Hälfte des 20. Jahrhunderts zu großer Blüte gekommen, er war einer der wenigen, die in den ersten Jahren des Ölbooms an die Nachhaltigkeit der Landwirtschaft glaubten. Und schließlich hat Don Juan sein Erbe nicht nur übernommen, sondern es beträchtlich ausgebaut.«

Und wie hatte Don Juan sein Land geliebt! Er konnte schwärmerisch werden, seine Augen, die manchmal, wenn er sich sorgte, müde und erloschen schienen, konnten dunkel glänzen, dann war er kein knapp siebzigjähriger, leicht gebeugter Mann mehr, dann war er wie ein kleiner Junge, der von einem großen Abenteuer erzählte, wenn er über die Dinge sprach, die er liebte – über sein Land, seine Hazienda, über die Schönheit seiner Hügel, seiner Täler, über den Geruch des Kaffees, wenn sich während der Ernte das große Rad der Mühle Tag und Nacht drehte.

Wie unendlich traurig und deprimiert konnte er sein, wenn er über die Bedrohungen sprach, die in seine Welt eindrangen, über den chronischen Wassermangel, über die Erdölbohrungen auf seiner Hazienda, über das Drogenproblem, das grauenvolle Drogenproblem, das ganze Familien in den Abgrund stürzte und in das Don Juan sich plötzlich selbst verstrickt sah; und wie glücklich konnte er wiederum sein, wenn er sich in seine Tagträume zurückzog, wenn er von seiner Familie, von früher, von seinem verrückten und verehrten Onkel José Miguel erzählte, von seiner Reise nach Spanien; wie konnte er schwärmen von Sevilla und der Semana Santa, vom Stierkampf, von einer guten Zigarre! Und wie leidenschaftlich konnte er werden, wenn er mit Rodrigo über die verfahrene Politik des Landes sprach, über die Korruption, über Demokratie und über Diktatur.

Wie konnte ich mich mit ihm streiten über dieses alte Thema, dachte Rodrigo. Nicht zu fassen, aber es war aus seinem Kopf nicht herauszubringen, diese Sehnsucht nach dem »starken Mann«, der schon alles wieder in Ordnung bringen würde! Warum nur konnte er nicht sehen, wie so viele andere auch, dass es so etwas wie einen »guten Diktator« nicht gab? Immer, wenn er von General Gómez sprach, dem Diktator der zwanziger und dreißiger Jahre, der auch dann das Land regierte, wenn er gar nicht auf dem Präsidentenstuhl saß, kam er ins Schwärmen und wollte nur die guten Seiten sehen. Selbst wenn man auf die desaströsen Familienverhältnisse von General Gómez zu sprechen kam: Er war nie verheiratet gewesen, dafür hatte er von wechselnden Frauen mindestens 64 Kinder, die er auch anerkannt hatte. Und natürlich setzte er immer wieder Mitglieder seines Clans in wichtige offizielle Positionen. Dass das Nepotismus in Reinkultur war, hatte Don Juan immer mit einer wegwerfenden Handbewegung abgetan. In dieser Beziehung war er unverbesserlich.

Rodrigo Torres ging zum Schreibtisch zurück und zündete sich noch eine Zigarette an.

»Einer der letzten Großen unseres Landes …«

»Don Juan Vicente Morales, die große Hoffnung unseres Landes, ist nicht mehr.«

»Ein ungewöhnliches Leben, ein ungewöhnlicher, großer Mann ist uns genommen worden.«

Nach einer Stunde hielt Rodrigo inne, überflog seinen Text und zog das Blatt aus der Schreibmaschine.

Er lehnte sich im Stuhl zurück. Ich kann es nicht glauben, dachte Rodrigo. Und ich bin schuld, ich habe ihn dazu gebracht! Als er mich damals anrief und wir uns gestritten hatten über den missglückten Militärputsch eines gewissen Colonel Chávez …

1. DER ONKEL

Don Juan Vicente Morales schlug seinen Tischkalender auf. Es war der 24. März 1998. Er trug, wie jeden Tag, die Wetterbedingungen dieses Tages in einer kurzen Notiz ein. Der Tag war heiß gewesen, und es hatte wieder nicht geregnet. Es hatten sich die Wolken grau und schwarz zusammengeballt, wie so oft in den vergangenen Wochen, und die Luftfeuchtigkeit hatte stark zugenommen. Aus der Ferne war, vor allem nachts, immer wieder das Grollen eines heftigen Gewitters zu hören, aber wahrscheinlich war es wieder nur jenseits der Grenze zum Regnen gekommen, in Kolumbien, hinter Cúcuta. Aber jetzt, Ende März, war es Zeit. Die *quebradas* auf der Hazienda führten kaum noch Wasser. Die Regenzeit ließ auf sich warten. Es hatte Anfang Januar ein paarmal kürzere nächtliche Platzregen gegeben; dabei sollte es im Januar normalerweise überhaupt nicht regnen. Der Kaffee stand dann kurz vor der Blüte, und ein einziger starker Regenguss konnte genügen, um der nächsten Ernte schweren Schaden zuzufügen. Aber jetzt, im März, nach der Blüte, jetzt bräuchten die Pflanzen dringend Wasser.

Sein mittlerweile mehr grau meliertes als braunes Haar hatte er wie immer mit etwas Gel streng nach hinten gekämmt, was ihm, zusammen mit seinem Rasierwasser, seinen typischen Geruch gab. Seit seiner Jugend hatte er weder sein Haargel noch sein Rasierwasser gewechselt. Es war seine eigene Mischung, die nach Zedernholz, Citrus, Lavendelseife und einigen weiteren Noten roch, die er selbst nie hätte identifizieren können, aber sie waren vertraut, und er wusste, dass sein Vater auch so gerochen hatte.

Die Verknappung des Wassers machte ihm große Sorgen. Früher war das nicht so, dachte Don Juan kopfschüttelnd, wir hatten immer genügend Wasser. Auf der Hazienda war dies mittlerweile sein größtes Problem: Die kleinen Bäche und Flussläufe, die kleinen und größeren *quebradas*, die seine Hazienda durchquerten, die ihre Lebensadern waren, wurden immer dünner, und aus den noch bis vor einigen Jahren herrlich anzusehenden Kaskaden waren Rinnsale geworden. Als Kinder hatten sie in den Kaskaden immer gebadet, dort oberhalb des Hauses, als es noch kein Badezimmer im Haus gab. Es war immer wieder eine kleine Mutprobe gewesen, über die glitschigen Steine in das Wasser einzutauchen – sauber, aber dunkelbraun und rötlich wegen des hohen Eisengehaltes der Erde. Mulmig war einem immer dabei, da man nicht auf den Grund sehen konnte, und die ins Wasser eingetauchten Hände und Füße waren unterhalb der Knöchel nicht einmal mehr zu erahnen. Man konnte die anderen Kinder so herrlich erschrecken, wenn man plötzlich aufschrie und so tat, als sei irgendein Monster im Wasser, das einem nach dem Leben trachtete!

Es sind die neuen *urbanizaciones*, die sich oberhalb von La Cayena ansiedeln, dachte Don Juan, sie nehmen meiner Hazienda immer mehr Wasser weg. Eine Siedlung nach der anderen hat man da oben gebaut, dort, wo früher nur Plantagen waren. Da siedeln sie die Leute an, verteilen das Land, ohne irgendeine vernünftige Infrastruktur, keine Wasserleitungen, keine Kanalisation, keine vernünftigen Straßen, und dann haben alle diese Leute noch nicht mal eine vernünftige Arbeit!

Wenn sie wenigstens bei mir arbeiten wollten, zur Erntezeit kann ich immer zusätzliche Leute gebrauchen, aber dafür sind sie sich zu gut! Fahren lieber stundenlang mit dem Bus, der auch nur unregelmäßig geht, um auf halbem Weg nach San Cristóbal in der neuen Lampenfabrik zu arbeiten. Dabei war es ja gut, wenn sie wenigstens einer geregelten Arbeit nachgingen, denn die meisten Bewohner Rubios waren nur noch auf dem Schwarzmarkt unterwegs.

Aber wenigstens und Gott sei Dank, sagte sich Don Juan, haben wir hier unten in Rubio immer genug Wasser. Die große Investition in den neuen Aquädukt, der das ganze Jahr über Wasser aus den Bergen herunterführte, hatte sich bezahlt gemacht. Nur ärgerte er sich, dass niemand mehr davon sprach, dass er, Don Juan, und kein anderer es gewesen war, der darauf gedrängt hatte. Stattdessen brüstete sich dieser *imbécil*, dieser Trottel von Pedro Lozano damit, es sei seine größte Errungenschaft gewesen, und dabei war er damals nur deswegen Bürgermeister geworden, weil er, Don Juan, ihm damals seinen Wahlkampf bezahlt hatte!

Don Juan saß in seinem Haus am Ende des *corredor* am Schreibtisch und paffte seine Nachmittagszigarre, in der Ecke, von der aus er den ganzen Patio überblickte, inmitten der vertrauten Geräusche: das Zwitschern der Vögel; das zischend-ziehende Geräusch der in unregelmäßigen Abständen anspringenden Pumpe, die bei Bedarf Wasser aus dem unterirdischen Tank heraufholte; das schnelle und nervös schnatternde Schlagen der Flügel des kleinen frechen Kolibris, der sich völlig ungeniert zwei Meter von ihm entfernt über dem blutroten Stempel der hellgelben Hibiskusblüte wie ein kleiner Helikopter in der Balance hielt, bis er genug von seiner Lieblingsspeise durch seinen gebogenen, scharfen Schnabel eingesogen hatte; in der

Nachbarschaft übte ein Kind auf einem ziemlich verstimmten Klavier immer wieder dieselbe Stelle eines Stückes zunächst noch undefinierbaren Charakters, welches sich vielleicht einmal – und hoffentlich bald – anders anhören würde. Chopin, es sollte wohl Chopin sein, der würde sich im Grab umdrehen!
Über das alte Ziegeldach des kleinen Anbaues, der das Pumpenhaus beherbergte, sah Don Juan auf seinen »heiligen Berg«, den Tamá, die hohe Kordillerenkette, die an die dreitausend Meter hochragte, dunkelgrün bewaldet bis fast oben hin und stets von geheimnisvollen Wolken umgeben. Geheimnisvoll deswegen, weil die Leute schon immer gesagt hatten, dieser Berg, El Tamá, sei geheimnisvoll. Er liebte diesen Berg, seit seiner Kindheit war ihm der Anblick vertraut; dort, unterhalb des Tamá, lag La Cayena, seine Hazienda, benannt nach den rot blühenden Hibiskusstauden, die dort überall wild wuchsen.
Es war die Stunde, in der die Hitze des Tages sich langsam auflöste. Eine leichte Brise kam auf, die Wolken zogen sich, wie fast jeden Tag um diese Zeit, dichter zusammen, als überlegten sie, ob sie es heute vielleicht doch noch regnen ließen. Wahrscheinlich würden sie es auch heute wieder mit einer Ahnung von Regen, mit einigen Tropfen bewenden lassen. Es müsste wirklich dringend regnen, dachte Don Juan, während er die Zeitung las. Drüben in San Cristóbal war wegen des Wassermangels der Ausnahmezustand verhängt worden. Die *ley seca,* die verkündet werden musste, hatte bereits erste Festnahmen zur Folge: ein Mann, der die Ungeschicklichkeit oder auch die unbelehrbare Frechheit besaß, seinen Wagen vor dem Haus in aller Öffentlichkeit zu waschen, und sofort von einer Patrouille mitgenommen wurde; oder eine Frau, die es nicht übers Herz bringen konnte, ihre vielen Topfpflanzen vertrocknen zu lassen, und von ihrer Nachbarin angezeigt wurde.

In San Cristóbal zeigten sich die Folgen einer planlosen Wucherung der Wohnviertel; fehlende oder unvollständige Planung der Wasserversorgung ging einher mit der üblichen Korruption, die offenbar auch hier ihre Spuren hinterlassen hatte: die Gelder, die vom Gouverneur zum Bau des neuen Aquädukts zur Verfügung gestellt worden waren, waren zum großen Teil entweder nie beim *contratista* angekommen oder dort veruntreut worden, jedenfalls war der neue Aquädukt schlecht gebaut worden, hatte nie richtig funktioniert und war vor Kurzem eingestürzt. Die armen Leute in San Cristóbal! Man würde dort jetzt wahrscheinlich einige Monate unter akutem Wassermangel leiden.

Don Juan stand auf, um auf die Hazienda zu fahren. Er stieg in seinen weißen Jeep und rief Maruja, seiner Köchin, am offenen Tor zu, sie möge Ramón, seinen Verwalter auf der Hazienda, anrufen und ihm sagen, er käme etwas später. »Ich möchte noch eine Runde drehen, bevor ich hinauffahre. Seine Frau soll mir aber bitte ein kleines Mittagessen vorbereiten!«

Sollte seine Hazienda wirklich in Gefahr sein? Das konnte er nicht zulassen. La Cayena war sein Leben.

Er fuhr hinunter zur Plaza Bolívar und bog nach rechts ab, nach Pueblo Viejo. Er liebte diese Straße mit seinen *corredores*, die zur Zeit seines Vaters gebaut worden waren. Es musste wohl noch unter Juan Vicente Gómez gewesen sein: Man wollte eine Architektur errichten, die damals schon im Verschwinden begriffen war, die traditionelle koloniale Architektur, die aus den Zentren der Städtchen und Dörfer langsam verschwand und in den großen Städten schon kaum mehr existierte. Aber, und darüber musste Don Juan immer wieder schmunzeln, man hatte hier in Pueblo Viejo nur Fassaden errichtet und dahinter keine Häuser! Erst später entstanden hinter den Fassaden richtige

Häuser, aber die hatten mit der Architektur des traditionellen kolonialen Hauses – wie das Haus seiner Familie, mit einem Patio in der Mitte und dem umlaufenden *corredor*, von dem die Zimmer ausgingen – nichts zu tun, meist waren es eher einfach gebaute Hütten. Don Juan liebte es, durch diese Straße zu fahren, denn sie führte zum Friedhof, auf dem die Verstorbenen seiner Familie lagen. Aber die Straße führte noch weiter hinauf, auf den Hügel über dem Städtchen, zu einem Platz, den er besonders liebte, zur *curva del diablo*. Dort oben an der Biegung der Straße, die nach Cuquí führte, jenem kleinen verträumten Dörfchen, das aus ganzen acht Häusern bestand und aus dem seine Großmutter stammte, von dieser Kurve hatte man einen wunderbaren Blick auf ganz Rubio. Er liebte diesen Ort seit seiner Kindheit, sein Vater hatte ihn immer wieder hier heraufgeführt, und mit seinem geliebten Onkel José Miguel war er ein paarmal heraufgeritten. *La curva del diablo*. Immer wenn Don Juan von Sorgen geplagt war oder wenn er nachdenken wollte, war er hierhergefahren.

Er stieg aus dem Auto und setzte sich auf das kleine Mäuerchen. Es wurde einst gebaut, um zu verhindern, dass noch mehr Autos über die steile Böschung hinunterstürzten. Dies hier schien schon immer ein verwunschener Ort zu sein, an dem viel Unglück geschehen war, versehentliche Unglücksfälle, aber auch Selbstmorde. Die Wahrheit war wohl, dass hier oben weder böse Geister noch der Teufel ihr Unwesen trieben, sondern dass sich dort in alten Zeiten, als an der Stelle noch die alte Straße nach San Antonio vorbeiführte, Wegelagerer mit schwarzen Kapuzen versteckten.

Dabei war dieser Platz besonders schön. Weil aber die Leute in Rubio daran glaubten, dass die Geister der Toten sich hier herumtrieben, auch die unerlösten Seelen vom Friedhof, der

unterhalb des Hügels lag, konnte Don Juan sich sicher sein, dass sich hier niemand niederließ, um, so wie er, einfach nur den Ausblick zu genießen.
Von hier hatte man auch den schönsten Blick auf die Kirche von Rubio. Früher hatte die Kirche noch ihre wunderschöne weiße Fassade im spanischen Kolonialstil, es war eine relativ kleine Kirche, die hinter der alten Fassade errichtet worden war. Der sehr viel größere Kirchenneubau war in den zwanziger Jahren entstanden, fast vollständig finanziert von den *familias* von Rubio, die sich ringsherum in den prächtigen Kirchenfenstern, die man größtenteils in Deutschland in Auftrag gegeben hatte, verewigen ließen. Die Fenster der Taufkapelle mit dem mächtigen Taufstein aus weißem Carrara-Marmor waren von der Familie Morales gestiftet worden, mit der Darstellung der Taufe Christi in der Mitte, dem predigenden Johannes dem Täufer zur Linken und der Heiligen Familie mit dem Johannesknaben auf der rechten Seite, das dem berühmten Bild Raffaels im Prado nachempfunden wurde. Gleich nebenan, in der zweiten Seitenkapelle, waren die Fenster der Familie Uzcátegui, der stolzen Cousins und Nachbarn von Don Juan, dann die der Alarcón, der Pinzón, der Medina, der Cordero und der Ramírez. Die unverputzten glasierten Ziegel, die man zum Bau verwendet hatte, waren in Rubio gebrannt worden, in jenen Ziegeleien, die inzwischen nur noch als Ruinen in einer ziemlich trostlosen Gegend hinter dem Friedhof standen, dort, auf der anderen Seite des Flusses, kurz vor der Abzweigung, die hinaufführte zur Straße nach Cuquí, vorbei an der *curva del diablo*.
Aber dann wollte sich der Präsident Carlos Andrés Pérez während seiner ersten Präsidentschaft von 1974 bis 1979 in seinem Heimatort ein Denkmal setzen. Er ließ die schöne weiße Fassade im alten Kolonialstil abreißen und ersetzte sie durch eine

ziemlich scheußliche neogotische Fassade mit zwei hohen Türmen, was keine stilistische Verbesserung war, aber ihren Zweck erfüllte: ein sichtbares Zeichen, das dem Sohn der Stadt zu verdanken war. Ebenso wie die Verschönerung des Platzes, das neue Denkmal für Simón Bolívar, der mit ausgebreiteten Armen auf seinem Pferd saß, so wie er selbst, der Präsident Carlos Andrés Pérez, seine Arme ausbreitete, wenn er zum Volk sprach. Carlos Andrés ... Don Juan musste lächeln. Er war ja eigentlich ein netter Kerl gewesen, und seiner Familie hatte die Bekanntschaft, ja sogar Freundschaft mit dem Präsidenten nicht geschadet. Don Juan konnte sein Geburtshaus sehen, das Haus der Familie Pérez, in derselben Straße wie sein eigenes, das Haus der Familie Morales, nur eine Querstraße weiter, hinunter zur Plaza Bolívar. Nur, das musste man auch als Freund der Familie zugeben, er hatte es einfach ein wenig zu weit getrieben, vor allem während seiner zweiten Präsidentschaft Anfang der neunziger Jahre. Es war schon ein Skandal, wie ungeniert er seiner Geliebten Cecilia Matos Gelder zuschob, ganz offensichtlich aus öffentlichen Quellen oder korrupten Einkünften in erheblicher Höhe, denn die Familie Pérez war zwar vermögend, aber beileibe nicht reich. Als man die Bankkonten der beiden in New York aufdeckte, war es vorbei. Der Präsident wurde wegen massiver Veruntreuung öffentlicher Gelder angeklagt und schließlich vom Parlament abgesetzt.
Don Juan bewunderte die Frau von Carlos Andrés, die sich das Ganze so lange gefallen ließ. Immerhin wusste man von der Beziehung des Präsidenten zu seiner früheren Sekretärin bereits seit den sechziger Jahren. Normalerweise hätte das dem Präsidenten schaden müssen, aber er ging mit einer bewundernswerten Selbstsicherheit über alle Vorwürfe hinweg. Und Cecilia Matos konnte nie belangt werden, obwohl sie beträchtliche

Reichtümer aufgehäuft hatte, mit teuren Immobilien in New York, in Miami und in der Dominikanischen Republik. Don Juan schüttelte den Kopf. Aber Carlos Andrés war andererseits auch sehr populär, besonders hier in Rubio, seinem Geburtsort. Er ließ es sich auch nicht nehmen, während seiner zweiten Präsidentschaft, an einem Dezembertag im Jahr 1990, eine Cousine, deren Vater nicht mehr lebte, bei ihrer Hochzeit in der Kirche in Rubio zum Altar zu führen. Natürlich hatte er das als großen populistischen Auftritt genutzt.

Don Juan erinnerte sich lebhaft an den Auftritt von Carlos Andrés im Jahr 1964 zur Feria von Táriba, dem Dörfchen oberhalb von San Cristóbal. Es war die Tradition des Dorfes, zur jährlichen Feier der Schutzpatronin – der *Virgen de la Consolación*, die ihren Sitz in einer prächtigen barocken Basilika aus dem 16. Jahrhundert hatte – am Tag der Himmelfahrt Mariens, dem 15. August, die Muttergottes besonders zu ehren. Es gab eine Prozession mit dem Gnadenbild, das zu dem Anlass aus der Kirche geholt wurde, die Menschen kamen aus ganz Táchira nach Táriba gepilgert, und es gab eine Serie von Stierkämpfen. Damals, im Jahr 1964, hatte Táriba noch keine eigene Stierkampfarena, wozu auch, die große Plaza de Toros in San Cristóbal lag in Sichtweite. Mittlerweile hatten sie einen scheußlichen Betonkasten hingestellt, unten, an der Umgehungsstraße. Damals aber, in den sechziger Jahren, war die ganze Feria noch sehr romantisch. Man errichtete auf der Plaza del Samán eine provisorische Arena mit Holztribünen – mit dem besonderen Charme, dass der große Samán, ein breit gefächerter Schattenbaum, mitten auf dem Platz stand. Man kämpfte also sozusagen um den Baum herum. Um den großen Platz vor der Basilika der Heiligen Jungfrau standen dicht gedrängt die Stände der Händler, angefüllt mit den unglaub-

lichsten Leckereien, die so süß waren, dass es einem den Mund verklebte.
Jedes Jahr war Don Juan als Kind und später als junger Mann mit seinen Eltern zur Feria nach Táriba gefahren, und die Stierkämpfe waren ihm ein vertrautes Spektakel. Die Feria des Jahres 1964 blieb Don Juan jedoch in besonderer Erinnerung. Carlos Andrés Pérez, damals noch Innenminister, hatte sein Kommen zum Stierkampf am 15. August angesagt. Der Platz war voll, die Leute aufgeregt in Erwartung eines schönen Nachmittags. Don Juan hatte, wie jedes Jahr, mit Freunden ganz vorne Platz genommen, auf seinem Stammplatz zur Feria von Táriba, unmittelbar hinter dem *callejón*, der schmalen Gasse zwischen den ersten Sitzreihen und der Arena, wo sich die Toreros aufhielten, bevor sie hinaustraten in die Mitte des Rundes.
Es wurde fünf Uhr nachmittags, man hörte die Turmuhr der Kirche, der Präsident des Club Taurino, der die Corrida zu überwachen hatte, war jedoch auf seinem Tribünenplatz noch nicht erschienen. »*Qué pasa?* – Was ist los?«, fingen die Leute an zu fragen. Auch wenn man es sonst mit der Pünktlichkeit nicht so eng sah und eigentlich immer überallhin zu spät kam: Es gab ein Ereignis, das immer überpünktlich um fünf Uhr nachmittags mit dem Schlag der Kirchenuhr begann, und das war die Corrida. Man sah schon die Toreros in ihren blinkenden Anzügen und die Picadores auf ihren Pferden mit ihren Lanzen hinter dem Tor, ungeduldig in Erwartung der Trompeten, die ihren Einzug ankündigen sollten. Aber es geschah nichts. Die Leute wurden immer unruhiger. Es verging eine unglaubliche Viertelstunde, es verging eine noch unglaublichere halbe Stunde, und es geschah immer noch nichts.
Man warte auf Carlos Andrés, hieß es dann irgendwann. Das kann doch nicht sein! Eine Corrida, die nicht pünktlich beginnt? Und

warum eigentlich sollte man auf irgendeinen eingebildeten Politiker aus Caracas warten? Er ist doch aus Rubio!, wurde entgegengehalten. Macht nichts! Zur Corrida kommt man nicht zu spät!
Man begann zu rufen, man solle endlich anfangen, man solle doch auf Carlos Andrés nicht warten! »*No se espera! No se espera!*«, skandierten die Leute im Chor mit zunehmender Lautstärke. Und dann flogen die ersten Sitzkissen in die Arena. Die Guardia Militar, die sich bereits positioniert hatte, griff die Übeltäter sofort heraus, aber es half nichts. Die Menge fing an, laut zu rufen, zu buhen, alles stand von den Plätzen auf, und noch viel mehr Kissen flogen. So viele Guardias konnte man gar nicht einsetzen, um dem beizukommen.
Als dann endlich, eine knappe Stunde zu spät, der Präsident des Club Taurino und Carlos Andrés Pérez auf ihren Plätzen erschienen, die Fanfaren ertönten und die Toreros einziehen konnten, war der Platz mit Kissen übersät. An einen geordneten Stierkampf war gar nicht zu denken. Die Toreros mussten zunächst die erniedrigende Tätigkeit des Einsammelns der Kissen hinter sich bringen, bevor der erste Stier hereingelassen werden konnte. Die Stimmung war jedoch inzwischen so aufgeheizt, dass Don Juan zu einem seiner Freunde sagte: »Jetzt lass uns hoffen, dass der Stier gut ist und die Toreros einigermaßen kämpfen, sonst bricht hier das Chaos aus!«
Und so war es dann leider. Der Stier war so zahm, dass er vor den sich eifrig mühenden Toreros davonlief und eigentlich wieder hinauswollte, er hatte überhaupt keine Lust zu kämpfen!
Die Menschenmenge war aufgebracht, es gab kein Halten mehr. Was an Kissen noch nicht geworfen war, flog von allen Seiten auf die armen Toreros und den erbarmungswürdigen Stier herab. Die Toreros flohen in die Mitte des Platzes und suchten Schutz unter dem großen Schattenbaum, während der Stier den Kissen-

regen stoisch auf sich nahm und nicht einmal reagierte, wenn ihn ein Kissen direkt am Kopf traf. »Dem habt ihr Valium gegeben!«, rief einer von ganz oben herunter. Da konnten die Leute noch lachen, und der Präsident des Club Taurino sah etwas hilflos zu, während sich Carlos Andrés erhob und die Arme ausbreitete, um etwas zu sagen. Er wollte das Volk beschwichtigen, aber die Leute beachteten ihn nicht. *»Fuego!«*, erscholl es plötzlich von den oberen Rängen, *»Fuego!«* Es war tatsächlich ein Feuer ausgebrochen, irgendjemand musste das Sonnendach in Brand gesetzt haben. Es brach eine Panik aus. *»Vámonos!«,* rief Don Juan seinen Freunden zu und sprang beherzt in den *callejón* unter ihm, weil man von dort am schnellsten unter den Sitzreihen entlang ins Freie gelangen konnte.

Don Juan musste schmunzeln. Was für ein herrlicher Tag war das damals! Was für ein köstliches Durcheinander! Man hatte noch viel gelacht und getrunken an jenem Abend. Auf dem Mäuerchen sitzend, den Blick hinunter auf sein Rubio, freute er sich über die Ruhe und Abgeschiedenheit hier oben an der *curva del diablo.*

Don Juan musste an seine Kinderfrau denken, die alte Rosa. Rosa hatte oft zu ihm gesagt: »Juanito, geh nicht zur *curva del diablo*, das ist nicht gut. Da oben geht der Teufel um! Er hetzt die armen Seelen auf, stürzt sie von der Kante hinunter in die Tiefe, und wenn er kann, jagt er auch die Lebenden!«

Es war sein Onkel, der unerschrockene José Miguel, der eines Tages zu ihm sagte: »Komm, Juanito, reiten wir hinauf, wir werden es dem Teufel zeigen!« Tapfer war er dem Onkel hinterhergeritten, und er hätte es nie zugegeben, wie sehr es ihn schauderte, als der Onkel in den Wind rief: »Komm heraus, du dummer, blöder Teufel, zeig dich uns, damit wir glauben, dass es dich gibt!« Genau hier, an dieser Stelle war es geschehen, dass der Onkel von seinem Pferd abgeworfen wurde. Das Pferd hatte gescheut, weil es eine Schlange gesehen hatte, und war plötzlich auf die Hinterbeine gesprungen. Es erwischte den Onkel in einem unbedachten Moment, und schon lag er auf der Straße. Er hatte sich nicht ernsthaft wehgetan, aber er war tief verletzt, dass ihm dieses Missgeschick vor seinem Neffen passiert war. Der Onkel war dann nie mehr mit ihm zur *curva del diablo* geritten, und Juanito hatte lange Zeit geglaubt, da oben, das war der Teufel gewesen, der sich dem Onkel gezeigt hatte, weil der ihn so frech herausgefordert hatte.

Es war auch sein Onkel, der ihn meistens mitnahm zum Stierkampf nach San Cristóbal, als Don Juan noch ein kleiner Junge war. Die Plaza de Toros von San Cristóbal war eine der größten im Land, und die Plätze der Familie Morales waren *barrera de sombra*, neben den Sitzen der Pinzón und Velásquez, ganz unten, unmittelbar hinter dem *burladero No. 1*, wo sich die Toreros aufhalten, bevor sie dem Stier entgegentreten. Direkt unter ihren Plätzen, im *callejón* hatten die Stierzüchter ihre Plätze. Früher waren die Kämpfe während der Feria im Januar – jeden Tag, eine ganze Woche lang – ein gesellschaftliches Ereignis gewesen. Man traf sich mit großem *»Holá, como estamos!«* Man rauchte große Zigarren, die Damen kamen in großer Robe, sehr häufig *a la sevillana*, mit großen Kämmen kunstvoll ins Haar drapiert.

Don Juan hatte im Lauf der Jahre alle großen Stierkämpfer gesehen, sogar den großen Manolete, bei seinem letzten Auftritt in Caracas. Sein Onkel José Miguel hatte ihn damals mitgenommen, es muss wohl 1945 gewesen sein, er war gerade siebzehn geworden. Die Plaza de Toros de Caracas, auch genannt »El Nuevo Circo« war von seinem Patenonkel, dem Präsidenten Juan Vicente Gómez, im Jahr 1916 errichtet worden, im traditionellen andalusischen Stil.

Es war ein magischer Moment: Endlich hatte Juanito den berühmten, vielleicht den berühmtesten Torero seiner Zeit, erleben dürfen! Manolete war hochgewachsen, sehr schlank, ging leicht gebeugt und hatte mit seinem länglichen Gesicht und seiner großen Hakennase immer einen melancholischen Blick. Als wüsste er zu jeder Zeit sein zukünftiges Schicksal, als wüsste er, dass ihn eines Tages sein Gegner besiegen würde. Sein Mut war unglaublich, so etwas hatte Juanito bisher noch nie gesehen. Mit welcher Eleganz er sich dem Stier näherte, langsam und fast bedächtig – manche sagten: fast andachtsvoll –, als wollte er mit seinen achtsam gesetzten Schritten zu einer Ballettvorführung schreiten. Wie er den Stier in kürzester Zeit so dominierte, dass das wilde Tier gefügig eine Drehung nach der anderen um den Maestro absolvierte, der ihm sein Tuch mit Grandezza entgegenhielt, so dass der Stier gar nicht anders konnte, als ihm zu folgen. Dabei bewegte sich der Maestro keinen Zentimeter vom Fleck, drehte sich nur um die eigene Achse, ließ den Stier so nah an seinem Körper vorbei, dass man glaubte, die Hörner hätten seinen Oberschenkel oder seine Hüfte schon gestreift, um ihn dann bei der nächsten Drehung um die eigene Achse zu wirbeln, das Tuch nach oben führend, so dass der Stier sein Haupt mit den ausladenden spitzen Hörnern wieder aufrichtete. Daraufhin ein eleganter Abgang, nur ein paar Schritte entfernt, um sich dem Stier aufs Neue zuzuwenden. Diese unwahrscheinlichen Drehungen, so nah am Körper, dass kaum noch das rote Tuch, die Muleta, zwischen Horn und Torero passte, ließen den Stier und den Maestro zu einem unauflöslichen Knoten werden, zu einer Einheit verschmelzen, zu einem Kreisel, der sich drehte und drehte. Die Zuschauer jubelten, und Juanito sah, dass sein Onkel, der große José Miguel, den er so bewunderte, Tränen in den Augen hatte vor Erregung und

Rührung. Da wusste Juanito, dass sich ein Mann seiner Tränen nicht zu schämen brauchte.
Der Onkel beugte sich zu Juanito:
»Der Maestro weiß, dass der Stier ihn jetzt erkennt, nach so vielen Drehungen, er lässt sich nicht mehr durch das Tuch täuschen, noch ein paar Umdrehungen mehr, und der Stier wird wissen, dass sein Feind nicht das Tuch ist, sondern der Mann. Es genügen nur ein oder zwei Zentimeter, und er hat ihn!« Sein Onkel flüsterte diesen Satz, als wollte er ihn gar nicht seinem Neffen sagen zur Erläuterung des Kampfes, als hätte er zu sich selbst gesprochen.
»Er muss ihn jetzt töten, Onkel, bevor der Stier ihm zuvorkommt?«
»Ja, mein Sohn, es ist Zeit!«
Und als hätte Manolete seinen Onkel gehört, wandte er sich an die Bande, ließ sich von seinen Leuten den Degen reichen, den er austauschte gegen den hölzernen Stab, der ihm bisher die Muleta straff hielt, und wandte sich wieder dem Stier zu. Noch ein paar kleine Drehungen, aber es ging dem Maestro jetzt nicht mehr um weitere Triumphe, sondern nur noch darum, den Stier richtig aufzustellen. Er musste gerade ausgerichtet sein, mit allen vieren aufrecht, nur so war die Stelle zwischen Schulterblatt und Wirbelsäule zu treffen, damit der Degen sein Ziel erreichen konnte, mitten ins Herz. Die Arena wurde mit einem Mal ganz ruhig. Alle wussten, jetzt kam der Moment, der über Leben und Tod entscheidet, und zwar für beide Kontrahenten, denn der Augenblick des Tötens war auch für den Torero der gefährlichste. Er musste, genau der Regel folgend, das Tuch mit der Linken vor seinen eigenen Leib haltend, mit der Rechten mit dem Degen sein Ziel anvisieren, und so verharrten der Stier und der Torero, der jetzt zum Matador geworden war, eine kurze Weile. Dann, eine Zuckung des Maestros genügte, der

Stier senkte den Kopf, und beide rasten aufeinander zu. Im letzten Moment, und dies war der gefährlichste, drehte sich der Matador blitzschnell zur Seite, führte das Tuch mit der Linken unter seinem eigenen Körper hindurch, während er mit der Rechten zwischen den Hörnern zustieß. Die Arena hallte wider von einem gemeinsamen Laut – ein Raunen, ein aufatmendes Ausrufen, das sich zum Jubel steigerte, als man sah, dass vom Degen nur noch der Knauf zu sehen war. Der Maestro hatte die tödliche Stelle punktgenau getroffen, der Degen war bis zum Anschlag eingedrungen.

Für einen kurzen erregten Augenblick standen sich Stier und Torero gegenüber, beide schwer atmend. Manolete hob langsam beide Arme, als wollte er den Stier segnen oder den Himmel beschwören. Da, wie in Zeitlupe, knickte der Stier über seine Vorderbeine ein, er fiel unter dem unglaublichen Jubel der Zuschauer auf die Seite und streckte alle viere von sich. Es war der schnellste, der unblutigste Tod, den Juan in seinem Leben bisher gesehen hatte und auch jemals sehen würde.

Die Arena schwoll zu einem einzigen Jubel, es gab niemanden, der nicht mit seinem weißen Taschentuch wild herumwedelte, als Zeichen, dass man vom Präsidenten der Corrida das Höchstmaß an Trophäen für den Maestro verlangte, beide Ohren und den Schwanz. Und ohne lange zu zögern, legte der Präsident zwei Taschentücher über die Bande seine Tribüne, zum Zeichen, dass er beide Ohren zugestanden hatte, aber dem Volk war das nicht genug: »*El rabo, el rabo!*« Auch dies wurde zugestanden, indem der Präsident ein Taschentuch zwischen seinen Händen straffzog.

»Das war sicher die beste Corrida unseres Lebens, Juanito!«

Dem Onkel standen die Tränen in den Augen, und er hatte recht: Es war die beste Corrida seines Lebens.

Manolete war schon zu Lebzeiten eine Legende, aber er wurde es erst recht an dem Tag, an dem er starb. Zwei Jahre später, am 28. August des Jahres 1947, stand Manolete in der andalusischen Stadt Linares seinem letzten Stier gegenüber. Der Kampf muss unglaublich gewesen sein, Manolete so mutig und heldenhaft, als wollte er sich mit seinem besten Kampf verabschieden. Und im Moment des Tötens geschah genau das, was geschehen musste: Der Degen traf genau die Stelle, die er treffen musste, das Herz des Stieres, und er war sofort tot. Aber gleichzeitig hatte sich das rechte Horn tief in Manoletes Leiste gebohrt und die Schlagader getroffen.

Schwer verletzt trug man ihn hinaus. Der Torero wurde noch in der Krankenstation der Arena operiert. Er starb noch in derselben Nacht in der Klinik, in die man ihn getragen hatte. Später sagte man, er hätte überleben können, aber man habe ihm bei der Transfusion die falsche Blutgruppe oder ein falsches Blutplasma gegeben. Manolete hätte nicht überleben wollen, sagte der Onkel, denn es war der schönste Tod, den sich ein Stierkämpfer erträumen kann: gleichzeitig mit seinem letzten Stier zu sterben!

Drei Tage waren sie damals über Barquisimeto bis in die Hauptstadt unterwegs gewesen, drei herrliche Tage, in einem feuerroten Ford Mustang. Nie zuvor hatte er einen Menschen so wunderbar und phantasiereich fluchen hören wie seinen Onkel! Isaías Medina Angarita war damals Präsident Venezuelas, ein Onkel von José Miguel. Die Straßenkontrollen, die *alcabalas*, waren besonders streng. Alle paar Kilometer wurden sie an einer Schranke angehalten, und jedes Mal ereignete sich die gleiche Szene: Der Onkel zog sich seinen Panama tief ins Gesicht, die breiten Hutkrempen nach unten gebogen. Dies ließ ihn, so glaubte er jedenfalls, besonders »verdächtig« aussehen. Mit seiner Hakennase, seinem zu einem dünnen Strich rasierten Schnurbart à la Clark Gable, sah er wirklich aus, als hätte er Schlimmes vor. Und die Guardia Militar fiel jedes Mal auf seine Provokation herein: Die Ausweispapiere sollten vorgezeigt werden. Der Onkel stieg aus dem Wagen, baute sich in seiner vollen, mächtigen Statur vor den Kontrolleuren auf und herrschte sie an, ob sie denn nicht wüssten, wen sie vor sich hätten! Natürlich wussten sie es nicht, also zog er gequält, ganz langsam, aus seiner Brusttasche die Papiere heraus. Für einen kurzen Moment zuckte der Polizist, weil er glaubte, der »Verdächtige« würde eine Waffe ziehen; aber dann las er den Namen, und auf der Stelle nahm der Uniformierte Haltung an:

»*Familiar del presidente?*«

»*Mi tío!*«

Darauf ein strammes Salutieren und sofortiges Aufheben der Schranke. Sobald der Kontrollpunkt im Rückspiegel zu sehen war, bebte der Wagen vom dröhnenden Lachen des Onkels.

Im vergangenen Jahr war Don Juan wieder zur Feria in San Cristóbal, zum Stierkampf, musste aber unverrichteter Dinge wieder zurückfahren, weil die Corrida wegen eines Platzregens abgesagt wurde. Früher hätte er sich darüber geärgert, wenn eine der spannendsten Corridas der Feria von San Cristóbal wegen Regens abgebrochen worden wäre. Heute sagte er sich: »*Bueno*, dann fahren wir eben wieder nach Hause, ich habe schon genug Corridas gesehen!«, und er war stolz auf seine überlegene Gleichgültigkeit, mit der er seine Enttäuschung überdeckte.

Don Juan hatte, seit er überhaupt denken konnte, niemals sein Abonnement für die Stierkämpfe in der Plaza de Toros de San Cristóbal versäumt. Aber seine frühere hitzige Passion für die Corrida, dieses ihn immer wieder faszinierende Ritual von

Schönheit und Tod, war inzwischen immer mehr der Erinnerung an diese Leidenschaft gewichen.
Er liebte die Atmosphäre in der Plaza de Toros, wenn sich die Ränge füllten und man hier und dort den Freunden und Bekannten zuwinkte, wenn sich die Musikkapelle einstimmte und die ersten Paso Dobles spielte, wenn die Toreros Einzug hielten in ihren prächtigen Gewändern, ihre bunt bestickten Capas, die sie zum Einzug über die Schulter gelegt hatten, über die Balustrade legten, zu den schönen Damen, und sie baten, während des Kampfes auf sie aufzupassen.
Es waren die Rituale, die ihm bei der Corrida am meisten gefielen. Er konnte das endlose Geschwätz der Tierschützer nicht mehr hören, die ein Ende der Stierkämpfe verlangten. Die wollten nicht verstehen, dass es sich um alte Rituale handelte, um ein Ringen um Leben und Tod, nach exakten Regeln. Er konnte genauso leiden, wenn schlecht gekämpft wurde, wie er jubeln und in erregter Leidenschaft den nächsten Kampf kaum erwarten konnte. Aber, das gab Don Juan zu, man musste wohl mit dem Stierkampf aufgewachsen sein, um diese Leidenschaft zu entwickeln. Das sah er an seiner eigenen Frau, in deren Familie es nie eine große Leidenschaft für die Toros gegeben hatte. Als Don Juan mit seiner frisch angetrauten Mariela nach San Cristóbal zur Feria fuhr, war es ihr erster Stierkampf. Sie wollte immer das Gesicht hinter der Hand verbergen, wenn sich der Stier dem Torero näherte; und wenn es ans Töten ging, wollte sie gar nicht mehr hinsehen. Don Juan sah bald ein, dass der Stierkampf offenbar nichts für sie war, und ging dann, wie früher, mit seinen Freunden zur Corrida, und Mariela war erleichtert, dass sie zu Hause bleiben konnte.
Am leidenschaftlichsten allerdings konnte sein Onkel sein. Es war schön, sich an *tío* José Miguel zu erinnern. Er hatte seinen

Onkel wirklich geliebt, und manchmal hatte Don Juan sogar ein schlechtes Gewissen, wenn er glaubte, dass sein Onkel ihm noch näherstand als sein Vater.

Don Juan lachte auf. Er erinnerte sich wieder daran, wie sein Onkel und er nach dem Sturz vom Pferd an der *curva del diablo* nach Hause zurückgekommen waren und alle davon sprachen, der Teufel habe José Miguel vom Pferd geworfen.

»Das ist der Unsinn, den einem die Alten immer eingeredet haben!« Hier oben, an der Kurve auf diesem Mäuerchen, da konnte sich Don Juan mit sich selbst unterhalten, so laut er wollte, hier hörte ihn niemand. »Niemand kommt jemals hierher, alle haben sie Angst vor dem Teufel!«

»*Du* natürlich nicht, Juanito!«, rief sein Alter Ego. Sein zweites Ich, seine innere Stimme, die sich immer wieder zu Wort meldete, ob es Don Juan gefiel oder nicht. Es hatte seit seiner Kindheit mit ihm gesprochen, als Kind nannte er es »den anderen Juanito«, später war es beim »Alter Ego« geblieben.

»Ach lass mich in Ruhe, du auch noch! Dich kann ich jetzt nicht gebrauchen, mit deinem dummen Gerede! Ich kann mir nicht denken, dass irgendjemand außer mir so ein dummes Alter Ego hat wie ich! Verschwinde! Ich muss nachdenken, wie ich unsere Hazienda retten kann!«

»Wie oft muss ich dir erklären, mein kleiner dummer Freund, dass ich nicht verschwinde. Ich gehöre zu dir wie dein Muttermal auf deiner linken Backe!«

Es hatte keinen Sinn, sich mit ihm zu streiten, es ging nicht weg, und es musste immer das letzte Wort haben. Aber heute wollte sich Don Juan nicht streiten, er wollte den Ausblick genießen, hinunter auf die Plaza und die Kirche mit ihren zwei Spitztürmen, auf sein Haus dahinter, links hinunter auf die *corredores* von Pueblo Viejo und dahinter den Cerro de la Cruz mit seinem riesigen Kreuz, das sich schützend über ganz Rubio ausbreitete, und nach rechts hinüber, auf den Tamá, den »Geheimnisvollen«, und auf die zwei Täler, wo seine Hazienda lag.

»Ich kann das nicht zulassen! Mein Vater, mein Großvater, sie würden sich im Grab umdrehen. Ich kann nicht zulassen, dass sie mir wegen dieser idiotischen Ölfunde die Hazienda zerstören.«

»Da bin ich ganz deiner Meinung, Juanito!«

»Wie froh ich bin, dass du mir zustimmst!«

Don Juan fuhr hinauf zu seiner Hazienda, La Cayena. Die Plaza Bolívar ließ er links liegen, fuhr an der Kirche vorbei, zum Markt, wo seine Leute einen Stand für den Verkauf von *plátanos* eingerichtet hatten.

Er sah einen seiner Arbeiter auf der Straße stehen.

»Pedro, wie war der Verkauf heute Morgen?«

»Sehr gut, Patrón, wir haben fast alles verkauft!«

»Gut, Pedro, ich werde euch Nachschub bringen lassen. Der Markt ist noch einige Stunden offen!«

Nachdenklich machte sich Don Juan wieder auf den Weg. Seine Hazienda umfasste zwei Täler, eingebettet in die sanft hügelige Landschaft unterhalb des Tamá, des höchsten Berges der westlichen Andenkette, die Táchira durchzog bis hinüber nach Kolumbien. Don Juan hatte es schon immer als ungerecht empfunden, dass sein Kaffee niedrigere Preise erzielte als der Kaffee seiner Nachbarn drüben auf der anderen Seite der Grenze. Sie hatten die gleichen Böden, dasselbe Mikroklima, es gab keinen Unterschied, nur den einen, der, wie Don Juan meinte, maßgeblich war: sein Kaffee war besser! Aber, und das war das Ungerechte: kolumbianischer Kaffee erzielte nun mal höhere Preise als venezolanischer. Das lag natürlich daran, dass die kolumbianische Regierung den Kaffeeanbau förderte, schon immer gefördert

dert hatte und den Produzenten ein Preisminimum garantierte. Das gab es in Venezuela nicht. In Kolumbien war man stolz auf die nationale Kaffeeproduktion, es war für das Land ein wichtiger Wirtschaftsfaktor, aber hier in Venezuela drehte sich alles ums Erdöl! Die ganze Landwirtschaft hatte man jahrzehntelang vernachlässigt. Wäre doch sein Onkel José Miguel damals Landwirtschaftsminister geworden, dachte Don Juan, der hätte sich darum gekümmert, der hätte nicht zugelassen, dass der ganze landwirtschaftliche Sektor zugunsten der Erdölindustrie so sträflich vernachlässigt wurde! Aber was nutzte das Jammern. Jetzt musste er sich mit diesen dämlichen Ölbohrungen auseinandersetzen.

Wenig später fuhr er die von wilden Hibiskuspflanzen gesäumte Straße hinauf, fuhr durch das Tor und stieg vor dem Haupthaus aus.

Sein Verwalter Ramón Mantilla kam ihm strahlend entgegen.

»Was ist, Ramón, hast du gute Nachrichten?«

»Ich weiß nicht, ob es gute Nachrichten sind, aber gerade habe ich gehört, dass einer der Mitkämpfer von Chávez, diesem Colonel, der vor einiger Zeit einen Staatsstreich versucht hat, von kolumbianischen Drogenleuten erschossen wurde. Anscheinend war er auch in Drogengeschäfte verwickelt. Das war aber lange Zeit gedeckt worden, weil er offenbar in der Armee große Unterstützer hat, die auch im *narcotráfico* mit drin sind!«

»Die sind doch alle darin verwickelt und korrupt! Es ist nicht zu fassen!«

Don Juan stieg die Stufen zur Veranda hinauf und ging in sein Büro.

»Ramón, wir setzen uns später zusammen, ich muss erst Don Rodrigo anrufen. Dann berichtest du mir, ob es etwas Neues von den Ölbohrungen gibt.«

11. RODRIGO TORRES

Don Juan wählte die Nummer seines Freundes Rodrigo Torres, des Herausgebers der Zeitung *El Diario del Táchira* in San Cristóbal.

Er kam sogleich zur Sache.

»Don Rodrigo, was wissen Sie von der Erschießung dieses Freundes von Chávez? Er soll ja auch ein *narcotraficante* gewesen sein?«

»Ach, Don Juan, ich wollte Sie schon anrufen, denn ich wusste, das würde Wasser auf Ihre Mühlen sein! Dieser Mann, ein Colonel, war nicht, wie es zunächst hieß, beim gescheiterten Staatsstreich von Chávez dabei, er war vielmehr bereits seit Jahren im Verteidigungsministerium beschäftigt und hat von dort aus den Putsch unterstützt. Dafür soll er sehr gut bezahlt worden sein. Aber jetzt hat man erfahren, dass er ganz dick im Geschäft war mit dem Drogenkartell von Medellín. Und als er eine Rechnung nicht bezahlt hat, haben sie ihn kurzerhand erschossen. Da sind die sehr schnell!«

»Sehen Sie, Don Rodrigo, die ganze Bande, die sind doch alle korrupt! *La corrupción, la corrupción a todos los niveles,* das frisst unser Land auf! Wir müssen handeln! Es muss etwas geschehen, so geht es doch nicht weiter!«

Wie oft hatte er seinem Freund Rodrigo Torres gesagt: der Ausweg aus der permanenten Krise, in der sich das Land befand, konnte nur noch ein *golpe militar,* ein Militärputsch sein! Aber nicht so einer, wie ihn dieser Chávez angestellt hatte, ein ziemlich stümperhafter Versuch, an die Macht zu kommen, der hatte nicht die Statur dazu.

»Natürlich wissen wir alle, dass die Regierung von Carlos Andrés Pérez, und der Präsident selbst in allererster Linie, vollkommen korrupt waren«, entgegnete Rodrigo Torres, »und daher wäre es im Prinzip damals im Jahr 1992 richtig gewesen, einen Militärcoup zu unternehmen, aber doch nicht so stümperhaft! Und dann auch noch von den kubanischen Freunden von Chávez organisiert und unterstützt. Wir wollen aber nicht die Unterstützung Kubas, um unser Land neu zu ordnen, das hätte uns gerade noch gefehlt! *Aquí se necesitan hombres de pelo en pecho al frente de las obras, con mano limpia!* – Hier braucht es richtige Männer mit Haaren auf der Brust, die sich mit sauberen Händen ans Werk machen! Und zwar Venezolaner!«

Don Rodrigo hatte auch an diesem Tag wieder, wie so oft in letzter Zeit, einen flammenden Leitartikel geschrieben, in dem er die demokratischen Kräfte des Landes dazu aufrief, in dieser schwierigen Zeit zusammenzuhalten. Der Weg aus der Krise sei zwar hart und schmerzensreich, aber er müsse auf demokratischem Wege erfolgen.

»Genug der Worte!«, rief Don Juan seinem Freund entgegen. »Sie träumen immer noch den Traum einer demokratischen Lösung, mein lieber Don Rodrigo, das wird und das kann bei einer so verfahrenen Lage nicht mehr funktionieren. Das Volk glaubt nicht mehr an unser System, es kann nicht mehr daran glauben. Was nützt ihnen denn ein demokratisches System, in dem jeder korrupt ist, jeder zusieht, wie er seinen eigenen Vorteil aus dem Betrug am anderen ziehen kann, wo das Volk hungert, wo die Industrie angeblich floriert, vor allem die Erdölindustrie, die eine der Haupteinnahmequellen des Landes sein sollte, aber tatsächlich nur Verluste macht. Wo fließen denn die ganzen Milliarden hin? Wo ist das Geld geblieben, welches nach so langem Hin und Her bewilligt wurde für den Ausbau der Straße von Rubio nach San Cristóbal?«

»Ich weiß«, erwiderte Torres seufzend, »aber dennoch: Wir dürfen nicht den Fehler machen, das demokratische System als solches zu verdammen, nur weil es missbraucht wird. Und es ist auch nicht wahr, Gott sei Dank nicht wahr, dass die Mehrheit unserer Bevölkerung einen *golpe militar* wünscht. Haben Sie den Bericht gelesen über die Umfrage des *Universal* in Caracas? Demnach ist die überwiegende Mehrheit der Venezolaner zwar mit der Regierung alles andere als einverstanden, aber für einen Staatsstreich spricht sich nur eine verschwindende Minderheit aus.«

»Sie glauben doch selbst nicht, mein lieber Torres«, rief Don Juan erbost seinem Freund am Telefon zu, »dass diese Umfrage nicht gefälscht ist! Ich kenne überhaupt niemanden mehr, der nicht von einem Staatsstreich spricht!«

»Ich weiß«, entgegnete Rodrigo Torres trocken. »Sie sprechen seit dreißig Jahren von einem unmittelbar bevorstehenden Staatsstreich.«

Damit hatte Rodrigo leider recht. Don Juan erinnerte sich an jene herrlichen Tage des Jahres 1964, als er mit seinem Onkel José Miguel in einem ziemlich klapprigen Jeep nach Kolumbien hinüberraste, zu einem konspirativen Treffen. Marcos Pérez Jiménez, der letzte Diktator, verbüßte gerade seine Haftstrafe, aber seine Anhänger hatten nicht aufgegeben. Einer der engsten Vertrauten von Pérez Jiménez war Rafael Pinzón, ihm gehörte damals El Banco Táchira, die Bank, über die all jene Geschäfte des Diktators abgewickelt wurden, die das Licht der Öffentlich-

keit scheuten. Offiziell war er *consultor jurídico de la Presidencia* und für ein paar Jahre sogar der Chef der *Secretaría de la Presidencia*, und er hatte in dieser Zeit das Kabinett des Diktators sehr gut im Griff. Rafael Pinzón ging nach dem Fall von Pérez Jiménez 1958 ins Exil nach Kolumbien. Er hatte sich dort in einer Bananenplantage in der Nähe der Stadt Pamplona niedergelassen und einen Hofstaat von exilierten Anhängern um sich geschart. Die Pinzóns waren in Rubio die unmittelbaren Nachbarn der Familie Morales, auch sie bewohnten eine der schönen großen *casas coloniales* im alten, vornehmen Viertel des Städtchens. Rafael Pinzón litt unter dem ihm auferlegten Exil, aber beim Versuch, sein Land zu betreten, wäre er mit Sicherheit verhaftet worden. Als einer der engsten Vertrauten von Pérez Jiménez hatte er zu viele Leichen in zu vielen Kellern zurückgelassen. Als José Miguel seinen Neffen aufgefordert hatte, mit ihm nach Kolumbien hinüberzufahren, um Pinzón zu besuchen, war die Begeisterung groß. Juans Mutter, die sich trotz seines Alters von mittlerweile über dreißig Jahren immer noch um ihren Sohn sorgte, als wäre er ein kleines Kind, wollte dagegen protestieren. Es sei ja nur etwas mehr als eine Stunde mit dem Wagen, besänftigte der Onkel seine Schwägerin.
»Doña Rosita, ich verspreche Ihnen, Juanito wohlbehalten zu Hause abzuliefern. Aber er ist ein erwachsener Mann, und er sollte sehen, was in diesem Land auf uns zukommt!«
Juan hatte längst aufgegeben, mit seiner Mutter darüber zu streiten, was er durfte und was nicht, er tat ohnehin, wonach ihm war. Und so waren sie losgefahren, hinüber nach San Antonio, über die Grenze nach Kolumbien. Nach einer weiteren knappen Stunde waren sie vor der Hazienda außerhalb der Stadt Pamplona angekommen. Mehrere Sicherheitskontrollen mussten passiert werden, bevor sie in den großen, verdunkelten Kon-

ferenzraum vorgelassen wurden. Pinzón hatte sich auf seiner Exil-Hazienda einen Polizeistaat *en miniature* geschaffen. Düster und schicksalsschwer empfand Juan die Szenerie, aber zugleich spannend und erregend.

Am Ende eines langen Tisches saß – oder vielmehr präsidierte – Don Rafael Pinzón, vom Qualm der dicken Zigarren eingehüllt, die fast alle der anwesenden Herren rauchten. Alle trugen die eleganten weißen Uniformen der Pérez-Jiménez-Ära, mit Ausnahme von Pinzón. Er trug die traditionelle venezolanische Nationaltracht, den *liqui-liqui*, aus hellem, fast weißem Leinen mit kurzem Stehkragen und goldenen Knöpfen. Damit wollte er wohl andeuten, dass er über allen militärischen Rängen stand.

»*Ven aquá, jóven!* – Komm nur her, junger Mann!«, rief Pinzón, als Juan mit seinem Onkel den Raum betrat. Juan durfte sich einen Stuhl nehmen und an die große Tafel rücken. »Es gefällt mir, mein guter José Miguel, dass dich dein Neffe unterstützt!«, fügte Rafael Pinzón hinzu, und Onkel José Miguel schwoll die Halsader vor Stolz.

Pinzón war ein eher feingliedriger Mensch. Wenn man ihn nicht kannte, hätte man sogar annehmen können, er sei schüchtern. Seine Stimme war leise, und im Gegensatz zu Pérez Jiménez hörte man ihn nie lospoltern. Aber seine Worte waren messerscharf, er duldete keinen Widerspruch. Juan war von dieser Begegnung und Erfahrung zutiefst beeindruckt.

Noch Wochen danach war Juan wie in Trance, so sehr hatten ihn die Geschehnisse dieses Nachmittags erregt. Die Männer hatten in seinem Beisein über den unmittelbar bevorstehenden Staatsstreich gesprochen. Und es war eine offenbar entscheidende Sitzung: Pinzón hatte unter den anwesenden Männern die Ministerposten seines zukünftigen Kabinetts verteilt.

»Du, Carlos, wirst Außenminister, José Miguel (Juans Onkel!) wird Agrarminister. Andrés und Leonidas, ihr einigt euch über das Finanz- und das Wirtschaftsministerium, Rangél übernimmt die Petróleos de Venezuela. Und das Verteidigungs- und das Innenministerium bleiben vorläufig bei mir, im Präsidialamt. Spätestens in einem Monat sehen wir uns in Caracas, im Palacio de Miraflores!«

Juans Onkel José Miguel sollte das einzige Kabinettsmitglied ohne militärischen Rang sein. Die Erinnerungen an diesen Tag, der ein Schicksalstag hätte werden sollen, konnten nie verblassen.

»Und was ist dann geschehen, Don Juan? Natürlich ist nichts geschehen, Gott sei Dank ist nichts geschehen«, sagte Don Rodrigo. »Wir hatten nach dem Abgang von Pérez Jiménez nämlich eine gute Phase, die einzige gute Phase der jungen Demokratie in Venezuela. Rómulo Betancourt war in den ersten demokratischen Wahlen des Landes mit großer Mehrheit als Sieger hervorgegangen. Wir hatten eine glückliche Zeit, in der das Land endlich demokratisch regiert wurde, eine Zeit, in der sogar die Gesetze befolgt wurden!«

»Aber mein lieber Don Rodrigo! Was war denn der große Erfolg von Betancourt? Er hat doch ein blühendes Land übernommen, ja, von Pérez Jiménez, ein blühendes Land! Die ganze Modernisierung des Landes war von Pérez Jiménez doch schon angelegt. Etwa die neue Infrastruktur: Man konnte das Land, von einem Ende zum anderen, durch die neuen Autobahnen in wenigen Tagen durchqueren, früher hatte man dazu Wochen gebraucht. Caracas wurde durch die spektakuläre Autobahn, mit drei Tunnels durch den Berg gestochen, mit dem Hafen La Guaira verbunden. Jetzt war man innerhalb einer halben Stunde am Meer und am Flughafen, wozu man früher einen halben Tag gebraucht hatte! Staudämme, Kraftwerke, die ganze Infrastruktur zur Industrialisierung des Landes, all das hat Betancourt bei seinem Amtsantritt vorgefunden! Aber was wirklich schlimm war, Don Rodrigo, war, dass Betancourt so vieles, was Pérez Jiménez mit seinen unglaublichen Visionen begonnen hatte, wieder rückgängig machte. Nehmen Sie nur den großen Plan zum Reisanbau in den Llanos!«

»Ach, das war doch nur ein Hirngespinst!«, widersprach Don Rodrigo.

»Nein mein Freund, das war kein Hirngespinst. Der Plan war, ein riesiges Wasserreservoir zu schaffen, mit dem man in den Llanos den Reisanbau in großem Stil hätte betreiben können. Venezuela könnte heute einer der größten Reisproduzenten der Welt sein. Stattdessen hat man diese Riesenfläche ungenutzt gelassen, und heute weiden dort immer noch dieselben Rinderherden wie vor hundert Jahren.«

»Träumereien!«

»Nein, Don Rodrigo, keine Träumereien! Das hätte mein Onkel, hätte er denn die Chance gehabt, unter einem Präsidenten Rafael Pinzón Agrarminister zu werden, mit Sicherheit in die Tat umgesetzt!«

»Don Juan, es nutzt doch nichts, in der Vergangenheit zu schwelgen und sich zu erträumen, was man unter einer Militärdiktatur alles hätte für das Land tun können! Ich weiß, Sie warten noch heute auf den Staatsstreich, statt sich Gedanken über die verfahrene Situation unserer Republik zu machen, statt selber aktiv zu werden! Heute, ja heute müssen wir aktiv werden, nicht nur von der Vergangenheit träumen! Sie sind eine bekannte Persönlichkeit, Don Juan, engagieren Sie sich, kämpfen Sie für die Ideale, an die Sie glauben, aber warten Sie doch nicht auf ein Wunder! Keine Militärjunta kann Wunder vollbringen. Aber ich weiß ja, Ihre Familie glaubte schon immer, dass sich die vielen Probleme des Landes nur mit einer starken Hand lösen lassen!«

»Jetzt werden Sie sarkastisch, Don Rodrigo.« Don Juan richtete sich erzürnt in seinem Stuhl auf.

Doch Rodrigo Torres ließ nicht locker.

»Meinetwegen. Aber wenn Sie schon so ein Anhänger der Diktatur sind, Don Juan, warum lassen Sie dann seit Jahren Ihren schönen zweiten Vornamen Vicente unter den Tisch fallen?«

»Sie wissen genau«, entgegnete ihm Don Juan ungehalten, »dass ich meinen zweiten Vornamen nicht zu verbergen brauche! Aber in der Zeit nach Pérez Jiménez, in der sogenannten Demokratie unter Betancourt, war es nicht opportun, an General Juan Vicente Gómez zu erinnern. Seitdem habe ich mich daran gewöhnt, den zweiten Vornamen nicht zu gebrauchen. Im Übrigen bin ich stolz darauf, die Vornamen des großen Präsidenten General Juan Vicente Gómez zu tragen, der schließlich auch mein Taufpate ist!«

»Das haben Sie mir nie erzählt!« Rodrigo Torres war überrascht. »Ich wusste nicht, dass Ihre Familie so eng mit Gómez verbunden war.«

»Natürlich, die Familie Gómez zählt – aber das wissen Sie doch! – wie die Familie Morales zu den alten Familien des Táchira. Auch sie waren, wie wir, große Landbesitzer, wobei sich die Familie Gómez mehr mit der Viehzucht beschäftigte, wir dagegen schon immer mit Kaffee. Mein Vater, Don Alfonso, hat in den ersten Jahren der Präsidentschaft von Juan Vicente Gómez sogar die Hazienda seiner Familie – La Mulera, unten, auf dem Weg nach San Antonio – mitverwaltet. Sie wissen ja, Juan Vicentes Bruder Juan Crisóstomo hatte keine Zeit, sich um die Hazienda zu kümmern, der war ja in der Zeit Vizepräsident in Caracas oder Gouverneur des Staates Miranda. Meine Eltern, Don Alfonso und Doña Rosita, haben immer nur in freundlichen und bewundernden Tönen von General Gómez gesprochen. Und sie hatten immer bedauert, dass der General im Februar 1929, als ich getauft wurde, in Caracas unabkömmlich gewesen war. So hat der Präsident einen seiner Söhne, Florencio, als Vertreter nach Rubio gesandt, der mich in seinem Namen über das Taufbecken hielt.«

»Aber, Don Juan, jetzt seien wir doch mal ehrlich: Ihre Sehnsucht nach einem Diktator à la General Gómez ist doch auch dadurch zu erklären, dass es Ihrer Familie während dieser Zeit sehr gut gegangen ist. Das darf uns doch nicht darüber hinwegtäuschen, dass Gómez ein absolutistischer, tyrannischer Herrscher war. Sie kennen doch den Wahlspruch seiner Regierungszeit: *Unión, Paz y Trabajo!* – den die Bevölkerung bekanntlich mit einer kleinen Variante interpretierte: *Unión en las cárceles, paz en los cementerios y trabajo en las carreteras!* Vereinigt in den Gefängnissen, Friede auf den Friedhöfen und Arbeit im Straßenbau! Wobei, wie Sie sicherlich wissen, das nichts anderes als Zwangsarbeit bedeutete, unter schlimmsten Bedingungen! Gómez' Regierungszeit – de facto von 1908 bis zu seinem Tod im Jahr 1935, auch wenn er zwischendurch mal anderen Mitgliedern seiner Junta den Präsidentenstuhl überließ – war die blutigste Diktatur unserer Geschichte!« Rodrigo Torres kam jetzt richtig in Fahrt. »Der Kongress war ihm immer zu Willen. Immerhin hat Gómez sich ab und an die Mühe gemacht, sich selbst den Anschein von Legalität zu geben. Er ließ die Gesetze so ändern, wie es ihm passte, um seine Wiederwahl zu ermöglichen, was natürlich auch nur eine Farce war. Die Armee hatte er fest im Griff, er besetzte alle wichtigen Posten mit Freunden und Verwandten. In seiner Familie war es sein Bruder, den Sie vorhin erwähnten, Juan Crisóstomo, den die Leute nur Juancho nannten, der das größte Vertrauen von Juan Vicente genoss. Der nahm allerdings ein schlimmes Ende, er wurde bekanntlich im Jahr 1923 in seinem eigenen Bett im Präsidentenpalast erschlagen. Für diesen Mord wurden sogleich die wichtigsten Politiker der Opposition verantwortlich gemacht. Noch in derselben Nacht wurden sie verhaftet. Kurz darauf hat man sie wieder aus den Gefängnissen geholt, um sie zu ermorden. Dabei sagten es damals alle, dass Juancho von seiner eigenen Familie ermordet wurde, weil er ihnen zu mächtig geworden war! Wer sonst hätte zu den streng bewachten Räumen von Miraflores Zugang gehabt?«

Don Juan wollte protestieren, aber er kam nicht dazu.

»Nein, Don Juan! Die Menschenrechte waren aufgehoben, ganz zu schweigen von der Pressefreiheit, und da kann ich Ihnen von meiner Familie etwas erzählen. Sie wissen doch, mein Großvater hat in den zwanziger Jahren die Zeitung gegründet. Sie werden sich noch an ihn erinnern, er war immer ein unerschrockener Journalist, der nie mit seiner Meinung zurückhielt, und so war auch mein Vater. Es hat auch nicht lange gedauert, und der General ließ beide, meinen Großvater und meinen Vater, kommen, nicht etwa, um ihnen zu sagen: Das und das hätten Sie nicht schreiben sollen, oder: Mir wäre es lieber, Sie würden das und das schreiben … Nein, er ließ sie kommen, um den beiden persönlich zu sagen, dass er meinen Vater erst einmal ins Gefängnis stecke, damit er lerne, Respekt vor dem Präsidenten der Republik zu haben. Mein Vater verbrachte zwei Jahre im Gefängnis von Santa Ana. Immerhin, mein Großvater durfte zu Hause bleiben.«

»Das tut mir leid, Don Rodrigo, das habe ich nicht gewusst …« Don Juan war betroffen.

»Don Juan, es herrschte damals die absolute Willkür. Das Bild des strengen, aber gütigen Vaters des Landes, welches der General gegen Ende seiner Regierungszeit verbreiten ließ, kann doch nicht über die Realitäten hinwegtäuschen. Der Gómez der Anekdoten hat mit dem wirklichen Menschen, mit der historischen Figur nichts zu tun. Wenn sich um einen grausamen Diktator so viele Anekdoten ranken, dann erfüllt die Anekdote auch die Funktion, Aggressionen umzulenken. Dahinter steht, unausgesprochen oder auch ganz offen formuliert, die Idee der guten alten Zeit, eines Goldenen Zeitalters, nach dem wir uns alle sehnen, vor allem dann, wenn es uns nicht gut geht. Und diese Sehnsucht wird umso größer, je unbefriedigender die Gegenwart erscheint! Daraus aber entsteht die größte Gefahr, die einer Gesellschaft in einer Krise erwachsen kann: die Gefahr, die Gegenwart abzulehnen. Aber nicht die Kritik an der Gegenwart ist dabei das Gefährliche, die ist wichtig und kann auch konstruktiv sein, nein, es ist die völlige Negierung, die zum Rückzug und zur Flucht aus der Gegenwart führt – und zur Ablehnung der Politik schlechthin. Die Ablehnung der Realität, der Rückzug aus dem politischen Leben führen zur Wahlenthaltung, weil die Menschen den etablierten Parteien nicht mehr vertrauen. Oder sie wählen die extremen Linken oder Rechten. Und mit der Zeit wird so die Partei der Nichtwähler und die der radikalen Wähler zur politischen Kraft. Und irgendwann überlässt man die Macht dem nächstbesten Menschen, der Energie und Tatendrang ausstrahlt. Die Gefährlichsten sind die, die auch noch behaupten, sie seien apolitisch. Die scharen die Menschen um sich, die von der Politik enttäuscht sind, um endlich die Politik zu beenden, damit die ehrbaren Bürger sich ihrer Arbeit hingeben können. Sie überlassen die Politik jenem großartigen Verächter derselben, der seinerseits für unsere Ruhe sorgt, indem er sich dieses schmutzigen Geschäftes annimmt.

Und so entsteht dann ein Mythos wie der von General Gómez, dem gütigen Landesvater, der für uns sorgt und uns von der Politik, diesem schmutzigen Geschäft befreit. Man ist ihm dankbar, wenn er ein paar Kriminelle zur Abschreckung aller anderen Ganoven und zur Beruhigung aller ehrbaren Bürger auf der Plaza de los Mangos in San Cristóbal aufhängt und tagelang an den Bäumen hängen lässt, so, wie es damals in den Zwanzigern und Dreißigern gang und gäbe war – da herrschte noch Ruhe und Ordnung! Drakonische Strafen für den, der es verdient. Solange du dir nichts zuschulden kommen lässt, wird dir nichts geschehen. Es sind ja nur die Kriminellen, die sich zu fürchten haben, doch nicht die rechtschaffenen Bürger! Aber wer bestimmt, wer rechtschaffen ist und wer kriminell? War mein Vater kriminell, schließlich musste er zwei Jahre in Santa Ana verbringen? Wer kann die Grenze ziehen?«

»Das will ich doch auch nicht, Don Rodrigo«, warf Don Juan ein.

»Wo kann man die Grenze ziehen, mein Freund, wenn sich eine Junta erst einmal etabliert hat. Erinnern Sie sich an Chile, Don Juan. Da glaubten auch viele durchaus ehrbare Bürger des konservativen Lagers, Pinochet und seine Kollegen würden den Saustall, den Allende in der Wirtschaft des Landes hinterlassen hatte, aufräumen und wieder Ordnung schaffen, das waren doch gestandene, aufrechte und ehrbare Männer. Erst als alles ein wenig außer Kontrolle geriet und die Herren der Junta doch machten, was sie wollten, ohne das konservative Lager zu fragen, und als dann jeder, der seinen Mund aufmachte, im Gefängnis verschwand, auch aus solchen Familien, die glaubten, man würde es niemals wagen, sich an ihnen zu vergreifen …«

Don Rodrigo hielt kurz inne, bevor er weitersprach. »Glauben Sie doch nicht, Don Juan, eine Militärjunta würde vor Ihnen haltmachen! Sie wären doch einer der Ersten, die den Mund aufmachen, wenn die in Ihren Augen etwas falsch machten. Dann säßen Sie genauso schnell in Santa Ana wie damals mein Vater. Nein, Don Juan, glauben Sie mir, das ist nicht der Weg. Der Weg, den wir gehen müssen, den Sie selbst gehen müssen, ist, sich zu engagieren: Kämpfen Sie gegen die Korruption, erheben Sie Ihre Stimme! Man wird auf Sie hören!«

Don Juan seufzte, hörbar resigniert.

»Don Rodrigo, ich habe im Moment wirklich andere Sorgen.«

»Ich weiß, es regnet mal wieder nicht genug.«

»Nein, das ist es nicht, etwas ganz anderes. Ich habe wirkliche Existenzsorgen. Es sind die Erdölbohrungen auf meiner Hazienda.«

»Davon habe ich gehört.« Don Rodrigo spürte, dass sein Freund in großer Sorge war.

»Sie haben an verschiedenen Abschnitten gebohrt. Wenn die Leute wirklich Erdöl finden, ist es um La Cayena geschehen, dann ist es vorbei. In den nächsten Tagen soll ich die Ergebnisse erfahren.«

Rodrigo schien betroffen von den Ausführungen seines Freundes.

»Rufen Sie mich an, wenn Sie etwas Neues wissen. Vielleicht kann ich Ihnen helfen.«

Sie verabschiedeten sich, und Don Juan legte auf. Er war verwirrt, nie zuvor hatte er so leidenschaftlich mit seinem Freund gestritten.

III. LA CAYENA

Mitte Februar waren sie, ohne Ankündigung, bei Don Juan erschienen. An mehreren Tagen zuvor hatte er immer wieder Helikopter über der Hazienda und in der Nachbarschaft fliegen hören, dachte aber, das wären Manöver der in der Nähe liegenden Kaserne der Guardia Nacional. Im Dorf war das Gerücht aufgekommen, die kolumbianischen Guerilleros würden jetzt schon auf venezolanischem Territorium ihre Opfer per Helikopter entführen! Drüben in Kolumbien blühte ja seit Jahren das Geschäft mit den Entführungen, meistens noch nicht einmal politisch motiviert, es ging eigentlich immer nur um Geld. Aber seit einiger Zeit tummelten sich die professionellen Entführer auch im venezolanischen Grenzgebiet, und das Militär hatte dem wenig entgegenzusetzen. Dieses Mal waren es aber tatsächlich die einheimischen Militärhubschrauber, die für die Bohrtrupps der staatlichen Ölgesellschaft die Geräte direkt an den Einsatzstellen hinunterließen.

Die Männer waren in einem Militärjeep in den Hof der Hazienda eingefahren, während Don Juan gerade auf der Veranda mit seinem Verwalter Ramón Mantilla über den Einkaufslisten der kommenden Woche saß. Einer der Männer hatte sich als Ingenieur vorgestellt. Er sei Leiter einer Regierungskommission, die beauftragt sei, die vermuteten Erdölvorkommen in der Region festzustellen. Und er wies ein Papier vor, das ihn ermächtigte, notfalls auch ohne formale Erlaubnis der Grundbesitzer – »im Interesse der Nation« – bei Bedarf Probebohrungen vorzunehmen. Um weitere Komplikationen zu vermeiden, sei es das Beste, wenn Don Juan ihm die Erlaubnis gebe, sich mit seinen Leuten auf dem Gebiet von La Cayena frei bewegen zu können. Don Juan entgegnete ihm, das käme für ihn sehr überraschend, er wolle sich die Angelegenheit erst einmal überlegen, er solle ihn am nächsten Tag anrufen. Beunruhigt über den Vorfall, rief Don Juan sofort seinen Anwalt in San Cristóbal an. Dr. Fermín Ferrero sagte ihm, er könne sich kaum dagegenstellen, da die Regierung die Sache zur »Nationalen Frage« erklärt habe. Don Juan habe somit die Verpflichtung als Staatsbürger, der Kommission den freien Zutritt zu gewähren.

»Und was ist, wenn sie tatsächlich Erdöl finden?«

»Es ist sogar sehr wahrscheinlich, dass sie etwas finden«, erklärte ihm Dr. Ferrero. »Denken Sie daran, dass die ersten Erdölvorkommen des Landes in den zwanziger Jahren ganz in Ihrer Nähe gefunden wurden.« Don Juan erinnerte sich sehr wohl, obgleich er damals noch ein kleiner Junge gewesen war. Ein wahrer Goldrausch hatte eingesetzt, die Bohrungen hörten aber bald wieder auf, weil sich das gebirgige, steinige Gelände für die damaligen technischen Möglichkeiten als zu schwierig erwies. Der Ort dieser ersten Ölbohrungen war in unmittelbarer Nähe von La Cayena, an der Straße nach Santa Ana. Man nannte diesen Ort »La Petrólea«, dort hatte der Präsident Pérez Jiménez Ende der fünfziger Jahre ein kleines Besucherzentrum angelegt. Man hatte Gott sei Dank einige Jahre zuvor im Maracaibo-See große Erdölfunde gemacht, von denen das Land seither zehrte, und der Goldrausch hatte sich dorthin verzogen.

»Die Schäden«, sagte Don Juan, »die damals bei uns durch den Rausch des Erdöls angerichtet wurden, waren schlimm: Ein großer Teil der kleineren *cafeteros* hatte alles liegen und stehen lassen, weil sie glaubten, mit leichterer Arbeit mehr Geld verdienen zu können. Viele hatten ihr Stück Land, das sie seit Jahr und Tag bearbeitet hatten, für lächerliche Beträge verkaufen müssen!«

»Zum großen Teil an Don Alfonso, Ihren Vater«, erinnerte ihn Dr. Ferrero.

»Ja, aber als dann die Bohrungen wieder eingestellt wurden, waren Tausende entwurzelt, allein mehrere Hundert aus unserem Dorf. Eine große Welle der Landflucht setzte ein«, erwiderte Don Juan.

»Was aber an den Bohrungen finanziell am unangenehmsten ist«, erklärte ihm Dr. Ferrero, »Sie erhalten natürlich keinen *centavo* für die Erdölfunde auf Ihrer Hazienda, denn alle Bodenschätze gehören grundsätzlich der Nation. Sie haben allenfalls Anspruch auf Entschädigung von womöglich beschädigten Kaffeepflanzen. Aber irgendeinen weitergehenden Anspruch, etwa entgangener Gewinn wegen partiell ausfallender Produktion, das können Sie vergessen.«

Die Auskunft war nicht sehr ermutigend. Als der Ingenieur am nächsten Tag anrief, erklärte ihm Don Juan, er müsse ihm wohl die Erlaubnis geben, die Hazienda mit seinen Leuten zu betreten; er wolle ihm aber keinesfalls völlige Bewegungsfreiheit auf La Cayena einräumen, Herr auf seiner Hazienda sei immer noch er, und das seit mehreren Generationen. Er wolle über die Besuche vorher informiert werden, und die Erlaubnis würde dann jeweils nur für einen Tag gelten und nur für das vorher bestimmte Gebiet; und er, der Señor Ingeniero, müsse sich bereit erklären, gleichzeitig mit den Erdölbohrungen auf der Hazienda auch nach Wasser zu suchen, denn er, Don Juan, sei auf Wasser angewiesen, und er müsse einige kleine Stauseen als Wasserreserven anlegen. Nach einigem Zögern ging der Ingenieur auf die Bedingungen ein. Er wusste, dass es sich bei der Hazienda La Cayena um den mit Abstand größten Besitz der Region handelte, und er wollte lieber keinen Streit mit den Grundbesitzern riskieren. Seine Mission war schon kompliziert genug. Ein verärgerter Don Juan würde ihm bei seiner Arbeit in dieser Gegend sehr schaden können.

Zwei Tage später rief Ramón Don Juan in seinem Haus in Rubio an und bat ihn heraufzukommen. Der Ingenieur habe sich für den Nachmittag angekündigt, um ihm die Ergebnisse der Bohrungen mitzuteilen.

Don Juan fuhr in seinem Jeep hinauf zur Hazienda. Der Weg führte ihn auf die Avenida, dann ging es bergauf auf einer holprigen Straße, die vor dreißig Jahren zuletzt geteert worden war, durch eine kleine Siedlung, in der sich die Straße teilte, El Chícaro. Die linke Abzweigung, die an einer verlassenen Zuckerrohrfabrik vorbeiführte, endete bald im Nichts; von dort ging es damals, in den dreißiger Jahren, hinunter zu den verlassenen Ölfeldern, an der alten Straße nach Santa Ana. Diese herrliche, ehemals so fruchtbare Gegend lag nun seit mehr als fünfzig Jahren brach, darüber konnte sich Don Juan immer wieder erzürnen. Bestes Kaffee-Gebiet! Mindestens 400 bis 500 Hektar ehemals fruchtbarsten Landes, das im Ölrausch verstaatlicht worden war und nach dem Auszug der *petroleros* verlassen wurde. Er hatte schon mehrmals bei der Regierung vorgefühlt, ob man ihm dieses Land nicht verkaufen wolle. Mit den zu Geisterstädten mutierten Siedlungen der Arbeiter war es schon in seiner Jugend ein Abenteuerspielplatz, Schauplatz aufregender Mutproben und verstohlener Liebesabenteuer. Es würde zwar einige Anstrengungen kosten, das Gebiet wieder zu *cafetales* zu machen, aber das wäre eine Aufgabe, die er mit Freude anpacken würde. Wenn da nur nicht die inzwischen eingetretene Wasserverknappung wäre!

Während er darüber nachdachte, war er in die Straße nach rechts abgebogen, an der Stierzucht seines Nachbarn vorbei. Einige Minuten weiter oben führte der enger werdende Weg vorbei an einer Anzahl kleiner Häuser zwischen üppigen Bananenstauden; in den meisten wohnten Arbeiter, die auf Don Juans Hazienda beschäftigt waren. Die Frauen und Kinder kamen, wenn sie ein Auto hörten, heraus an die Straße und winkten, und Don Juan grüßte freundlich zurück. In fast jedem dieser Häuser war er schon einmal gewesen, meist, wenn er gebeten wurde, die Patenschaft für eines der zahlreichen neugeborenen Kinder zu übernehmen.

»Don Juan!«

Er hielt kurz an, weil ihm eine Frau ihr Baby entgegenhielt und ihn um seinen Segen bat.

»*Que Dios la bendiga!*«, rief er ihr freundlich zu und reichte ihr einen Schein heraus.

»*Que Dios se lo pague!*«, erwiderte sie und winkte ihm hinterher. Er hatte keine Ahnung, wie oft er in all den Jahren gebeten worden war, Pate zu sein, wie oft er dieses »Gott segne dich!« gesagt hatte und wie oft ihm mit dem immer gleichen »Gott möge es dir vergelten!« geantwortet wurde. Häufig war es in den Familien schon die zweite oder dritte Generation, die sich auf diesem Weg die Gunst des Patrón – und ab und zu einen Schein – sicherte. Er hatte noch nie eine solche Bitte abgelehnt; schon als er ein kleiner Junge war, hatte ihm sein Vater erklärt, dass du die Leute behandeln musst wie deine Familie, sie sollen dich respektieren und verehren, dann tun sie alles für dich! Und an dieses Rezept hielt er sich.

»*Adiós!*«

Jetzt noch über den kleinen Bach, der als Rinnsal unter der Brücke hindurchfloss, und er befand sich auf seiner Hazienda. Don

Juan fuhr die lang gezogene Linkskurve steil hinauf, die gesäumt war von wild wachsenden Hibiskusstauden, durch das große Tor, auf dem der Name der Hazienda stand mit dem Zusatz 1891 – dem Jahr, in dem sein Großvater die Hazienda übernommen hatte. Hinter dem Tor öffnete sich der Patio in der Größe eines Fußballfeldes, auf den alle Gebäude der Hazienda ausgerichtet waren. Gleich zur Linken war das Wohnhaus des Verwalters, das jetzt Ramón Mantilla mit seiner Frau bewohnte. Daneben das Büro des Verwalters, ein eigenes kleines Haus, mit Vorraum und dem hinteren Büro, wo der große Tresor stand. Hier wurde das Geld für die Arbeiter deponiert, die ihren Lohn stets in bar erhielten. Der Vorraum hatte einen vergitterten Schalter, vor dem sich jeden Samstag die Schlange der Arbeiter bildete, wenn es zur Auszahlung der Wochenlöhne ging. Daran schloss sich, an der linken Längsseite des Patios, das lang gestreckte Gebäude mit den Unterkünften für die Arbeiter an, mit den Schlafsälen und den Waschräumen. Am unteren Ende der Patios waren die Hundezwinger.

Auf der rechten Seite folgten die Gebäude des *ingenio*, des Maschinenhauses. Und schließlich, gegenüber dem Verwalterhaus, am oberen Ende des großen Patios, stand das Haupthaus der Hazienda, welches der Familie vorbehalten war.

Dahinter schlossen sich, vom Haupthaus abgetrennt und mit einem eigenen Eingang versehen, die großen Arbeiterküchen an mit weiteren Unterkünften. Dort wohnten die Arbeiter, die ständig auf der Hazienda waren, während der große Bau am Patio für die Arbeitskräfte vorgesehen war, die zur Erntezeit kamen. Das waren in guten Zeiten drei- bis vierhundert Leute gewesen, die alle versorgt werden mussten, entsprechend waren die Küchen dimensioniert. Heute waren es wesentlich weniger, vielleicht hundert oder hundertzwanzig, was Don Juan jedes

Jahr aufs Neue bekümmerte. Die Tagessätze lagen deutlich über denen der Nachbarhaziendas, aber es wollten einfach nicht mehr kommen. In erster Linie lag das daran, dass die Erntehelfer aus Kolumbien ausblieben: Den Kolumbianern ging es heute besser als den Venezolanern. Das hatte eine komplette Umplanung der Abläufe während der Ernte nötig gemacht. Bis alles abgeerntet war, dauerte es heute einige Wochen länger.
Don Juan liebte die Zeit der Ernte, wenn sich die Leute frühmorgens auf dem Patio einfanden, um in die einzelnen *cortes* eingeteilt zu werden. Dann zogen sie in Gruppen davon, hinaus in die Anpflanzungen – aber nicht, ohne vorher ordentlich gefrühstückt zu haben. Die Köchinnen waren dann meistens schon um vier Uhr früh zugange, um Berge von Arepas, die traditionellen Maisfladen, vorzubereiten, dazu Töpfe voll mit schwarzen Bohnen und große Platten mit *queso blanco*. Der Käse wurde meist in aller Früh von einem Nachbarn angeliefert, der über große Rinderherden verfügte und mit seiner Milch und dem Käse die ganze Gegend versorgte. Mittags gab es meistens Reis mit den unvermeidlichen schwarzen Bohnen, ohne die es keine richtige Mahlzeit war, dazu frittierte Plátanos und zwei Mal in der Woche gebratenes Fleisch.
Als Don Juan durch das Tor gefahren kam, stand bereits der Jeep des Ingenieurs vor dem Haus. Ramón hatte ihn auf die Veranda gebeten. Das Gespräch war kurz, Don Juan gab sich einsilbig, hörte nur zu und fühlte sich wie einer, dem schonend beigebracht wurde, dass er an einer tödlichen Krankheit litt.
Der Ingenieur zählte die Abschnitte auf, die für Bodenproben infrage kamen. Eine Probebohrung sei vor allem in San Isidro angebracht, dort vermuteten sie ein größeres Vorkommen; insbesondere sei das Gelände flach und nicht so steinig, es ließe sich dort leichter arbeiten.

Don Juan dankte dem Ingenieur für seinen Bericht, bat ihn um seine Telefonnummer und verabschiedete ihn. Er saß noch eine Zeit lang wie benommen auf der Veranda. San Isidro!, dachte er, natürlich lässt sich dort besser arbeiten, auch für uns! Die beste, fruchtbarste Erde und viel weniger Steine als auf anderen Abschnitten, einer der besten *cortes* seiner Hazienda. Was für ein Geschufte ist es weiter oben, mit den großen Felsen, in El Carmen, wo wir noch nicht einmal mit dem Traktor hineinfahren können! Verständlich, dass der Herr Ingenieur lieber in San Isidro bohren lassen will!

»Ramón«, rief er, sowie er den Jeep des Ingenieurs nicht mehr hören konnte, »sattle mir den neuen Braunen … wie heißt er gleich?«

Ramón kam sofort angelaufen und wollte seinen Patrón von dem Plan abhalten.

»Don Juan, Sie sind ich weiß nicht wie viele Jahre nicht mehr auf einem Pferd gesessen!«

»Ich weiß, ziemlich genau zehn Jahre. Aber Reiten verlernt man nicht! Mach dir keine Mühe, du wirst mich nicht dazu überreden, dass du mich begleitest!« Widerwillig und in Sorge um Don Juan ließ Ramón einen der Arbeiter das Pferd satteln und vor das Haus führen. Don Juan ritt durch das hintere Tor, am Maschinenhaus, dem *ingenio*, und den Arbeiterküchen vorbei, hinaus auf die gerade Palmenallee, die sein Vater in den dreißiger Jahren angelegt hatte. Jetzt säumten hier die hochgewachsenen Königspalmen majestätisch den Weg, von dem nach beiden Seiten kleinere Pfade in die Kaffeefelder abzweigten. In diesen Abschnitten hinter dem Haus standen noch die alten Guamos als Schattenbäume über den Kaffeesträuchern und gaben den empfindlichen Pflanzen den nötigen Schutz sowohl vor brennender Sonne als auch vor zu viel Regen. Weiter oben waren statt der Guamos mit

ihren sonnenschirmartigen Baumkronen Gruppen von Bananenstauden in etwas dichteren Abständen als Schattenspender gepflanzt. Dies war eine Idee von Ramón gewesen, der Don Juan zuerst etwas skeptisch gegenübergestanden war.
»Ramón, du veränderst den Charakter der Hazienda, wenn du mir meine Guamos wegnimmst!«
Der Anblick dieser Anpflanzungen mit ihren gleichsam zwei übereinanderliegenden Etagen war ihm seit seiner Kindheit vertraut, so dass er die Veränderung zunächst nicht wollte. Aber Ramón hatte recht, musste Don Juan zugeben, er hatte ja meistens recht. Die Bananenstauden und der Kaffee verstanden sich sehr gut, und die Bananenstauden gaben nicht nur Schatten, sondern produzierten auch ständig Früchte, das ganze Jahr über eine zusätzliche, sehr angenehme Einnahmequelle. Außerdem hatte es hier in den letzten Jahren ein Guamo-Sterben gegeben, man war also ohnehin dazu gezwungen, sich über alternative Schattenbäume Gedanken zu machen.
Nach dem Bericht des Ingenieurs, dessen Ergebnis er schon befürchtet hatte, wollte Don Juan allein sein. Er erinnerte sich, wie beglückend es für ihn immer gewesen war, gerade in schlimmen Zeiten, durch die *cafetales* zu reiten. Das letzte Mal war es nach dem Tod seines Sohnes und seiner Frau gewesen. Aber daran wollte er jetzt nicht denken.
Sein alter Ledersattel, den er von seinem Onkel José Miguel geerbt hatte, fühlte sich sogleich sehr vertraut an. Das neue Pferd war offensichtlich von den Männern gut eingeritten worden, ein braves Arbeitspferd, das seinen Reiter sicher bergauf und -ab über steinige Wege trug. Es reagierte gut auf Don Juans Zügelbewegungen, er war schnell mit ihm vertraut. Don Juan bog vom Hauptweg nach links hinunter, er wollte die neuen Anpflanzungen sehen. Er hielt an. Der Anblick der in Reih und Glied

gesetzten kleinen Pflanzen hatte für ihn immer etwas Beglückendes und Anrührendes zugleich. Vor einem Jahr hatten sie diesen Abschnitt, der nach seiner Mutter Santa Rosa genannt wurde, neu bepflanzt. Die Sorte, die sie einige Jahre auf Anraten der Versuchsanstalt des Ministeriums auf einigen *cortes* gepflanzt hatten – die in einem satten Honiggelb reifte, statt die vertraute tiefrote Farbe der reifen Kaffeekirschen anzunehmen –, hatte sich nicht als langlebig erwiesen. Bereits nach sechs Jahren statt der gewohnten acht bis zwölf wurden die Pflanzen mit jeder Ernte schwächer. Jetzt waren sie wieder zu ihrer alten vertrauten Sorte zurückgekehrt, hatten die Pflanzen selbst gezogen und im Jahr zuvor eingesetzt. Zu sehen, wie wächst und gedeiht, was man selbst eingepflanzt hatte, machte ihn immer wieder glücklich. Reihe für Reihe sahen die Pflanzen gut und gesund aus: kräftige, tiefgrüne glänzende Blätter, dicht und buschig.

Ein paar Monate benötigten die kleinen Setzlinge in ihren schwarzen Plastikbeuteln, bevor sie aus der Erde sprossen und in größere Beutel umgepflanzt wurden, um schließlich, wenn sie zehn bis fünfzehn Zentimeter groß waren, in die *cortes* eingepflanzt zu werden. Im Pflanzgarten hinter den Küchengebäuden, dem *vivero*, standen sie in Reih und Glied, zu Tausenden! Ein herrlicher Anblick, der Don Juan immer wieder entzückte: Hier standen sie, noch ganz klein und unschuldig, zukünftige kräftige Kaffeesträucher, die eines Tages die Ernte sichern würden! Zwei Jahre noch, dann würden die Pflänzchen tragen und uns für die Mühe belohnen. Drüben, im Abschnitt San Daniel, waren die Pflanzen bereits im dritten Jahr, und der Fruchtansatz zeigte sich schon sehr vielversprechend.

Don Juan ritt hinunter, in Richtung zur großen *quebrada*. Sein Pferd stieg vorsichtig über die großen Steine, ohne auszugleiten, ein braves Pferd, es kannte die Wege der Hazienda offenbar sehr

gut. Der Braune ging jeden Tag hinaus, mit Ramón oder einem der Vorarbeiter, die die Arbeit der Tagelöhner zu überwachen hatten.
Wie hieß doch das Pferd, damals, als ich mit Onkel José Miguel zum ersten Mal nach Rubio hinunterreiten durfte?, fragte sich Don Juan. Caribú, natürlich, es hieß Caribú!
»Ich sollte dich Caribú nennen«, sagte er zu seinem Pferd. »Ich glaube, ich hatte dir noch gar keinen Namen gegeben.«
Wie alt war ich damals, als ich Caribú, das Pferd von Onkel José Miguel geritten habe?, fragte er sich. Elf, zwölf? Nein, es muss früher gewesen sein. Ich konnte ja schon ganz gut reiten, aber ich hatte vorher nur auf der Hazienda um den Patio herumreiten dürfen. Es war ein heißer Tag, Onkel José Miguel war wieder einmal bester Laune, und er hatte mich aufgefordert, mit ihm auszureiten, um irgendwelche neue Anpflanzungen zu besichtigen. Plötzlich waren wir, mein Onkel und ich, im Galopp die Straße hinunter nach Rubio. An der Kreuzung mit der großen Weggabelung, an der ein paar Häuser standen, die Metzgerei und der Kaufladen für die Arbeiter der Hazienda, verlangsamte er das Tempo, er wollte gesehen werden, und er wollte, dass man seinen Neffen sah! Ich saß aufrecht, so wie ich es gelernt hatte, und wir trabten an ein paar winkenden Frauen vorbei.
»Wir reiten hinunter nach Rubio, zur Plaza Bolívar!«
Das war es also, was er vorhatte! Ich wusste, es würde furchtbar peinlich werden. Wir ritten die breite Avenida hinunter, vorbei an unserem Haus. Rosa, unsere Kinderfrau, stand an der Tür, und der Onkel rief ihr zu, sie solle Doña Rosita sagen, sie könne ihren Sohn bewundern, wie er um die Plaza Bolívar reitet – *como un Señor!* Und schon waren wir an der Plaza, die sich um diese Zeit des Nachmittags, nach der Siesta, langsam zu füllen begann. Es war die Zeit der Wasserträger, die sich am frühen

Morgen und am Nachmittag versammelten, bevor sie sich am großen Brunnen hinter der Kirche ihre großen Lederbottiche auffüllen ließen. Und die Wasserträger waren die geschwätzigsten Menschen, sie wussten alles, waren überall und erzählten alles!

Im Hause Morales hatte man schon ein paar Jahre zuvor eine Wasserleitung ins Haus gelegt, wie bei den unmittelbaren Nachbarn im feineren Viertel von Rubio, aber der weitaus größte Teil des Dorfes musste sich damit noch einige Jahre gedulden, und solange war man auf die Wasserträger angewiesen. Eigentlich war es schade, hatte Rosa, die alte Kinderfrau gesagt, dass die Wasserträger nicht mehr kommen, so war man immer über alles informiert, was so vor sich ging! Daher wollte der Onkel sichergehen, dass sein Neffe auch von den Wasserträgern gesehen wurde. Aber der Onkel ritt nicht einfach um den Platz, das wäre ihm zu wenig gewesen; es war ein Auftritt, ein sehr theatralischer Auftritt, laut rief er alle seine Bekannten – er kannte fast das ganze Dorf, wie mir schien –, beugte sich jovial zu ihnen herunter, zog seinen Hut, seinen schönen weißen Panama, klopfte ihnen auf die Schulter.

»Na, was sagt ihr zu meinem Neffen, reitet er nicht wunderbar!«

»Qué maravilla!«

Und weil es so schön war, ritten wir noch eine Runde um die Plaza, und die Menschen winkten uns alle fröhlich zu. Mit einem *»olé!«* ging mein Onkel unvermittelt vom Schritt in den Galopp, und ich musste hinterher, und ich hörte die Leute rufen:

»Mira, ahí va Juanito, el hijo de Don Alfonso!«

Ich war stolz. Für meinen Onkel war dies mein erster öffentlicher Auftritt als Señor. Und wie wichtig war es für ihn, den Leuten zu zeigen, dass man ein Señor war!

Unter einem großen Guajavabaum blieb Don Juan stehen, pflückte sich eine Frucht herunter, öffnete sie vorsichtig mit beiden Händen und nahm das köstliche Aroma in sich auf. Wie kann eine Frucht so köstlich süß riechen und dann derart sauer schmecken, wunderte er sich immer wieder. Eingekocht, mit viel Zucker, wie es die übliche Zubereitungsart war, hatte sie für ihn den Reiz verloren. Er warf die Schale weg.
»Ich werde es nicht zulassen, dass mir meine Hazienda zerstört wird!«, rief Don Juan. Dort, am gegenüberliegenden Hang, inmitten der besten Anpflanzungen von San Isidro, hatten sie die angeblich »erfolgreichen« Bodenproben entnommen. Wenn sie hier wirklich bohren, dachte Don Juan, müssen sie mit den ganzen Maschinen, den Kränen, Pumpen, den Rohren und ich weiß nicht was, mitten durch das beste Anbaugebiet. Wäre der Platz wenigstens drüben, nahe der *quebrada*, könnte man das Gebiet vom Nachbarterritorium her erschließen. Dort wächst ohnehin nichts Vernünftiges, da wäre es nicht schade, und die Nachbarn haben an ihren Ländereien ohnehin kein Interesse, außer es zu parzellieren und *urbanizaciones* zu bauen und ihr Land stückchenweise zu verscherbeln! Voller Zorn wendete er sein Pferd.
»Nicht auf meinem Land!«, rief er laut. Er würde den Ingenieur noch einmal kommen lassen. »Mit jedem Menschen kann man reden. Ich bin sicher nicht der Erste und nicht der Letzte, der mit ihm ein Geschäft macht!«
Sein Anwalt hatte ihn zwar gewarnt, das nicht zu versuchen, das seien keine gewöhnlichen Regierungsleute, hier sei es nicht so einfach, schließlich seien sie von der Ölgesellschaft bezahlt und bekämen bestimmt ein Erfolgshonorar. Die seien auf kleine Nebenverdienste nicht angewiesen.
»Dann wird es mich wohl etwas mehr kosten«, entgegnete Don Juan. Er würde nicht aufgeben! Nicht um alles in der Welt

würde er sich seine Hazienda, seine Welt, sein Refugium, den Sinn seines Lebens nehmen lassen!
Tief atmete er den Geruch der Guajavas ein. Dort, der große Stein, auf den war er als kleiner Junge immer hinaufgestiegen, von dort glaubte er die ganze Welt überblicken zu können! Ein großer Felsen, vor Urzeiten von den Bergen heruntergeschwemmt, wie alle Felsen, größere und kleinere, die hier überall zwischen den Anpflanzungen verstreut lagen.
Von hier war der Blick herrlich. Das Licht wurde jetzt am späten Nachmittag silbrig. Die Reihen der neu gesetzten Pflanzen gingen dort oben ein wenig um die Kurve, bemerkte Don Juan. Nicht ganz gerade. Er musste lachen. Er erinnerte sich, dass sein Vater an genau dieser Stelle vor vielen Jahren dasselbe bemerkt hatte. Es lag sicher an der Neigung des Hanges, der dort steil nach oben verlief, dadurch verschätzte man sich wohl beim Anlegen der Reihen. Ramón würde sich ärgern, er war immer so genau. Wir haben großes Glück mit ihm, sagte Don Juan zu sich selbst. Ohne ihn könnte ich La Cayena nicht halten. Er und die Hazienda sind eins. Er ist hier aufgewachsen, und als wir ihm vor zehn Jahren die Position des Verwalters angeboten haben, war es für ihn das große Glück, und natürlich auch die große Chance, als viertes oder fünftes Kind eines Arbeiters hätte er nicht viel werden können; heute ist er mein Partner, verdient gut, hat seine eigene kleine Familie, wir haben ihm ein Haus gebaut … Und wo sollte er auch sonst hin! Er gehört hierher.
Don Juan mochte Ramón. Der kleine Bursche war wirklich liebenswert, er war mit der Hazienda verbunden. Don Juan musste lachen, als er an den kläglichen Versuch dachte, den Ramón unternahm, sich einen Schnurrbart wachsen zu lassen. Es gelang ihm nicht. Er wurde von den anderen Arbeitern gehänselt, die meist einen ziemlich dichten und festen Bart trugen, aber ihm

wollte er einfach nicht wachsen. Irgendwann hatte er es aufgegeben und dann gleich die Flucht nach vorn angetreten und sich die Haare ganz kurz schneiden lassen. Aber meistens trug er ohnehin seinen unvermeidlichen Strohhut.

»Ich sollte mit ihm einen Schluck trinken.«

Don Juan musste sich losreißen von dem herrlichen Ausblick, von seinem alten geliebten großen Stein, der unendliche Ruhe und Frieden ausstrahlte und ihm Geborgenheit gab. Wenn es einen Ort auf der Welt gibt, den man als Nabel der Welt benennen müsste, sagte sich Don Juan, für mich wäre es mein großer Stein! Er empfand ein Glücksgefühl, für das es sich zu kämpfen lohnte.

»Hey, Caribú!« Don Juan zog die Zügel an und ritt fröhlich wieder zurück.

Ramón war etwas in Sorge um seinen Patrón gewesen, als er ihn so hinausreiten sah. Als er das Pferd in den Hof galoppieren hörte, sprang er auf, er war sich sicher: Das Pferd, mit seinem Reiter nicht vertraut, war durchgegangen, hatte Don Juan abgeworfen und suchte den Stall. Zu seiner Beruhigung sah er Don Juan fröhlich vor dem Haupthaus vom Pferd steigen und dem nächsten Arbeiter die Zügel in die Hand drücken.

Don Juan setzte sich auf der Veranda in einen der Schaukelstühle.

»Ramón!«, rief er.

»Señor?«

»Komm her und setz dich zu mir, lass uns einen Whisky trinken.«

»Danke, Don Juan, Sie wissen, dass ich mir nichts aus Whisky mache.«

Braver Bursche, dachte Don Juan und goss sich selbst ein großes Glas ein.

»Don Juan«, sagte Ramón verlegen. »Ich möchte gerne mit Ihnen sprechen.«
»Das wollte ich auch! Mach dir keine Sorgen. Wir werden kämpfen! Ich werde zu verhindern wissen, dass hier nach Öl gebohrt wird. Das lasse ich nicht zu.«
»Das ist es nicht, Don Juan, und doch … Ich sehe mit oder ohne Petroleum für mich keine Zukunft.«
»Was heißt das, keine Zukunft? Du selbst bist die Zukunft!«
Ramón hatte es sich so oft vorgesagt, wie er es Don Juan sagen sollte, dass er noch etwas von der Welt sehen wollte, dass er nicht undankbar sein wollte, dass er immer so gut zu ihm gewesen sei, aber jetzt stand er doch ganz betroffen vor seinem Patrón und hörte sich sagen:
»Don Juan, ich weiß nicht, was in ein paar Jahren sein wird … Sie haben keinen Nachfolger, die Zeiten werden härter, Sie selbst sagen immer wieder, unsere Welt wird eines Tages untergehen …«
Die restlichen Worte drangen schon nicht mehr zu Don Juan durch. Zu groß war der Schmerz, der durch seine Brust stach. Kein Nachfolger! Er nahm sein Glas, und mit einem großen Schluck leerte er es, goss sich noch eines ein.
»Don Juan, ich hoffe, Sie können mich verstehen, es fällt mir nicht leicht, Ihnen …« Die Stimme seines Verwalters drang wieder zu ihm durch.
»Es ist gut, Ramón. Lass mir Zeit zum Nachdenken.« Er stand aus seinem Schaukelstuhl auf, und ohne ein weiteres Wort ging er zum Jeep und stieg ein.
»Don Juan, bitte!«
»Ramón, lass uns morgen weitersprechen.«
Er fuhr los, in die Dämmerung hinein, hinunter nach Rubio. Das saß wie ein Messer in der Brust, dieses »kein Nachfolger«!

Ihm stiegen die Tränen in die Augen. Don Juan hielt kurz an, als ihm ein großer Lastwagen entgegenkam und er vom Scheinwerfer geblendet war. Er wischte sich mit beiden Händen über das Gesicht.

Vor fast zehn Jahren war alles noch gut gewesen, er war glücklich mit seiner kleinen Familie. Mariela und er waren vom ersten Tag an ein glückliches Paar, und dann dieses bezaubernde Kind! Er hatte immer viele Kinder gewollt, aber Mariela war so zart, und sie hatte die Geburt von Miguelito kaum überstanden. Die Ärzte hatten ihr abgeraten, ein zweites Kind hätte sie zu sehr gefährdet.

Miguelito, wie sehr hatte er dieses Kind geliebt! Sein Sohn, und doch das Ebenbild seiner Frau. Er war ihr so ähnlich. Dieselben dunklen Augen, darüber die geschwungenen Augenbrauen, die schmale Nase, die dunkle Haut. Die Geburt war sehr schwer gewesen, zog sich über zwei Nächte hin, und Mariela hatte viel Blut verloren. Die Ärzte sagten ihm damals, nach der ersten schweren Nacht, er solle sich darauf vorbereiten, seine Frau und das Kind zu verlieren. Er war damals außer sich. Die Frauen waren alle zusammengekommen und beteten die ganze Nacht hindurch. Immer wieder hörte er das Schreien seiner geliebten Mariela und konnte es nicht glauben, dass sie ihn verlassen könnte. Er schloss sich in sein Büro ein, um die Schreie nicht hören zu müssen. Aber dann in der zweiten Nacht kam die erlösende Nachricht. Sie hatte es geschafft, und das Kind war gesund und entzückend.

Er hatte sich immer Vorwürfe gemacht, warum sie nicht rechtzeitig nach San Cristóbal in die Klinik gefahren waren, aber die Ärzte sagten, es wäre zu spät gewesen. Das Kind hatte sich plötzlich und einige Wochen zu früh angemeldet, aber Don Juan hatte immer die Ärzte in Verdacht, dass sie sich schlicht verrechnet hatten mit dem Geburtstermin.

Aber endlich war alles überstanden. Das Kind war wunderschön, ein wenig verknittert, aber es hatte die schönen großen Augen seiner Mutter, und Don Juan trug es als stolzer Vater auf und ab. Und auch seine Mariela erholte sich bald, nachdem ihr von den Frauen so viel Hühnersuppe eingeflößt worden war, konnte sie gar nicht anders, als bald wieder auf den Beinen zu sein. Aber sie blieb nach der Geburt immer zart und etwas anfällig.
Don Juan war so stolz auf Miguelito, auch darauf, dass er mit den Jahren ein verwegener Bursche wurde. Wenn die Leute sagten, er sei ein Herzensbrecher, dann lachte er nur. Er wird schon werden, beruhigte er seine Frau, aber sie war wohl eifersüchtig auf jedes Mädchen, das sich in ihren Sohn verliebte. Er ist noch zu jung, sagte er zu Mariela, mit zwanzig muss er doch noch keine Familie gründen! Lass ihm seinen Spaß! Doch eines Abends erzählte ihm Mariela bekümmert, Miguelito habe sich in eine verheiratete Frau verliebt, ein paar Jahre älter als er. Zum ersten Mal scheint er wirklich verliebt, sagte sie, es sei nicht wie sonst, wenn er mit den Mädchen geflirtet hat. Diesmal ist es anders, und die Frau ist verheiratet!
Don Juan kannte die Leute nicht, sie waren wohl erst vor Kurzem nach Rubio gezogen. Er versprach Mariela, mit Miguelito zu sprechen …
Sie waren nicht aus dem Gedächtnis zu löschen, die Schreie, er hörte sie immer wieder, sie waren nicht auszulöschen, diese gellenden Schreie!
»Miguelito! – Miguelito!«
Er sah nur noch Bruchstücke, die Erinnerung war zerfetzt, niemand konnte je erfahren, was wirklich geschehen war, als auf der Plaza Bolívar ein Schuss fiel. Sie holten ihn und Mariela aus dem Bett, es war mitten in der Nacht. Miguelito hatte am Abend zu seiner Mutter gesagt, er liebe diese Frau, er müsse sie

haben, hatte er gesagt. Er war nachts wieder zu ihr gegangen, hatte geglaubt, ihr Mann sei nicht zu Hause, aber der Mann war da, und Miguelito hatte mit Selbstmord gedroht, er sagte, er wolle sich umbringen, wenn er sie nicht haben konnte. Don Juan schüttelte den Kopf. Er hatte nie geglaubt, dass er sich etwas antun wollte, nicht Miguelito!

Es hieß, er sei wieder weggegangen, nachdem es vor dem Haus der Frau zu einer Auseinandersetzung gekommen sei, zwischen wem, wusste niemand mehr zu sagen, er sei wieder weggegangen, nach Hause, um eine Waffe zu holen. Die junge Frau sagte, ihr Mann sei zwar zu Hause gewesen, habe aber vom späten Besuch von Miguelito nichts mitbekommen, und sie habe Miguelito auch nicht ins Haus gelassen. Dann hätten sie auf der Straße einen Schuss gehört und sie hätten ihn tot auf der Plaza gefunden.

Die Mutter der Frau hatte schon immer gesagt, das nimmt kein gutes Ende. Lass den Jungen, hatte sie zu ihrer Tochter gesagt, jeder in Rubio wisse, dass sie mit dem Sohn von Don Juan ein Verhältnis hätte. Und die alte Rosa, die Amme, hatte immer gesagt, Miguelito, lass die dummen Geschichten. Aber der dumme Junge war so verliebt, er war besessen von dieser Frau. *Lo embrujó!* Sie hat ihn verhext, haben die Leute gesagt.

Der Pfarrer hatte Don Juan die Geschichte von Hiob aus der Bibel zum Lesen gegeben, Hiob, den Gott mit immer noch einer und noch einer Prüfung bestrafte, aber Don Juan hatte ihm die Bibel hingeworfen. Warum ich, hatte er immer wieder geschrien, warum ich!

Als er eine Woche nach der Beerdigung seines Sohnes die Schreie hörte, »Don Juan! La Señora, la Señora! Doña Mariela!«, war er wie im Taumel ein zweites Mal zur Plaza hinuntergelaufen, sich wie eine Woche zuvor einen Weg mit Armen und Ellenbogen durch die Menge bahnend, war wieder über einem reglosen

Körper zusammengebrochen. Warum muss sich alles wiederholen, hatte er gedacht, war einmal nicht genug?
»Lies die Geschichte des Hiob, mein Sohn!«, hatte der Pfarrer gesagt. Und der Pfarrer hatte zitiert:
»Siehe, dies alles tut Gott zwei- oder dreimal mit dem Menschen, um seine Seele vom Verderben zurückzuholen, damit sie erleuchtet werde mit dem Licht der Lebendigen …«
Und Don Juan hatte dem Pfarrer mit einem grässlichen Fluch geantwortet.
Doña Mariela war wie jeden Tag seit dem Tod ihres Sohnes in der Woche zuvor zur Plaza Bolívar gegangen, hörte er die Leute durcheinanderrufen, als er über dem reglosen Körper seiner Mariela lag, sie war wie jeden Tag in dieser schrecklichen Woche zu dem Ort gegangen, hier auf der Plaza Bolívar, um an der Stelle, an der man ihren Sohn gefunden hatte, zu beten, eine Blume hinzulegen … Sie war wie in Trance, die arme Frau, das Herz war ihr gebrochen, sie hat den Wagen nicht gesehen, als sie die Straße überquerte, der arme Fahrer des Wagens hatte keine Chance, er konnte nicht mehr bremsen …
Und dann musste Don Juan ein zweites Mal in einer Woche den *velorio* in seinem Hause über sich ergehen lassen, mit dem aufgebahrten Sarg, den vielen Blumen und Kerzen, und wieder, zum zweiten Mal, im hastig ausgeräumten Speisezimmer das Klagen der Frauen die ganze Nacht hindurch, die vielen Hände, die seine Hände ergriffen, die wie leblos an seinem Körper hingen. Es war eine grausame Prozedur, die Don Juan über sich ergehen lassen musste, aber an einem *velorio* kam in Rubio niemand vorbei. Das Haus stand nach dem Tod eines Menschen offen, alle Freunde und jeder Nachbar, aber auch jeder Neugierige und natürlich die professionellen Klageweiber, die zu jedem *velorio* und zu jeder Beerdigung gingen, alles traf sich im Haus.

Alle standen oder saßen oder knieten um den offenen Sarg, beteten und weinten, und die Klageweiber klagten.
Er wollte diese Bilder aus seinem Kopf verdrängen. Nicht immer wieder an diese schreckliche Zeit denken. Er musste noch zweimal am Straßenrand stehen bleiben, um sich die Augen abzuwischen, bis er schließlich, völlig erschöpft, sein Haus erreichte. Seine Haushälterin Maruja öffnete ihm das Tor zum Garagenhof, als er dreimal hupte, sie kannte seine Hupe, wusste, dass es Don Juan war. Er fuhr in den Hof, wortlos ging er ins Haus und ließ sich vor seinem Zimmer im *corredor* in seinen Schaukelstuhl fallen. Maruja hatte ihm, wie jeden Tag, eine Flasche Whisky und den Behälter mit den Eiswürfeln bereitgestellt.
»Don Juan, brauchen Sie noch etwas? Das Essen habe ich Ihnen im Speisezimmer auf den Tisch gestellt.«
»Was? Ja, ist in Ordnung, danke, Maruja, geh ruhig.«
Maruja war bedrückt. So deprimiert hatte sie Don Juan lange nicht gesehen. Ein anderer, dachte sie, wäre wohl mit diesem Schicksal längst verrückt geworden. Aber jetzt richtete ihn der Alkohol langsam zugrunde. Sie beschloss, wieder eine Messe für ihn lesen zu lassen.
»Juan, mi querido Juan!«
Don Juan schreckte auf, es war Marielas Stimme direkt hinter ihm.
»Marielita!«, flüsterte er unter Tränen. »Du warst lange nicht mehr bei mir.«
»Ich muss dich nicht immer besuchen, mein Juan, aber ich bin immer in deiner Nähe, und wenn du mich brauchst, bin ich für dich da, das weißt du.«
»Ich weiß. Es ist manchmal nicht leicht, alleine, ohne euch. Wie geht es Miguelito?«
»Ich weiß es nicht, Juan, er ist wohl sehr weit weg.«
Juan nahm einen tiefen Schluck aus dem Glas und suchte nach

seinen Zigarren. Es war tröstlich zu wissen, dass ihn seine Mariela nicht verlassen hatte. Er hatte sich an ihre Erscheinungen gewöhnt. Manchmal konnte er sie nicht nur hören, sondern er glaubte sie auch zu sehen, wenn auch sehr undeutlich. In Rubio hieß es, sie sei jede Nacht an der Plaza Bolívar, an der Stelle, an der Miguelito erschossen aufgefunden worden war und sie selbst eine Woche später gelegen hatte. Mariela glaubte nicht an einen Selbstmord, sie wollte auf keinen Fall an den Selbstmord glauben. Sie kam jede Nacht an dieselbe Stelle. Die Menschen bekreuzigten sich, wenn sie dort vorbeikamen. Man hatte an diesem Ort des Schreckens und der Trauer ein kleines Kreuz errichtet, und es waren immer frische Blumen da. Nur Don Juan, er kam nie an die Stelle, vermied es überhaupt, auf die Plaza Bolívar zu gehen.

»Du weißt, Juan, dass ich nicht daran glaube, dass sich Miguelito erschossen hat!«, sagte Mariela zu ihm. »Du musst es herausfinden. Du weißt, ich finde keine Ruhe, wenn ich keine Gewissheit habe!«

»Ich weiß, Marielita, ich glaube es ja auch nicht. Unser Sohn hat sich nicht erschossen. Aber wir können es nicht beweisen. Du weißt, es war meine Waffe. Er hatte sich den Revolver aus der Schublade meines Schreibtisches genommen, und es waren nur seine Fingerabdrücke darauf. Das sagte jedenfalls die Polizei.«

»Aber du glaubst ihnen doch genauso wenig. Der Mann dieser Hexe war es!«

»Und sie gibt ihm ein Alibi …«

Mariela schluchzte auf: »Du willst mir nicht helfen, du willst …«

»Mariela!«

Ihre Stimme war verschwunden, und sie selbst war verschwunden. Sie wird wieder an die Plaza gegangen sein, dachte Don Juan. Ich weiß nicht, wie ich ihr helfen soll. Er saß, in sich zusammengefallen, hilflos, in seinem Stuhl.

IV. DER NEFFE

Plötzlich war er da. Vor vier Wochen, Anfang März, war Carlos in sein Leben getreten. Don Juan hatte von der Existenz seines Neffen keine Ahnung. Es war ja eigentlich auch nicht sein richtiger Neffe. Er war der Sohn eines Halbbruders. Und dieser Halbbruder war erst nach dem Tod seines Vaters, Don Alfonso, aufgetaucht. Don Juan hatte nicht gewusst, dass sein Vater einen außerehelichen Sohn gehabt hatte. Es war schon eigenartig. Damals, bei der Beerdigung von Don Alfonso, Anfang der siebziger Jahre, war ihm dieser Mann auf dem Friedhof aufgefallen. Er hatte ihn nie zuvor gesehen, und er war wohl nicht aus Rubio. Aber was hatte er bei der Beerdigung seines Vaters zu suchen? Er hatte sich diskret auf der Seite aufgestellt, sichtlich bewegt, reihte sich aber nicht unter die Menschen ein, die ihm, Don Juan, am Rande des Grabes kondolierten. Und er hatte dennoch etwas Vertrautes. Während der Gebete hatte Don Juan immer wieder zu ihm hinüberblicken müssen. Als er den geheimnisvollen Besucher nach der Zeremonie ansprechen wollte, war er wie vom Erdboden verschwunden. Und er war auch nicht vorher beim *velorio* im Haus gewesen.

»Wer war dieser Mann am Grab?«, fragte Don Juan seine alte Kinderfrau Rosa, die es sich mit ihren über neunzig Jahren nicht hatte nehmen lassen, Don Alfonso das letzte Geleit zu geben.

»Sie wissen es wirklich nicht, Don Juan? Das war Ihr Bruder.«

»Mein Bruder? Ich hatte keine Ahnung …«

»Juanito«, sagte Rosa (sie wusste, dass sie der einzige Mensch war, der Don Juan so nennen durfte), »Ihre Mutter, Doña Rosita, hat es nie erfahren, aber ich dachte immer, Ihr Vater hätte es Ihnen nach ihrem Tod erzählt. Die Mutter Ihres Bruders oder besser gesagt Halbbruders war nur kurze Zeit als junge Köchin im Hause gewesen. Ich weiß noch, sie war sehr hübsch, ein wenig zu kokett, und da muss es wohl geschehen sein.«

»Wann war das, Rosa?«, wollte Don Juan wissen.

»So genau weiß ich das auch nicht mehr, Juanito, aber Sie waren wohl fünf oder sechs Jahre alt. Jedenfalls verließ das Mädchen unser Haus und unser Dorf sofort, als sie merkte, dass sie schwanger war. Don Alfonso muss sie wohl sehr großzügig abgefunden haben.«

»Ja, und was ist aus ihrem Kind, aus meinem … Bruder, geworden?«

»Ihr Vater hat offensichtlich immer gut für ihn gesorgt, ihn auf die Schule geschickt und ihn wohl auch regelmäßig gesehen, er lebte mit seiner Mutter in einem Häuschen in San Cristóbal, das er ihr gekauft hatte. Ich glaube, er ist Advokat, Rechtsanwalt.«

»Das ist ja unglaublich! Und meine Mutter hat all die Jahre nichts gewusst?«

»Ich glaube nicht, Juanito. Sie hätte es Ihrem Vater wohl auch nie verziehen.«

»Daher seine regelmäßigen Fahrten nach San Cristóbal, jeden Freitag …«

»Nein, ich glaube nicht, Juanito, da ging er immer in seinen Club.«

Don Juan erinnerte sich daran, als er zum ersten Mal mit seinem Vater an einem seiner geheiligten Freitage mitfahren durfte. Es war 1945 gewesen, und er, Juanito, war siebzehn Jahre alt. Er hatte diesen Tag nie vergessen, wegen der besonderen Neuigkeiten, die sie an jenem Tag dort während des Dominospielens im Club Táchira erfuhren: In Europa sei der Krieg zu Ende und Hitler sei tot. Sein Vater war damals vom Tisch aufgestanden, hatte sein Glas erhoben und darauf getrunken, dass ihr Land vom Krieg verschont worden sei.

Don Alfonso fuhr jede Woche, stets im weißen Leinenanzug und mit seinem Panama auf dem großen kantigen Kopf, über die holprige Straße hinüber nach San Cristóbal zum Zeremoniell des Auftankens an der Quinta Avenida. Er war stolz auf seinen *Ford Super Deluxe Convertible* mit seiner mächtigen Schnauze, mit dunkelroter Lackierung und hellbeigem Verdeck. Meist fuhr er offen, denn wenn es regnete, fuhr man sowieso nirgendwohin.

Don Alfonso fuhr immer am späten Vormittag, in Begleitung seines Chauffeurs, selbstverständlich er selbst am Steuer und der Chauffeur auf dem Beifahrersitz. Es war nicht so, dass er seinem Chauffeur nicht zugetraut hätte, das Automobil zu steuern. Das Fahren bereitete ihm vielmehr selbst ein zu großes Vergnügen, als dass er es irgendjemand anderem überlassen hätte. Aber der Chauffeur musste das Auto parken, beim Auto sitzen bleiben, es ständig auf Hochglanz polieren, nachsehen, ob genug Wasser in den Tanks und der Ölstand in Ordnung war, und was sonst noch alles zu tun war. Es war eigentlich wie beim Reiten, der Pferdeknecht des Vaters musste sich schließlich auch um das Pferd kümmern, es pflegen, striegeln, füttern, satteln – aber reiten, das tat Don Alfonso dann schon selbst. Er war einer der Ersten in der Region, die die Kutsche mit einem Automobil getauscht hatten. Doña Rosita versuchte jeden Freitag, ihn von seiner Tour in die Provinzhauptstadt abzubringen; die Straße sei in schlechtem Zustand und außerdem gefährlich: Erst letzte Woche sei wieder jemand überfallen worden! Don Alfonso ließ sich jedoch niemals erweichen. Er sei ja bewaffnet, erklärte er und klopfte dabei wie zum Beweis an seine Hüfte, und er könne in keinem Fall riskieren, ohne Benzin zu sein, schließlich gab es in Rubio damals keine Tankstelle! Der Tank war zwar meistens noch halb voll, und außerdem hatte sich Don Alfonso auf der Hazienda einen eigenen großen Benzintank zugelegt, für alle Fälle – er hatte sozusagen seine eigene Tankstelle. Aber wenn er nur einmal nachgegeben hätte, wäre sein *día libre* in San Cristóbal in Gefahr gewesen. Auf das wöchentliche Treffen mit seinen Freunden im Club Táchira, bei gutem Essen und einigen Gläsern gutem schottischen Whisky, hätte er nicht verzichten wollen. Man erfuhr dort außerdem all den interessanten, köstlichen Klatsch, den man nicht in der Zeitung lesen konnte.

Nach dem ersten Schock des Berichts seiner alten Rosa war Don Juan gerührt und sogar stolz auf seinen Vater, dass der sich offenbar sein Leben lang um seinen »Fehltritt« gekümmert hatte und seinem unehelichen Sohn eine gute Erziehung angedeihen ließ.

Jetzt war Don Juan auch klar, warum ihm dieser Mann am Grab so vertraut vorgekommen war. Er hatte große Ähnlichkeit mit seinem Vater. Er hatte denselben kantigen Kopf, dieselben dunklen Augen, die Nase war wohl etwas gebogener. Don Juan musste zugestehen, dass jener Mann, sein Bruder, Don Alfonso äußerlich sogar ähnlicher war als er selbst.

Zu der von Don Juan angestrebten Begegnung zwischen den beiden Brüdern war es nicht gekommen, denn sein Halbbruder war kurze Zeit danach nach Caracas gezogen, und dort war er für Don Juan nicht mehr auffindbar gewesen. Don Juan hatte sich vielleicht auch nicht intensiv genug darum bemüht. Er hatte nie mehr von dieser Verwandtschaft gehört. Bis eines Tages Carlos vor seiner Tür stand.

Carlos sei sein Name, und er sei sein Neffe. So stellte er sich vor und trat ein, es war für ihn offenbar das Natürlichste der Welt, seinen Onkel zu besuchen. Da stand er nun, jung, groß gewachsen, sportlich und mit mittellangen, glatten dunklen Haaren. Sein Teint war ein wenig dunkler, das war wohl seiner Mutter geschuldet. Aber er sah gut aus, dachte Don Juan. Eine Familienähnlichkeit konnte er nicht entdecken.

Sein Vater sei vor einem Monat in Caracas gestorben, er sei leider nur 61 Jahre alt geworden, Herzinfarkt. Er habe ihm, seinem einzigen Sohn Carlos, am Sterbebett gesagt, er solle nach Rubio zu seinem Onkel Juan Vicente gehen, den er, sein Vater, nie hätte kennenlernen dürfen. Gerührt waren sie sich in den Armen gelegen. Don Juan wollte alles von seinem Neffen wissen.

Seine Großmutter habe er nie kennengelernt, sagte Carlos, sie sei Köchin in San Cristóbal gewesen und die Geliebte von Don Alfonso.

Don Juan wollte widersprechen. »Geliebte« war ja wohl etwas übertrieben, aber der junge Mann war in seinem Redefluss nicht zu bremsen. Sein Vater sei also in San Cristóbal unter sehr bescheidenen Umständen aufgewachsen, aber die Großmutter habe wohl immer genug Geld von Don Alfonso erhalten, so dass sie ihren Sohn zu den Jesuiten auf die Schule schicken konnte. Sie wollte, dass er Priester würde, hatte wohl immer geglaubt, sie müsse für ihre »Sünde« Buße tun, und ihr Sohn, die Frucht dieser Sünde, müsse das auch, und das könne er am besten als Priester. Als die Großmutter dann sehr früh starb, wuchs ihr Sohn bei den Jesuiten auf, und dort habe ihn Don Alfonso auch immer besucht. Das also war der Grund für die häufigen Besuche im Jesuitenseminar! Don Alfonso hatte zu Hause immer gesagt, die Jesuiten hätten die beste Bibliothek in San Cristóbal und er habe sich dort immer den *National Geographic* ausgeliehen.

Don Juan musste lachen. Das war sehr geschickt von seinem Vater! Er fragte sich, wie wohl seine Mutter reagiert hätte, wäre sie über den wahren Grund der häufigen Besuche Don Alfonsos in San Cristóbal informiert worden.
Jedenfalls, so erzählte Carlos weiter, sei sein Vater dann auf die Universität von Mérida gekommen und hätte dort, immer mit der Unterstützung von Don Alfonso, Jura studiert. Als Anwalt habe er sich dann wieder in San Cristóbal niedergelassen, weil er seinem Vater, Don Alfonso, nahe sein wollte, dem er doch alles zu verdanken hatte. Sie hätten sich dann immer regelmäßig im Club Táchira getroffen, wenn Don Alfonso von Rubio herüberkam.
Im Club! Jetzt überkam Don Juan doch ein Anflug von Eifersucht. Es wurde ihm klar, dass sein Vater offenbar sein ganzes Leben eine sehr intensive Beziehung zu seinem zweiten Sohn gehabt hatte, von der er selbst, der immer glaubte, der einzige Sohn Don Alfonsos zu sein, keine Ahnung hatte. Jetzt empfand er Eifersucht seinem verstorbenen Halbbruder gegenüber für die Liebe, die der von seinem Vater empfangen hatte. Von ihrem gemeinsamen Vater musste man ja jetzt wohl sagen.
Als Don Alfonso starb, fuhr Carlos fort, sei sein Vater nach Caracas gezogen, habe dort geheiratet und wurde als Anwalt sehr erfolgreich.
»Und dann wurdest du geboren?«
»Ich wurde in Caracas geboren, ich bin jetzt neunzehn.«
»Und deine Mutter?«, wollte Don Juan wissen.
Er habe sie nie kennengelernt, sie sei bei seiner Geburt gestorben. Der Vater sei lange nicht darüber hinweggekommen, es habe eine lange Zeit des Leidens begonnen. Sein Vater habe sich in eine Beziehung nach der anderen gestürzt. Immer dann, wenn er, Carlos, sich gerade mit der neuen Freundin seines

Vaters arrangiert hatte (sie seien alle sehr attraktive Frauen gewesen, manche furchtbar dumm, andere intrigant), sei die Beziehung auch schon wieder zu Ende gewesen, und es zog wieder eine Neue ein.

»Aber er hat wohl nie meine Mutter vergessen, vielleicht lag es daran, dass es mit keiner seiner Freundinnen geklappt hat.«

Don Juan seufzte auf. »Wem sagst du das, mein Junge. Du weißt, dass ich vor zehn Jahren meine Frau und meinen einzigen Sohn verloren habe?«

»Ich weiß, Onkel, mein Vater hat mir die Geschichte erzählt. Und du hast nie wieder geheiratet?«

»Nein, Carlos. Es ist nicht so einfach, weißt du, wenn du das Bild des Menschen, den du geliebt hast, mit dir herumträgst …«

Sie saßen noch lange zusammen, an jenem ersten Abend ihrer Begegnung, und redeten.

Es war für Don Juan ein eigenartiges Gefühl, plötzlich wieder einen jungen Mann im Haus zu haben. Carlos war fast zehn Jahre jünger als sein Sohn und jetzt ziemlich genauso alt wie damals Miguelito, als er starb. Irgendwie erschien es ganz natürlich, dass Carlos den Platz von Miguelito einnahm. Nach einigen Wochen bereits konnte sich Don Juan kaum mehr vorstellen, wie das Leben früher ohne Carlos gewesen war.

Er begann, eine tiefe Zuneigung zu dem Jungen zu empfinden. Don Juan hatte Carlos vom ersten Tag an mit auf die Hazienda genommen, hatte alle Besprechungen in seiner Gegenwart geführt, keine Geheimnisse vor ihm gehabt. Carlos zeigte Interesse an den Geschäften der Hazienda und verstand sich offenbar gut mit Ramón. Er begriff sehr schnell die Zusammenhänge, zeigte Geschick im Umgang mit den Leuten und hatte Freude daran, auf der Hazienda unterwegs zu sein. Don Juan musste zugeben, dass sich Carlos mehr für die Arbeit eines Kaffeeplan-

tagenbesitzers zu eignen schien als damals sein eigener Sohn. Carlos war offenbar in der Schule keine Leuchte gewesen, aber Don Juan war dennoch davon überzeugt, dass sein Neffe eine Art von Intelligenz mitbrachte, die sich vielleicht nicht darin äußerte, dass er mit ihm tiefschürfende philosophische oder politische Konversationen wie mit seinem Freund Rodrigo Torres hätte führen können, aber er begriff schnell und er schien einen gut entwickelten Geschäftssinn zu haben.
Was Don Juan allerdings immer mehr störte, je vertrauter sie sich wurden, war sein Widerspruchsgeist. Er konnte plötzlich, wie aus heiterem Himmel, einen Streit vom Zaun brechen. Das erste Mal gerieten sie sich in die Haare, als Carlos bei der Besichtigung neuer Anpflanzungen die Meinung vertrat, die Reihen seien zu weit gesetzt, der Abstand zwischen den Pflanzen sei zu groß. Don Juans Erklärung, warum dieser Abstand aus der Erfahrung vieler Jahre richtig sei und man nicht vergessen dürfe, dass die Pflanzen in ein paar Jahren ja viel größer seien, wollte Carlos nicht akzeptieren.
»Weil ihr das immer so gemacht habt, ist es also auch richtig! Ihr wollt neue Ideen gar nicht gelten lassen!«
Carlos ließ seinen Onkel und Ramón neben dem Jeep stehen und war zu Fuß davongelaufen. Don Juan konnte sich diesen Ausbruch nicht erklären. Wie aus heiterem Himmel war die gute Laune, die Carlos immer ausgestrahlt hatte, vermischt vielleicht mit etwas Naivität, einer Übellaunigkeit und Ungeduld gewichen, die Don Juan bis dahin bei seinem Neffen nicht erlebt hatte.
An diesem Abend kam Carlos sehr spät nach Hause und war wortlos in sein Zimmer gegangen. Am nächsten Tag kam er nicht wie gewohnt zum Abendessen. Don Juan hatte zunächst auf ihn gewartet, doch Maruja wurde ungeduldig und drängte ihn, mit dem Essen auch ohne Carlos zu beginnen. Don Juan

war beunruhigt. Er fragte sich, was eigentlich vorgefallen sei, warum die Harmonie zwischen Onkel und Neffe, die er in den ersten gemeinsamen Wochen mit Carlos so sehr genossen hatten, zerbrochen war, und er konnte keine Erklärung finden. Carlos begann, seinem Onkel nun auch untertags auszuweichen, wollte sich von Don Juan in kein Gespräch verwickeln lassen. Als Carlos eines Abends wieder spät, gegen elf Uhr, nach Hause kam, wollte Don Juan ihn zur Rede stellen, er wollte wissen, woher er jetzt käme und was das überhaupt für Manieren seien. Carlos hatte ihm nur geantwortet, er lasse sich von seinem Onkel keine Vorschriften machen, wenn er wolle, könne er auch wieder gehen und das Haus verlassen. Er war in sein Zimmer gegangen, hatte die Tür zugeschlagen und seinen Onkel einfach stehen lassen.

»Machen Sie sich keine Gedanken, Don Juan«, hatte Maruja gesagt, »das ist ein junger Mann, der will auch mal ausgehen, nicht immer mit Ihnen zu Hause herumsitzen und plaudern.«

Vielleicht hat sie recht, sagte sich Don Juan, vielleicht kommt er sich zu sehr kontrolliert vor. Aber er konnte sich über den mangelnden Respekt ihm gegenüber nicht beruhigen. Er hätte es nur einmal wagen sollen, so mit seinem Vater oder seinem Onkel zu sprechen! Es wäre völlig undenkbar gewesen.

»Die Zeiten haben sich geändert, Don Juan«, sagte seine Köchin.

»Ja, aber nicht zum Guten«, erwiderte er zornig. »Es ist ja kein Wunder, in einer Gesellschaft, die sich ihre Vorbilder aus diesen grauenvollen Telenovelas nimmt! Jeden Tag, den uns der Herrgott schenkt, sitzt das ganze Dorf, wahrscheinlich die ganze Nation, um zwölf Uhr, oder um drei Uhr nachmittags, oder um neun Uhr abends vor dem Fernseher und schaut sich diese schrecklichen Novelas an. Diese endlosen Geschichten, die nie aufhören! Tag für Tag, über Monate hinweg!«

»Manchmal sogar über mehr als ein Jahr«, ergänzte Maruja schmunzelnd.
»Umso schlimmer! Die Personen in diesen Novelas ergreifen doch Besitz von euch, ihr identifiziert euch derart damit, dass sie euch mindestens so wichtig sind wie eure eigene Familie! Ich muss doch nur in die Küche kommen, um zu hören, wie Ihr euch jeden Tag darüber unterhaltet, ob die ›Ramona‹ oder die ›Carmencita‹ richtig gehandelt hat, ihren Schwiegervater in ihre Pläne einzuweihen, oder wie schrecklich gemein dieser oder jener zu seiner Frau oder zu seiner Geliebten oder zu sonst wem gewesen sei! Die ganze Nation nimmt derart Anteil am Schicksal dieser Novela-Familien, dass die eigentlichen, die echten Probleme in den Hintergrund geraten!«
Don Juan war so richtig in Fahrt gekommen. Er wollte einmal und für alle Zeiten seiner Köchin seine volle Verachtung für diese schrecklichen Novelas entgegenschleudern, die in seinen Augen das Verderben des Charakters einer ganzen Nation waren.
»Aber Don Juan«, entgegnete die Köchin, »regen Sie sich doch nicht so auf! Ich bin überzeugt davon, dass auf der Straße eher Unheil vermieden wird, wenn die Leute vor dem Fernseher sitzen, als dass durch die Novelas auch nur ein zusätzlicher Mord geschieht!«
Don Juan schüttelte nur unwillig den Kopf.
»Aber eines habe ich von den Familiengeschichten im Fernsehen gelernt«, fügte Maruja hinzu. »Es ist nie gut, wenn zwei Menschen, die zu verschieden sind, zu eng aufeinander leben. Lassen Sie den jungen Mann doch auf die Hazienda ziehen, wenn Sie ihn bei sich behalten wollen. Sie werden sehen, Sie streiten sich dann nur halb so viel mit ihm herum!«
»Maruja, ich will dich etwas fragen, und ich möchte, dass du

mir ganz ehrlich antwortest. Ich habe nämlich einen Verdacht, und darüber will ich mit dir sprechen.«

»Sie wissen, Don Juan, dass Sie mit mir alles besprechen können und nichts davon diesen Raum verlässt!«

Don Juan setzte sich in seinem Stuhl aufrecht und schlug die Beine übereinander.

»Ich weiß, Maruja, ich kann mich auf dich verlassen. Sag mir: Glaubst du, mein Neffe nimmt Drogen?«

»Don Juan, ich habe gewusst, dass Sie mich das eines Tages fragen würden. Ich dachte schon, Sie würden es nicht sehen oder nicht sehen wollen.«

»Also sag schon, Maruja! Nimmt er Drogen oder nicht?«

»Don Juan, um es ganz ehrlich zu sagen: Ich hatte von Anfang an den Verdacht, schon als er kam. Als ich in den ersten Tagen sein Zimmer machen wollte, so, wie ich auch bei Ihnen jeden Tag in Ihr Zimmer gehe, während Sie frühstücken, kam er hereingelaufen, brüllte mich an, was ich hier zu suchen hätte, und warf mich aus dem Zimmer. Das ist mir noch nie passiert! Als würde ich in seinen Sachen herumschnüffeln wollen oder gar etwas stehlen!«

»Und hast du etwas gefunden?«

»Nein, Don Juan, dazu hatte ich gar keine Gelegenheit. Seitdem ist aber sein Schrank zugesperrt, und er nimmt immer den Schlüssel mit. Und außerdem … nein, jetzt werden Sie lachen und mich nicht ernst nehmen.«

»Doch, Maruja, sag schon!«

»In einer der Novelas im Fernsehen, da gibt es den Sohn des Advokaten …«

Don Juan verdrehte die Augen.

»Sehen Sie, Don Juan, sie nehmen mich nicht ernst, dabei sind diese Novelas wirklich ganz nach dem Leben geschrieben!«

»Also gut, Marujita, erzähl schon, ich nehme die Sache mit meinem Neffen sehr ernst!«

»Dieser Sohn, so Mitte zwanzig, wie Ihr Neffe, überhaupt erinnert er mich sehr an ihn, auch äußerlich, dieser junge Mann benimmt sich wie Carlos. Die Art, wie er aufbraust, wie er plötzlich von einem Augenblick zum anderen völlig anders ist, mal mürrisch, dann wieder der freundlichste Mensch der Welt! An Ihnen lässt er ja seine Launenhaftigkeit nicht so aus, aber bei uns in der Küche, da ist er manchmal nicht zu ertragen. Und sein ständiger Schnupfen – er sagt zwar immer, das sei eine Allergie, aber ich glaube das nicht, das kommt vom Kokainschnupfen!«

»Danke, Maruja, dass du so offen bist.«

»Wissen Sie, Don Juan, die jungen Leute kommen so leicht an das Zeug heran, ich weiß, was die Leute unten am Markt reden. Fast alle Familien haben das Problem, es dürfte wahrscheinlich nur ganz wenige junge Leute geben, die standhaft sind. Es ist zu leicht, an das Zeug heranzukommen! Und der ganze *narcotráfico* geht doch hier bei uns durch! An der Grenze gibt es nur zum Schein Kontrollen, denn das Militär, bis hinauf zu den Generälen, verdient an dem Drogengeschäft doch prächtig mit! Das sollten Sie mal mit Ihrem Freund von der Zeitung besprechen, denn ohne das Militär würde der Drogenhandel gar nicht so blühen können!«

»Es ist schrecklich, Maruja! Du hast recht, ich muss das Thema ansprechen. Aber was machen wir mit Carlos? Hier im Haus halte ich das mit ihm nicht aus. Wenn ich ihm anbiete, sich auf der Hazienda eine Wohnung einzurichten, wird er das natürlich freudig annehmen, weil er sich denkt, da ist er weniger kontrolliert!«

Don Juan musste zugeben, dass der Gedanke, seinem Neffen anzubieten, auf die Hazienda zu ziehen, durchaus Sinn ergab. Dort war genug Platz, er konnte sich seine eigene Wohnung einrichten, das große Wohnhaus der Familie war ohnehin unbenutzt. Man konnte dort leicht eine Wohnung vom Haupthaus abtrennen, sogar mit eigenem Eingang. Bäder waren inzwischen eingebaut, und den Zugang zur großen Küche hatten auch alle Wohnungen. Zuletzt hatten sein Onkel José Miguel und seine Tante Celestina dort ständig gewohnt, er selbst übernachtete auf der Hazienda nur dann und wann. Er hatte dort sein eigenes kleines Schlafzimmer mit Bad, gleich hinter seinem Büro im Haupthaus, von dort hatte er einen guten Blick auf das Maschinenhaus, und zur Erntezeit sah und hörte er während der ganzen Nacht, wie sich das große Wasserrad drehte, was ihn beruhigte und in den Schlaf wiegte.

Aber jetzt, wo er Gewissheit hatte über den Drogenkonsum seines Neffen, überkamen ihn doch Zweifel, ob es richtig sei, Carlos auf die Hazienda ziehen zu lassen.

Am nächsten Morgen erschien Carlos zum Frühstück, als sei nichts gewesen. Er war sehr freundlich, aber er entschuldigte sich auch nicht. Don Juan schluckte seine Verärgerung darüber mühsam herunter. Als er ihm vorschlug, er könne sich auf der Hazienda eine Wohnung einrichten, wenn er es wolle, reagierte Carlos hocherfreut, sprang auf und umarmte den Onkel.

»Danke!«, rief er und stürmte hinaus.

Don Juan blieb ein wenig verblüfft zurück.

»Es ist dennoch richtig, Don Juan, Sie werden sehen. Außerdem kann Ramón ein Auge auf ihn werfen«, sagte Maruja, die das Gespräch aus der Küche mit angehört hatte.

»Ja, du hast recht, ich werde mit Ramón darüber sprechen.« Nachdenklich lehnte sich Don Juan zurück. Hoffentlich war das kein Fehler!

V. MARIELA

Don Juan blickte zum Kabinenfenster hinaus, als er bemerkte, dass sich das Flugzeug bereits im Landeanflug befand. Die fünf Tage in der Hauptstadt waren schnell vergangen, nun befand er sich wieder auf dem Rückflug. Es war immer wieder ein herrlicher Anblick, über die Anden zu fliegen. Der Pico Bolívar war deutlich zu sehen, mit seiner weißen Spitze ragte der Fünftausender über die sich dramatisch auftürmende Wolkenwand. Da unten musste Mérida liegen, die schöne, bezaubernde Stadt, in der sich noch so viel an kolonialer Architektur erhalten hatte. Wie schade, dachte er, dass es im Zentrum von Caracas so wenig von der alten Architektur gab. Jedes Mal, wenn er in die Hauptstadt flog, gab es neue *urbanizaciones*, immer neue Wolkenkratzer, Baustellen über Baustellen. Die Landung auf dem Flughafen der Hauptstadt, in Maiquetía, war ziemlich dramatisch gewesen. Das Flugzeug drehte über dem Meer eine steile Kurve, um dann parallel zur Küste über das Hochplateau oberhalb des Strandes auf die Landebahn einzufliegen, die nicht sehr lang erschien; kurz nach der Stelle, an der der Flieger drehen musste, um auf die Seitenspur zu wechseln, brach das Hochplateau jäh ab und fiel steil ins Meer hinab. Zur Rechten türmte sich das Bergmassiv des Ávila über zweitausend Meter hoch, welches das Meer mit dem Flughafen und dem Hafen La Guaira vom Tal der Hauptstadt trennte, das auf der anderen Seite der Küstenkordillere lag.

Caracas lag zwar nur zehn Kilometer Luftlinie vom Flughafen entfernt, aber der Berg musste erst überwunden werden. Früher, so erinnerte sich Don Juan, während er auf seinen Koffer wartete, war man dorthin Stunden unterwegs, auf der alten Landstraße, auf der man das hohe Bergmassiv zuerst mühsam hinauf-, dann auf der anderen Seite wieder in vielen Kurven hinunterfahren musste. Es war eine enge Straße, auf der praktisch der ganze Verkehr zwischen der Hauptstadt und der Küste abgewickelt werden musste. Aber dann hatte Pérez Jiménez die großartige, geradezu wahnwitzige Idee, eine Autobahn durch den Berg hindurchzustechen – eine sechsspurige Autobahn mitten durch den Berg, sie bestand praktisch nur aus Tunnels oder großen Brücken. Das war damals im Jahr 1950 eine technische Meisterleistung! Und noch heute profitieren alle Einwohner von Caracas von diesem Geniestreich von Pérez Jiménez! Daran musste er bei Gelegenheit Don Rodrigo einmal erinnern.
Oscar, der Fahrer eines Cousins, holte ihn ab, im dichten Verkehr fuhren sie durch die Tunnels der Autobahn hinauf ins Zentrum. Sobald man den letzten Tunnel durchquert hatte, öffnete sich das lang gestreckte Tal von Caracas, mit seinen Wolkenkratzern und Stadtautobahnen, die sich wie die Arme von Riesenkraken ineinander verschlungen durch die Stadt von Ost nach West zogen, umgeben von Hügeln, die vollgebaut waren mit abenteuerlich aufeinandergetürmten Elendshütten. Die *ranchos* waren aus dem Stadtbild nicht mehr wegzudenken, die Armenviertel lagen direkt neben den besseren Vierteln mit ihren hohen Apartmenthäusern und Villen.
Don Juan war froh, Caracas nach kurzer Zeit wieder verlassen zu können. Er würde sich nie daran gewöhnen, in dieser chaotischen Stadt auch nur ein paar Tage länger zu verbringen. Sie hatte ja gar nicht mal so viele Einwohner, offiziell noch nicht

mal zwei Millionen, was verglichen mit anderen Metropolen Südamerikas geradezu klein war. Aber die Zahl der darin nicht erfassten »Illegalen« ließ sich nicht angeben, das mussten zusätzlich mehrere Millionen sein. Don Juan schüttelte den Kopf. Allein der Gedanke, wie seine Freunde und Cousins jeden Tag wer weiß wie viele Stunden im Auto sitzen mussten, um ins Büro zu fahren, ließ ihn erschaudern. Jeden Tag brach der Berufsverkehr auf den Stadtautobahnen zusammen. Die Caraceños erzählten zwar immer, es gäbe Schleichwege, um den täglichen Stau zu umgehen, aber letztlich waren sie doch alle einige Stunden unterwegs, morgens und abends. Er glaubte, dass in Caracas das am meisten benutzte Wort *la cola* sein musste, der Stau, den es jeden Tag zu vermeiden oder zu umfahren galt.

Aber, so musste Don Juan zugeben, wenn man nicht wie er in der Landwirtschaft tätig war, hatte die Hauptstadt auch ihre Reize. Don Juan vermied es, bei einem seiner Cousins zu wohnen, wenn er in Caracas war, auch wenn ihm das selbstverständlich stets mehrere anboten. Er bevorzugte das schöne Hotel Tamanaco, das oberhalb von Las Mercedes lag, einem der besseren Viertel von Caracas im Osten des Zentrums, von dessen Terrasse man abends einen so wunderbaren Blick auf die Lichter der Stadt hatte. Dort eine Piña Colada zu nehmen und gemütlich eine Zigarre zu rauchen, während man den eleganten Damen beim Gespräch zuhörte, das war schon fein, das gab ihm den Geschmack der großen Welt. Aber nach ein paar Tagen war es auch wieder gut.

Don Juan blickte wieder aus dem Fenster.

»Ich sollte von Rubio aus mal wieder nach Mérida hinauffahren. Es ist schon so viele Jahre her …«

Sein Sohn Miguelito war höchstens zehn, elf Jahre alt gewesen, Don Juan war mit Mariela für ein paar Tage in Mérida. Es war

gar nicht leicht gewesen, sie dazu zu bringen, den Kleinen allein zu lassen.
»Marielita, er ist in guten Händen. Rosa ist bei ihm, und du weißt, wie sie ihn vergöttert. Es wird ihm an nichts fehlen.«
»Du weißt, mein lieber Juan, wie nervös ich bin seit damals. Wir hätten ihn fast verloren.«
Es war wirklich eine schreckliche Geschichte. Bis auf den heutigen Tag konnte sich Don Juan nicht erklären, was wirklich geschehen war. Für die alten abergläubischen Weiber hingegen war die Sache völlig klar:
Der kleine Miguelito – er war damals gerade drei Jahre alt geworden – sah wirklich entzückend aus. Er hatte dicke blonde Locken, und seine hellen Augen gaben ihm etwas geradezu Zauberhaftes. Kein Mensch hatte in Rubio blonde Locken, und eigentlich konnte sich das in der Familie auch keiner erklären – oder vielleicht doch, eine Urgroßmutter war wohl blond gewesen, aber es war schon ungewöhnlich. Der Kleine saß untertags gerne am offenen Fenster des Salons, wenn man am Morgen die hölzernen Läden geöffnet hatte, saß auf dem Fensterbrett und schaute durch das vergitterte Fenster hinaus auf die Straße. Er liebte es, die vorbeigehenden Menschen zu beobachten, das Treiben in der Bäckerei gegenüber, die Autos und die Lastwagen, die von den Haziendas mit Säcken beladen vorbeizogen, und die Handkarren der Händler, die, voll beladen mit Plátanos, mit Mangos und Ananas zum Markt hinunterströmten. Es gab immer etwas zu sehen, und oft genug blieben die Leute stehen, um das schöne Kind zu bewundern.
»Eines Tages wird ihm eine Hexe den bösen Blick anhängen!«, hatten einige der Frauen in der Küche zu Doña Mariela gesagt. »Er sollte nicht immer am offenen Fenster sitzen! Hängen Sie ihm doch wenigstens ein Amulett um!«

Und eines Tages war es tatsächlich geschehen. Was genau, wusste eigentlich keiner. Miguelito kam laut schreiend in den Patio des Hauses gelaufen, die Frauen waren zusammengeströmt: Was hat der Kleine? Er ließ sich nicht trösten, heulte und schrie, aber es war nichts aus ihm herauszubringen: Niemand konnte erkennen, was ihn so aufgebracht haben könnte. Hatte ihn etwas gestochen? Man untersuchte ihn genau, konnte aber keinen Einstich finden. Aber irgendetwas musste ihm doch zugestoßen sein! Ein Kind fing doch nicht ohne Grund so zu weinen an! Als am Abend Don Juan nach Hause kam, war alles in Aufruhr.

Mariela fiel ihm um den Hals. »Juan, Juan, unser Kind!« Zwei Ärzte saßen an seinem Bett, der eine, ein Nachbar, hatte alles stehen und liegen lassen und war seitdem nicht mehr von der Seite des Kleinen gewichen. Er hatte ihm eine Beruhigungsspritze gegeben, was zumindest die schrecklichen unkontrollierten Schreie beenden konnte. Der andere Arzt war gerade zufällig aus San Cristóbal in der kleinen Klinik der Karmeliterinnen am Ende der Straße zu Besuch gewesen und ebenfalls gleich ins Haus von Don Juan gekommen. Beide Ärzte konnten sich nicht erklären, was die Ursache für die heftige Reaktion des Jungen war. Er bekam hohes Fieber. Kalte Umschläge, viel Wasser, mehr konnte man nicht tun. Ein Infekt? Eine der normalen Kinderkrankheiten schien es nicht zu sein.

Die erste Nacht wichen Juan und Mariela nicht von seinem Bett. In der Küche hatten sich alle Frauen versammelt, um ein Vaterunser und Avemaria nach dem anderen zu beten. Am nächsten Morgen wurde der Priester geholt, denn das hohe Fieber hatte nicht nachgelassen.

Mariela saß mit Rosa, der alten Kinderfrau, gemeinsam am Bett, und beide hielten seine kleinen Hände. Rosa summte das

Lied, das sie bereits zu seinen eigenen Kindertagen an seinem Bett gesungen hatte und ihm so vertraut war: »*Cuando el niño llora, algo lo lastima* …«
Es lag sicher nicht an diesem alten tröstenden Lied, das jedes Kind gerne hörte, wenn ihm etwas wehtat, aber am Nachmittag wurde es besser, und das Schlimmste schien überstanden. Dann geschah jedoch etwas sehr Eigentümliches. Rosa hatte es als Erste bemerkt. Sie hatte dem Kleinen über das Haar gestrichen und hatte plötzlich ein Büschel Haare in der Hand, die entzückenden blonden Locken, sie lagen in ihrer Hand! Die Aufregung war groß, der Arzt wurde aufs Neue geholt, aber er fand keine Erklärung dafür, dass dem Kleinen plötzlich die Haare büschelweise ausfielen.
Am nächsten Tag hatte Miguelito fast keine Haare mehr auf dem Kopf. Er sah schrecklich aus. Die Frauen aus der Küche drängten ins Kinderzimmer, um sich das Kind anzusehen, es war ein Bild des Jammers.
»*El pobre niño!* Seine schönen blonden Locken!«
Und jetzt lag er da, völlig ermattet, und kahlköpfig.
Es war eine der Frauen aus der Küche, die zuerst aussprach, was sich viele bereits gedacht hatten:
»Er ist verhext worden! Eines der alten Weiber, die sich auf den Straßen herumtreiben und nichts Gutes im Sinn haben, muss ihn verhext haben!«
»*El mal de ojo!*«
Der böse Blick! Das war die einzig plausible Erklärung.
»Er sah doch aus wie das Jesuskindlein, mit seinen blonden Locken!«
»*Sí, como el Niño Jesús!*«
Eine widerliche Hexe musste es gewesen sein! Die Frauen fingen schon an zu diskutieren, welches der alten Weiber aus Pueblo

Viejo, dem schlimmen Viertel auf der anderen Seite des Flusses, es gewesen sein könnte.

»Man sollte sie alle einsperren! Einsperren!«

Don Juan konnte dieses Geschwätz nicht ertragen, er warf sie hinaus.

»Rosa, halte mir bitte diese Weiber vom Hals! Sie sollen im hinteren Hof bleiben, wo sie hingehören. Ich will niemanden vom Personal hier vorne im Hause sehen, es sei denn, man wird gerufen.«

Nach ein paar Wochen wuchsen die Haare langsam nach. Aber Miguelito war ein anderer geworden. Aus dem kleinen fröhlichen blond gelockten Kind war ein sehr viel ernsthafterer Junge geworden mit dunklen, glatten Haaren.

Er hatte sich nie mehr an das Fenster des Salons gesetzt, jetzt spielte er immer in einer Ecke des Patios. Niemand konnte jemals in Erfahrung bringen, was sich damals am Fenster wirklich zugetragen hatte.

Juan und Mariela waren in einem kleinen Hotel außerhalb von Mérida abgestiegen. Er versuchte alles, um sie abzulenken, ihre Bedenken zu zerstreuen, sie sollte doch nicht immer nur an den Jungen denken. Don Juan liebte ihn auch über alles, aber es musste doch auch möglich sein, sich nicht immer nur Sorgen um das Kind zu machen!

Sie machten Spaziergänge durch das historische Zentrum mit seinen wunderschönen Häusern aus der Kolonialzeit, fuhren mit der Seilbahn hinauf bis zum Gipfel des Pico Bolívar, waren verzaubert von dem unglaublichen Licht da oben auf fast fünftausend Metern Höhe. Zwischendurch mussten sie beide an einem Sauerstoffgerät auftanken, denn die Luft war schon recht dünn, und es machte Mühe durchzuatmen. Zu ihrer großen Belustigung hatten sie beide das Gefühl, dass sie sich wie in

Zeitlupe bewegten. Es war ein herrlicher Tag, an dem Mariela Gott sei Dank wieder lachen konnte.
Am dritten Tag ihres Aufenthalts waren sie auf dem Markt, in dem die Indígenas von den Páramos, hoch oben in den Bergen, ihre Erzeugnisse anboten, die schönen Keramiktöpfe, die bunten Stoffe, die kunstvoll geformten Blumen aus buntem Filz. So langsam wurde Mariela wieder fröhlicher, war so wie früher, als sie sich kennengelernt hatten. Die zärtlichen Umarmungen, ihre weiche Haut, der Geruch ihrer Haare, ihre Liebkosungen, so zärtlich konnte sie sein …
Don Juan hatte Tränen in den Augen. Sie fehlte ihm sehr.
Warum, warum nur musste das alles geschehen? Es schauderte ihn, als er sich wieder daran erinnerte, wie sie damals in die Kathedrale von Mérida gegangen waren. Wie immer, wie in jeder Kirche, hatte sie vor dem Altar der Jungfrau eine Kerze angezündet und war zum Gebet auf die Bank niedergekniet. Plötzlich sah er, wie sie weinte. Sie weinte lautlos, ohne einen Ton, ohne zu schluchzen, wie sie es sonst tat, wenn sie weinen musste. Sie kniete und hielt dabei die Hände vor das Gesicht, und die Tränen flossen ihr über die Wangen, nur die Schultern zuckten.
Zunächst hatte er nicht gewusst, was er sagen, wie er auf diesen unerwarteten Ausbruch seiner Frau reagieren sollte. Sie hatte sich die beiden vergangenen Tage in Mérida wieder gefangen, sie war wieder fröhlich gewesen, sie hatten ihre Zweisamkeit genossen, und jetzt? Als er ihre Schulter berührte, hob sie den Kopf, und in ihren Augen sah er eine tiefe Traurigkeit, die ihn erschrecken ließ. Lautlos stand sie auf und verließ die Kirche. Er folgte ihr hinaus. Er konnte kein Wort von ihr über diesen Tränenausbruch erfahren.
Später, viel später erst, einige Wochen vor ihrem und Miguelitos Tod, hatte sie ihm erzählt, was sie damals in der Kirche in

Mérida »gesehen« hatte. Ihren eigenen Tod und den von Miguelito hatte sie gesehen, schluchzend hatte sie es ihm erzählt. Er war völlig fassungslos gewesen, er hatte nicht verstehen können, nicht verstehen wollen. Damals nicht. Und später auch nicht.

Vielleicht sollte ich mit Carlos ein paar Tage nach Mérida hinauffahren? Und dann noch höher, ins Hochgebirge, in die Páramos hinauf. Don Juan liebte diese Landschaft. Je weiter man hinauffuhr, umso größer wurde der Zauber, umso einsamer die Straße. Er liebte diese kleinen, verschlungenen Wege, am Abgrund entlang; die immer karger werdende Vegetation, bis bei dreieinhalbtausend Metern Höhe nur noch Gestrüpp und der *frailejón*, diese eigenartige, distelartige Pflanze mit ihren silbrigen, behaarten langen Blättern und zitronengelben Blüten, den Straßenrand säumten, von Nebelfetzen in milchiges Licht getaucht; die langen, sich unendlich durch die Landschaft schlängelnden halbhohen Mauern aus aufeinandergeschichteten unbehauenen Steinen; die dürren Ziegen und Schafe, die an trockenen Gräsern kauten; die dunklen, von der Sonne gegerbten und zerfurchten Gesichter der Indios dort oben. Ein ganz anderer Menschenschlag als unten in Rubio, wo sich vieles verschiedener Herkunft und Farbe vermischt hatte. Dort oben, da war alles noch wie vor Hunderten von Jahren – oder zumindest fast alles. Da gab es – ganz oben, fast an der Passhöhe auf knapp viertausend Metern, bevor man auf der anderen Seite der Kordilleren in die Llanos hinabfuhr – dieses ehemalige Kloster, das man zu einem *Parador* umgebaut hatte, ein schlichtes Hotel, aber traumhaft gelegen. Es war herrlich, als er damals, auf seiner Hochzeitsreise mit Mariela, dort oben zwei Nächte geblieben war, im immerwährenden Nebel, ganz verzaubert. Da sollte ich wieder hin, dachte er.

VI. BANKEN UND DROGEN

Das alles ging Don Juan durch den Kopf auf seinem Rückflug von Caracas. Nach ein paar Minuten setzte das Flugzeug zu einer ausgedehnten Linkskurve an, sank tiefer. Die Landung am Flughafen von San Antonio del Táchira – der auf Juan Vicente Gómez getauft war, weil ganz in der Nähe, außerhalb des Städtchens San Antonio die Hazienda der Familie Gómez, La Mulera, gelegen hatte – war noch viel riskanter als die am Flughafen von Caracas. Die Piste war noch kürzer, man konnte nur von einer Seite einfliegen, von Norden. Im Osten und im Süden stiegen die Berge ziemlich nah am Flughafen steil an, und im Westen, nur ein paar Hundert Meter weiter, lag der Grenzfluss zu Kolumbien und gleich dahinter die kolumbianische Stadt Cúcuta. Über kolumbianisches Gebiet durfte man nicht einfliegen, da wäre man schon über dem Stadtgebiet von Cúcuta gewesen, also blieb nur der Anflug von Norden. Sobald der Flieger aufsetzte, musste der Pilot eine ziemliche harte Vollbremsung durchführen, um nicht über das Ende der Piste hinaus den Hang hinunterzustürzen. Don Juan hatte zu seiner Belustigung gehört, wie hinter ihm ein Passagier in Panik seinem Sitznachbarn erzählte, genau das sei schon mehrmals passiert, es würde nur nie berichtet werden! Dann würde ja keiner mehr fliegen wollen!

Don Juan nahm solche Katastrophenmeldungen nicht ernst. Vielmehr genoss er den schönen Anblick. Das Abendlicht lag warm und mild über den dicht bewaldeten Bergen. Er lehnte sich zurück, verschränkte die Arme hinter seinem Kopf und lächelte, dachte zufrieden über den Ausgang seiner Reise nach. Es hatte ihn zu seiner Überraschung noch nicht einmal etwas gekostet. Dabei war er durchaus dazu bereit gewesen, aufgrund der Notlage und der außergewöhnlichen Umstände, und ganz gegen seine Prinzipien; aber es war nicht nötig gewesen. Dass er eigens aus Táchira angeflogen war, der Umstand, dass er den Präsidenten der Bank persönlich kannte, hatte alle Türen geöffnet, und was zunächst nicht möglich schien, war möglich geworden. Seine Konten, bis auf jene langfristig angelegten Gelder, über die er ohnehin nicht verfügen musste, waren freigegeben worden, er konnte einen Transfer auf eine Bank, die nicht von der Liquiditätskrise betroffen war, vornehmen, hatte dort neue Konten eröffnet, und schließlich war es ihm sogar am vorletzten Tag gelungen, einen ansehnlichen Betrag in bar abzuheben, den er in seinem Handkoffer zwischen seinen Beinen eingeklemmt hielt, so dass die Lohnzahlungen für die Hazienda auf die nächsten Wochen hinaus kein Problem mehr waren. Es war alles gut ausgegangen.

Hals über Kopf hatte er vor fünf Tagen die Koffer gepackt, als sich plötzlich die Bankenkrise dramatisch zugespitzt hatte. Kurz zuvor war bekannt geworden, dass einige der wichtigsten und vielleicht einflussreichsten venezolanischen Banker das Land verlassen hatten. Die unmittelbare Folge war, dass die betroffenen Banken gestürmt wurden, Tausende wollten ihre Konten leer räumen, Gelder transferieren, woraufhin innerhalb eines Tages das ganze nationale Bankenwesen in eine akute Liquiditätskrise taumelte. Don Juan war bei seinem Freund Rodrigo Torres in San Cristóbal gewesen, sie hatten sich zum Mittagessen im Club getroffen. Torres hatte ihn zu sich gebeten.

»Stellen Sie sich vor, ein Drittel aller Banken des Landes sind seit heute Morgen geschlossen.«

»Ich weiß, Don Rodrigo, das ist unerhört. Der Verwalter meiner Hazienda, Ramón Mantilla, berichtete mir heute Morgen, dass er nicht in der Lage war, die Wochenlöhne von der Bank abzuheben. Als er ankam, hatte sich schon eine riesige Menschenmenge vor dem Bankgebäude gebildet. Einige wenige, die ersten zwei, drei Reihen, wurden eingelassen, aber dann hieß es, es sei kein Geld mehr da und es würde wohl zunächst auch kein Nachschub eintreffen. Sie wissen, Don Rodrigo, wie die Mentalität der Leute ist, sie wollen immer ein paar Scheine bei sich haben. Erst der Griff nach dem zusammengerollten Bündel in der Tasche gibt ihnen die Gewissheit, etwas zu besitzen, oder zumindest das Gefühl von Besitz. Als wir – auch aus Sicherheitsgründen – vor einiger Zeit dazu übergehen wollten, die wöchentlichen Lohnauszahlungen nicht mehr in Bargeld, sondern per Scheck oder Überweisung vorzunehmen, haben mir die Arbeiter damit gedroht, die Hazienda zu verlassen. Sie sind es einfach gewohnt, den Lohn ihrer Arbeit jede Woche in Scheinen auf die Hand gezählt zu bekommen. Die meisten haben ja noch nicht mal ein Bankkonto! Was bedeutet, dass wir jede Woche große Summen in bar abheben müssen. Vor allem während der Ernte ist das eine erhebliche Menge.«

»Aber das Verrückte ist doch, dass die Herren Banker das Geld, das sie ins Ausland transferiert haben, zum größten Teil in Koffern voller Bargeld mitgenommen haben! Und das tun sie, weil sie ihrem eigenen nationalen Bankensystem nicht mehr vertrauen.«

»Ja, aber in dieser Größenordnung, und dann gleich mehrere Banken gleichzeitig!«

»Es ist mir unerklärlich, wie es einem Menschen gelingen kann, kofferweise Bargeld aus dem Land zu schaffen, Hunderte von Millionen Dollar, über die Insel Margarita mit einem Privatflugzeug!«
»Ausgerechnet auf Margarita, wo bei der Ausreise, und sei es nur aufs venezolanische Festland, wirklich jeder Koffer kontrolliert wird, damit niemand auch nur eine einzige steuerfreie Flasche Whisky zu viel mitnimmt!«
»Ich weiß, Don Juan, um auch nur einen einzigen Koffer mit Dollarscheinen außer Landes zu bringen, benötigen sie schon sehr hohe Protektion. Es müssen Militärs und Politiker darin verwickelt sein, gerade in einer Zeit, wo jeder und alles streng kontrolliert wird – angesichts des Drogenhandels, der Geldwäsche und des daraus resultierenden Verbots hoher Bargeldtransaktionen. Ich bin sicher, dass wir bald erfahren werden, wer an dieser unglaublichen Affäre beteiligt gewesen ist!«
»War nicht einer der Banker mit unserem Expräsidenten Carlos Andrés Pérez eng befreundet?«
»Es wurde ja bereits damals, als der Präsident wegen des großen Korruptionsskandals sein Amt verlor – übrigens, möchte ich anfügen, war meine Zeitung die erste, die über die Korruptheit des Präsidenten berichtete –, es war damals schon die Rede davon, dass der Präsident ohne die Hilfe seiner Freunde in Bankenkreisen …«
»Ah, und Sie meinen, eine Hand wäscht die andere und …«
»Ich habe gar nichts gesagt, und ich kann auch nichts sagen, solange wir nichts beweisen können. Sie wissen, Don Juan, für den Herausgeber einer Zeitung gibt es nichts Gefährlicheres, als über Unbewiesenes zu schreiben.«
»Das heißt also, Don Rodrigo, um auf unsere konkrete Situation zurückzukommen, dass der größte Teil dieser Gelder verspekuliert wurde?«

»So sieht es aus. Ein Teil liegt vielleicht irgendwo auf Nummernkonten in der Schweiz, auf den Bahamas, Virgin Islands, Panama oder sonst wo. Jedenfalls sind die Gelder weg. Die Herren sahen, dass sie sich in einer ausweglosen Situation befanden, sie sich auch nicht mehr gegenseitig stützen konnten, was sie in der Tat über eine gewisse Zeit hinweg getan hatten, indem sie bei Bedarf ein paar Hundert Millionen hin und her transferierten, immer rechtzeitig vor der nächsten Prüfung durch die Bankenaufsicht. Das große Problem, mit dem wir uns aber jetzt befassen müssen, ist die Tatsache, dass viele Bankkunden, wahrscheinlich Hunderttausende, vor der Situation stehen, dass ihr Erspartes, ihr Vermögen erst einmal weg ist. Die betroffenen Banken sind zahlungsunfähig! Heute Morgen ist in Caracas eine weitere Krisensitzung einberufen worden, über deren Verlauf ich ständig informiert werde; der Zentralbankrat und das halbe Kabinett nehmen daran teil, um über ein Maßnahmenpaket zu entscheiden. Es geht ja nicht nur – was wichtig genug ist – um die Spareinlagen und die eingelegten Privat- und Firmenvermögen, sondern auch um das allgemeine Vertrauen in die Wirtschaft des Landes, vor allem auch aus ausländischer Sicht. Nicht auszudenken, was geschähe, wenn aufgrund einer massiven Vertrauenskrise auch noch ausländische Investoren anfangen würden, ihre Gelder abzuziehen. Dann kann gleich das ganze Land den Bankrott erklären. Das Ergebnis der Besprechungen in Caracas wird sein müssen, dass ein Hilfsfond gegründet wird, mit Geldern der Regierung, der Zentralbank und der Bankenvereinigungen. Man wird einen Liquiditätsplan erstellen müssen, das heißt aber, dass der größte Teil der Einlagen erst einmal eingefroren werden muss, denn jeder weitere Liquiditätsabfluss wäre wohl nicht mehr finanzierbar. Es wird darauf hinauslaufen, und das betrifft Sie, Don Juan, genauso wie mich, dass wir mit unseren Angestellten und Arbeitern sprechen müssen, sie werden sich mit den Lohnzahlungen gedulden müssen, bis die Krise bewältigt ist.«

»Sie sagen das so leicht, Don Rodrigo, Sie haben Angestellte, die ihren Monatslohn in Form einer Überweisung erhalten, die sind eher in der Lage zu verstehen. Aber wir, auf der Hazienda, wir haben es ja bis auf ein paar wenige fest Angestellte mit einer großen Zahl an Tagelöhnern zu tun, die jede Woche ihren Lohn bar auf die Hand bekommen. Die laufen mir davon, wenn ich nicht in der Lage bin, ihnen am Ende der Woche ihre paar Scheine *cash* in die Hand zu drücken! Ich habe ja noch Glück, dass der größte Teil meines Vermögens nicht auf Konten einer der betroffenen Banken lag. Aber der Auszahlungsstopp betrifft ja im Moment alle Banken.«

»Ich denke«, fügte Rodrigo Torres hinzu, »dass auch die nicht betroffenen Banken sich einem wie auch immer gearteten Auszahlungsmodus anschließen müssen, weil sie ja alle zusammenhelfen müssen, das Milliardenloch einigermaßen wieder zu schließen.«

»Aber was machen wir inzwischen, bis sich die Herren geeinigt haben? Ich kann doch nicht meinen Kaffeepflänzchen sagen, wartet bitte, bis ich meine Arbeiter wieder bezahlen kann, die euch bewässern, von Unkraut befreien und abernten?«

Und so hatte Don Juan, wild entschlossen, noch am selben Tag einen Flug nach Caracas gebucht, um vor Ort in der Zentrale seiner Bank zu klären, wie er auch weiterhin über seine Gelder verfügen könne. Gott sei Dank, dachte Don Juan, war jetzt nicht Erntezeit! Das wäre verheerend gewesen! Der Kaffee würde ihm an den Sträuchern verfaulen, wenn ihm die Arbeiter wegblieben.

Fünf Tage später sah alles schon wieder sehr viel besser aus.

Gut gelaunt, seinen Handkoffer fest im Griff, verließ Don Juan das Flugzeug. Ramón war gekommen, um ihn abzuholen.

Gleich als sie vor dem Flughafengebäude in den Jeep gestiegen waren, hob Don Juan an, seinem Verwalter den guten Verlauf der Reise zu schildern.

»Und ich habe auch genug Bargeld für die nächsten Wochen bei mir!«

Dabei klopfte er fröhlich auf seinen Koffer, den er auf seinen Schoß gelegt hatte. Jetzt erst bemerkte er den betrübten und sorgenvollen Ausdruck im Gesicht seines Verwalters, der etwas angestrengt am Steuer saß.

»Was ist denn, Ramón, es ist doch alles wieder in Ordnung!«

»Eben nicht, Don Juan! Ich habe keine guten Nachrichten für Sie.«

»Um Gottes willen, Ramón, was ist los?«

Und Ramón erzählte, zunächst langsam, stockend, dann immer lebhafter und leidenschaftlicher von den Geschehnissen der letzten Tage.

Es hätten sich sehr unschöne Dinge auf der Hazienda ereignet, er sei nicht mehr in der Lage, für die Sicherheit von La Cayena die Verantwortung zu tragen. Sein Neffe hätte einige Male sehr eigenartigen Besuch gehabt.

»Ja um Gottes willen, Ramón, was ist passiert?«

Beim zweiten Mal seien die Männer bewaffnet gewesen, offensichtlich Kolumbianer, und bestimmt nicht in guter Absicht.

»Was heißt das, Ramón?«

»Vor dem dritten Besuch erklärte mir Ihr Neffe rundheraus, er wünsche nicht, dass ich zugegen sei, wenn er seine Freunde empfange, und befahl mir, für den Rest des Tages die Hazienda zu verlassen.«

»Das ist unglaublich!«

»Nein, wirklich unglaublich wurde es erst, als ich mich geweigert hatte, La Cayena zu verlassen – ich bitte Sie, schließlich bin ich hier zu Hause. Stellen Sie sich vor, ich wurde von diesen Männern mit vorgehaltenen Pistolen in den Hundezwinger eingesperrt! Dort saß ich erst mehrere Stunden, bis mich Carlos schließlich aus meiner ziemlich misslichen Lage befreite. Und er schwor mir, es würde ein schlimmes Ende mit mir haben, wenn ich Ihnen jemals davon berichten würde. Aber das ist nicht alles, Don Juan.«

»Sprich weiter, Ramón!«

»Am nächsten Morgen, also gestern, waren wir plötzlich von sechs oder acht, ich weiß nicht mehr wie vielen Polizeiautos umstellt, gegen halb sieben Uhr früh. Carlos lag noch im Bett, die Männer schoben mich auf die Seite und wollten wissen, wo sich Carlos aufhalte. Ich musste sie ins Haus führen, Don Juan!«

Ramón standen die Tränen in den Augen.

»Ja, ist ja gut, mein Sohn, erzähle weiter.«

»Sie haben ihn aus dem Bett geholt und verhaftet, in Handschellen haben sie ihn abgeführt! Ich musste dem Colonel, oder vielleicht war es ein Teniente, ich weiß nicht, noch einige Fragen über die Männer beantworten, aber ich wusste doch nichts, ich war doch im Hundezwinger eingesperrt. Ich ...«

»Ich glaube, Ramón, du kannst noch von Glück reden, dass sie dich nicht gleich über den Haufen geschossen haben! Das hat doch mit Drogen zu tun, oder?«

»Ja, Don Juan, das ist immer noch nicht alles, was ich Ihnen sagen muss: Die Polizei wusste offenbar nicht nur, wonach, sondern auch genau, wo sie suchen mussten. Stellen Sie sich vor, Don Juan, hinter dem alten Traktor, Sie wissen, der, den wir seit Jahren nicht mehr fahren können, weil es keine Ersatzteile mehr gibt, dort im alten Schuppen haben sie einen Sack nach dem anderen herausgeholt! Kokain! Deswegen musste ich weggesperrt werden, damit ich das nicht sehe. Die hatten hier massenhaft Kokain deponiert.«

Don Juan legte Ramón die Hand auf die Schulter.

»Nicht zu fassen! Aber ich glaube, wir können von Glück reden, dass du noch lebst.«

»Ich fürchte, das ist immer noch nicht alles, Don Juan ...«

»Oh Gott, was denn noch, Ramón?«

»Sie selbst werden offenbar auch verdächtigt, an dem Rauschgiftgeschäft beteiligt zu sein. Sie sagten, es sei doch sehr verdächtig, dass Sie ausgerechnet jetzt in Caracas seien, Sie würden dort das Zeug in großem Stil ins Ausland verkaufen. Und jetzt kommen sie auch noch mit einem Koffer voller Geldscheine zurück!«

»Das ist doch absurd! Ich muss sofort den Gouverneur anrufen.«

Nach einem langen und ausführlichen Gespräch mit dem Gouverneur konnte Don Juan schließlich den Verdacht, der auf ihn gefallen war, ausräumen. Er erfuhr, dass es sich um eine der größten Mengen Kokain gehandelt habe, die je im Estado Táchira gefunden worden sei; dass es sich um eine Gruppe des Kartells von Cali handelte, nicht von Medellín, und dass diese Leute anscheinend schon seit längerer Zeit in Kontakt mit Carlos gestanden hatten; und dass das Ganze nur deswegen aufgeflogen war, weil einer der Männer, die am Tag vorher auf der Hazienda waren, auf dem Weg nach Cúcuta, zurück nach Kolumbien, eine Reifenpanne hatte, zufällig eine Streife vorbeikam und der Mann zu schießen anfing. Seine Männer hätten Glück gehabt, sagte der Gouverneur, sie wurden nicht verletzt, aber der Kolumbianer hatte einen Schuss ins Bein abbekommen. Er habe gestanden, was er und seine *compañeros* auf der Hazienda La Cayena getan hätten. Jedenfalls sei Carlos erst mal

im Gefängnis von Santa Ana, immerhin in dem neuen Anbau, dafür habe er, der Gouverneur, gesorgt, die Verhältnisse in den alten Verliesen in Santa Ana seien ja zugegebenerweise nicht sehr gut. Jedenfalls müsse Don Juan jetzt nicht auch dorthin … Der Gouverneur lachte, als er dies sagte.
Don Juan rief anschließend Rodrigo Torres an.
»Ich weiß, Don Juan, ich habe es schon erfahren«, erklärte Don Rodrigo. »Ich konnte gestern gerade noch verhindern, dass aus der Geschichte in der Zeitung ein großer Aufmacher wurde. Als kleine Notiz mussten wir es allerdings bringen. Ich hoffe, Sie verstehen das. Ich konnte immerhin Ihren Namen und den Namen der Hazienda aus den Schlagzeilen heraushalten.«
»Stellen Sie sich diese Absurdität vor, Don Rodrigo, um ein Haar würde ich jetzt selbst in Santa Ana sitzen! Wenn ich nicht beim Gouverneur interveniert hätte …«
»Aber sehen Sie jetzt, mein lieber Freund, Sie können der Realität nicht entkommen, Sie selbst genauso wenig wie ich und wie wir alle. Sie können sich nicht in Ihre heile Welt flüchten. Selbst auf Ihrer geliebten Hazienda La Cayena holt Sie die schreckliche Wahrheit ein: die Wahrheit, dass wir in einer Welt voller Kriminalität leben, dass wir in unserer Region ein riesiges Drogenproblem haben. Nicht nur die Kolumbianer, nicht die anderen, nein, wir selbst haben das Problem! Wir können unseren Kopf nicht länger in den Sand stecken. Sie, Don Juan, Sie können den Kopf nicht mehr in den Sand stecken! Ihr eigener Neffe ist darin verwickelt. Und wie ich sagte: Es fehlte nicht viel, und Sie selbst würden jetzt in Santa Ana sitzen, würden das schöne Gefängnis, welches Ihr Patenonkel Juan Vicente Gómez für Leute wie meinen Vater gebaut hat, jetzt von innen kennenlernen …«
»Werden Sie jetzt bitte nicht sarkastisch, Don Rodrigo.«

»Ich will nicht sarkastisch sein. Was ich damit sagen will: Sie können nicht mehr tatenlos zusehen, Sie müssen selbst den Kampf aufnehmen! Sie sagen mir, Sie hätten soeben mit dem Gouverneur telefoniert, und er hat Sie womöglich vor dem Gefängnis bewahrt. Aber jetzt muss ich Ihnen etwas erzählen, was ich leider morgen in der Zeitung nicht schreiben kann, weil ich keine – noch keine – Beweise habe: Einer Ihrer alten Freunde, und ich kann Ihnen jetzt noch nicht sagen, wer, aber glauben Sie mir, es ist einer Ihrer besten Freunde in Rubio, hat gemeinsam mit dem Gouverneur Gelder auf die Seite gebracht, Gelder, die für den Ausbau der Straße von San Cristóbal nach Rubio vorgesehen waren …«
»Das ist unerhört, woher wissen Sie…«
»Fragen Sie mich nicht, ich kann es Ihnen nicht sagen. Ich kann es auch nicht publizieren, weil ich es nicht beweisen kann. Sie können sich vorstellen, wie sich der Gouverneur von allen Seiten decken lässt, die verdienen doch alle mit! Der Einzige, der mir helfen könnte, die Sache wirklich auffliegen zu lassen, Don Juan, sind Sie! Helfen Sie mir, helfen Sie uns, helfen Sie unserem Land, sagen Sie mir …«
»Wie soll ich denn …«
»Ich bitte Sie, Don Juan, nehmen Sie sich die Zeit, kommen Sie morgen zu mir, hierher nach San Cristóbal, wir sollten darüber nicht am Telefon sprechen.«
»Gut, ich komme. Morgen Mittag bin ich bei Ihnen.«
Don Juan stand auf und ging ein paar Schritte in seinem Büro hin und her. Dann setzte er sich wieder. Sollte es wirklich so sein, dass einer seiner besten Freunde mit dem Gouverneur in San Cristóbal gemeinsame Sache gemacht hat und Gelder, die für den Bau der Straße zwischen Rubio und San Cristóbal bestimmt waren, auf die Seite gebracht hatte? Ich glaube ihm,

sagte sich Don Juan, sonst würde Don Rodrigo es ihm nicht so eindringlich gesagt haben. Wenn das so war, dachte Don Juan, dann muss ich wirklich aktiv werden, so kann es nicht weitergehen. Das Drogenproblem und die Korruption machen unser Land kaputt. Ich kann nicht weiter zusehen! Mein eigener Neffe ist ein Drogendealer, meine eigenen Freunde sind korrupt, und wie geschickt sie es anstellen! Jetzt wissen wir, warum der Bau dieser elendigen Straße nie vorankam!

Voller Zorn setzte er sich zum Abendessen, aber er brachte keinen Bissen hinunter. Er rief nach der Köchin.

»Maruja, bring mir lieber noch einen Whisky!«

»Señor, Sie richten sich noch zugrunde!«

Don Juan leerte das Glas in einem Zug und verlangte gleich noch ein weiteres.

VII. NARCOTRÁFICO

Am nächsten Tag fuhr Don Juan zu Rodrigo Torres nach San Cristóbal. Besonders aufmerksam beobachtete er dieses Mal den Zustand der Landstraße. Jedes Schlagloch, über das er holperte, verstärkte seinen Zorn. Mehrere Stellen waren so gut wie unpassierbar, da die Straße abrutschte, sobald ein Regenguss über das Land herzog. Es fehlte der Unterbau, über mehrere Kilometer müsste die Landstraße von Grund auf saniert werden oder überhaupt neu gebaut werden. Aber es ging nicht voran! Mehrere Baumaschinen standen am Straßenrand, aber kein Arbeiter war in Sicht.

Don Juan besuchte seinen Freund Rodrigo Torres jedes Mal gerne in seinem Büro. Das Gebäude der Zeitung *El Diario del Táchira* war mitten im Zentrum, in der 7. Avenida, gelegen, nicht weit von der Plaza Bolívar und der Kathedrale. Es war ein relativ modernes Gebäude aus den fünfziger Jahren, von Rodrigos Vater errichtet, und es hatte den Vorzug, dass es über eine eigene Tiefgarage verfügte, in der immer ein paar Stellplätze für die Besucher des Verlegers reserviert waren. Rodrigos Büro lag im zweiten Stock. Man musste durch den großen Redaktionssaal gehen und dann durch ein Vorzimmer. Die Flure und Zimmer waren verraucht, offensichtlich rauchten hier alle Redakteure Kette ebenso wie ihr Chef.

»Kommen Sie, mein Freund, setzen wir uns!« Rodrigo freute sich, seinen Freund Don Juan zu sehen.

Don Juan nahm in einem sehr tiefen Besuchersessel Platz, und es wurde ihm auch gleich eine Tasse Kaffee angeboten.
Er nahm einen Schluck und verzog das Gesicht.
»Ach du meine Güte, was haben Sie denn da für einen grauenvollen Kaffee! Der ist aber nicht von mir, oder?«
»Nein, Don Juan, Ihr Kaffee ist uns leider ausgegangen, und da hat meine Sekretärin …«
»Ja um Gottes willen, ich hätte Ihnen doch heute einen Kofferraum voll mitbringen können, wenn Sie ein Sterbenswörtchen gesagt hätten!«
»Ich weiß, Don Juan, das ist sehr nett, aber ich habe vergessen, Sie zu fragen, in all der Aufregung.«
»Also erzählen Sie, was ist los?«
»Die Korruption im Land hat längst alle Ebenen erfasst, mein lieber Don Juan. Das geht bis hinauf bis nach Miraflores. Unserem jetzigen Präsidenten hat man zwar bisher nichts nachsagen können, vielleicht meint er es wirklich etwas ehrlicher als seine Vorgänger, aber Sie wissen ja, was mit dem vorherigen Präsidenten passiert ist. Es war gar nicht so einfach, ihn wegen Korruption seines Amtes zu entheben, obwohl die Sache ganz offensichtlich war.«
Don Juan beugte sich vor, um einen Schluck Wasser zu trinken. Er musste den scheußlichen Geschmack dieses Kaffees loswerden.
»Und dieses Volk ist derart vergesslich! Erinnern Sie sich, damals nach seiner ersten Amtszeit hieß es, er habe es zu einem der reichsten Männer Südamerikas gebracht mit einem riesigen Auslandsvermögen, und seine Freundin saß in New York in einem Appartement im Trump Tower. Als er das zweite Mal kandidierte, war das alles schon vergessen. Er hat es dann nur etwas zu bunt getrieben. Was für ein Vorbild für das Land! Kann

man es dann einem kleinen Polizisten oder einem Magistrat oder einem Gouverneur verdenken, dass er in der womöglich kurzen Zeit, die er überhaupt im Amt ist, nicht für sich und seine Familie sorgt? Wenn es alle tun, denkt er sich, ist er doch dumm oder gar seiner Familie gegenüber verantwortungslos, wenn er sein karges Gehalt, das ohnehin hinten und vorne nicht reicht, etwas aufzubessern versucht.«

»Aber sehen Sie«, fügte Torres hinzu, »es ist auch sehr schwer, den Übergang zu sehen vom kleinen Amtsmissbrauch oder der harmlosen Vorteilsnahme oder einfach nur dem Umstand, dass man, wenn man Macht ausüben kann, sich und seinen Freunden kleinere oder größere Vorteile verschaffen kann, bis hin zur handfesten Korruption: Das festzustellen ist in der Tat gar nicht so einfach in einem Land, in dem heute so vieles als mittlerweile vollkommen normal angesehen wird.

Sehen Sie, ein ganz harmloses Beispiel: Wenn man aus dem Ausland am Flughafen in Caracas ankommt, und man lässt sich von jemandem, den Sie kennen, der wiederum jemanden bei den Zollbehörden kennt, am Flugsteig abholen, kommt man ohne lästiges Kofferaufmachen durch alle Kontrollen. Und man kann sich sicher sein: Derjenige, der sich für den einen oder anderen kleinen Schein oder eine andere kleine Gefälligkeit durch die Kontrollen durchschleusen lässt, der hat im Zweifel wirklich etwas im Gepäck, was er verzollen müsste – oder gar noch Schlimmeres. Nur der kleine dumme Teufel, der niemanden kennt und eine Stange Zigaretten zu viel dabeihat, der hat Probleme! Sie werden sagen, das ist ja harmlos, ja, aber wo ist die Grenze?

Nehmen sie das Beispiel der Frau Gouverneurin, die vor ein paar Jahren hier in San Cristóbal saß: Sie hatte, wie Sie wissen, weil Sie mir damals die Geschichte selbst erzählt haben, eine

Hazienda gekauft. Bis dahin konnten Sie in Rubio wunderbar fernsehen, aber die Gouverneurin ließ die Antenne auf dem Cerro de la Cruz oberhalb von Rubio in ihre Richtung umdrehen, nach Capacho hin ausgerichtet, damit sie einen guten Empfang hatte, und bei Ihnen in Rubio gab der Fernseher nur noch Geflimmere her. Oder: In ihrem Tal, hinter Capacho, wo sie sich niedergelassen hatte, gab es nie Telefonleitungen, es gab ja auch kaum Siedlungen dort, aber dann, während die Hälfte der Leute hier in der Stadt immer noch keine Anschlüsse hatten, gab es plötzlich hinter Capacho ein wunderbar ausgebautes Telefonnetz, die Straßen wurden asphaltiert, Brücken gebaut … Und dabei gingen alle Aufträge des Distrikts an die Brüder der Frau Gouverneurin, die dabei ein Vermögen anhäuften.
Der nächste Gouverneur, und jetzt meine ich den jetzigen, ich habe Ihnen die Geschichte gestern angedeutet, hat ganz offensichtlich viele Millionen, die für den Straßenbau vorgesehen waren und auf seinen Privatkonten landeten, kurz bevor eine Untersuchung bei ihm zu Hause anstand, auf die Konten seiner Schwester übertragen, die, wie Sie wissen, die Schwägerin Ihres Freundes Alberto Reyes ist, natürlich nur vorübergehend, so dachte er. Aber am Tag nach der Überweisung starb die Schwester, und jetzt fordert der Gouverneur das Geld zurück. Seine Neffen wiederum, die von ihrer Mutter geerbt haben, haben sich beeilt, das meiste schnell an ihren Onkel, Ihren Freund Alberto, weiterzugeben, der natürlich sagt, er wisse von nichts. Das Ganze kam mir deswegen zu Ohren, weil heute Morgen der Gouverneur immerhin vor lauter Ärger eine Herzschwäche erlitt und mir seine Sekretärin die Geschichte erzählt hat.«
»Das ist wirklich unglaublich, Don Rodrigo, heute noch werde ich mit Alberto sprechen. Der hat keine ruhige Minute mehr,

bis er nicht das Geld wieder herausgerückt hat, aber mit Sicherheit nicht an den Gouverneur!«

»Ja, sehen Sie, Don Juan, deswegen erzähle ich die Geschichte Ihnen und nicht einem anderen, weil ich weiß, dass Sie wirklich dafür sorgen werden, dass das Geld wieder in den Straßenbau gesteckt wird, ohne dass Sie vorher selbst einen kleineren oder größeren Betrag zurückbehalten, den Sie sich mit Ihrem Freund Alberto natürlich, man ist ja befreundet, brüderlich teilen würden. Bei jedem anderen wäre ich mir nicht so sicher – oder besser: ich wäre mir ziemlich sicher!

Sie selbst erzählten mir immer wieder amüsiert die Geschichte von Ihrem entfernten Cousin, dem Apotheker mit seiner Apotheke gegenüber der Kirche von Rubio, an der Ecke der Plaza Bolívar. Alle fünf Jahre, wenn seine Partei wieder an der Macht war, siedelte er mit seiner gesamten Familie nach Marseille über, um dort als Konsul von Venezuela fünf Jahre lang sein Einkommen zu verbessern, um nach der nächsten Wahl, wenn seine Partei wieder abgewählt wurde, erneut seinen Posten als Apotheker in Rubio einzunehmen. Das ging ein paarmal so hin und her, bis er die Altersgrenze für den diplomatischen Dienst erreichte. Ist das normal? Ich kann mir nicht denken, dass in irgendeinem einigermaßen zivilisierten Land so eine diplomatische Karriere möglich wäre.

Oder: Haben Sie mir nicht von Ihrem Nachbarn in Rubio, dem Bäcker erzählt?«

»Ja, er hat bei der letzten Gemeinderatswahl für den Posten des Bürgermeisters kandidiert. Während des Wahlkampfs, ich konnte das alles wunderbar beobachten, weil die Bäckerei ja direkt gegenüber von meinem Haus liegt, hat er jedem, der in seinen Laden kam, das Blaue vom Himmel versprochen, und wenn jemand Geld brauchte, hat er es ihm gegeben. Das hat sich im Dorf schnell herumgesprochen, und die Zahl der Bittsteller wurde immer größer, und jeder bekam etwas von ihm. Eigentlich ein netter Zug, würde man sagen. Das Dumme war nur: Er hatte so viel Geld gar nicht und hat einen Scheck nach dem anderen auf die Konten seines Vaters gezogen, bis dieser feststellte, dass sein Sohn mehrere Millionen Bolívar verschenkt hatte. Und dann flog die Sache auf!«

Don Rodrigo stand auf, um sich ein Glas Wasser einzuschenken. »Ein etwas stümperhafter Fall des Versuchs von Stimmenkauf, und der gute Bäckerssohn glaubte natürlich, dass er, erst einmal im Amt, sich das Geld aus der Magistratskasse vierfach und sechsfach wieder zurückholen könnte. Aber, wie wir vorhin feststellten: Die Leute sind ja so vergesslich. Heute hat er, nachdem er die Bäckerei mit Schimpf und Schande verlassen musste, einen offenbar sehr gut bezahlten Job hier in San Cristóbal, im Büro des Gouverneurs!«

Don Juan schüttelte den Kopf. »Nicht zu fassen …«

»Aber sehen Sie, Don Juan, wir können die Liste wunderbarer Korruptionsgeschichten unendlich weiterführen, von dem jüngsten Skandal um die verschwundenen Gelder für den Bau des neuen Aquäduktes über die unendliche Geschichte der nie fertig gebauten Autobahn von San Antonio nach San Cristóbal bis hin zu den vielen Geldern, die überall in halbfertigen und nie zu Ende gebauten Projekten versickern. Die Korruption frisst unser Land auf. Aber der Ruf nach dem starken Mann, der endlich aufräumt, ist und kann nicht die Lösung sein. Und über die guten Seiten von General Juan Vicente Gómez müssen wir uns auch nicht mehr unterhalten, das hatten wir schon.«

Don Juan wollte protestieren, aber sein Freund fuhr fort.

»Don Juan, werden Sie aktiv! Bei Ihrer Popularität! Jeder kennt Sie, jeder respektiert Sie, Sie gelten als absolut integre und unbe-

stechliche Persönlichkeit, Ihnen würde man glauben, wenn Sie die Korruption aufdecken und bekämpfen. Ich verspreche Ihnen, Don Juan, ich werde Sie nach Kräften mit der Zeitung unterstützen, und ich werde über jede Ihrer Aktivitäten berichten. Bringen wir den Gouverneur zu Fall, und dann kandidieren Sie!«
»Also, das muss ich mir schon überlegen, Don Rodrigo. Es widerstrebt mir, aber diesen Gouverneur, den müssen wir tatsächlich zu Fall bringen. Verlassen Sie sich auf mich, Don Rodrigo, ich werde mit den Leuten reden!«
Wild entschlossen, dieser korrupten Bande das Handwerk zu legen, fuhr Don Juan wieder auf die Hazienda zurück.
Ramón erwartete ihn bereits am Tor.
»Don Juan, ich muss Ihnen etwas zeigen!«
»Was ist, Ramón?«
»Es hat mir keine Ruhe gelassen, das mit dem Kokain-Vorrat in unserer Lagerhalle. Ich habe mir die ganze Zeit überlegt, ist das nur ein Zwischenlager für Kokain, das aus Kolumbien herübergeschmuggelt worden war, oder kommt das womöglich von hier?«
»Was heißt das, Ramón?«
»Das heißt, ich habe mir überlegt, wo würde man auf unserem Land, auf dem Gebiet unserer Hazienda Kokain anbauen können, ohne dass wir es merken?«
»Ohne dass wir es merken?!«
»Ja, Patrón, genau! Und ich hatte recht. Wenn Sie wollen, fahren wir gleich hinauf. Wir haben noch Zeit, es wird erst in einer Stunde dunkel.«
Don Juan seufzte.
»Also fahren wir, Ramón, verlieren wir keine Zeit!«
Sie bestiegen den Jeep. Roberto, der junge Fahrer, setzte sich hinter das Steuer.

»Don Juan, ich hoffe, Sie haben nichts dagegen, dass wir Roberto mitnehmen, der hat mit mir heute Morgen die Anpflanzungen entdeckt.«
»Ja, Patrón«, bestätigte Roberto, »ich hatte nach dem Vorfall mit ihrem Neffen begonnen, mir zu überlegen, wo man hier auf La Cayena versteckte Anpflanzungen anlegen könnte, und ich kam wie Ramón zu dem Ergebnis, es kann eigentlich nur da oben, oberhalb der Savanna sein, hinter dem Waldstück, das keiner betreten mag wegen der Schlangen.«
»Und so sind wir«, ergänzte Ramón, »heute Morgen gemeinsam hinaufgefahren, und wir hatten recht.«
Don Juan schüttelte grimmig den Kopf. Sie fuhren hinter dem Haupthaus vorbei, auf dem langen, mit Palmen gesäumten Weg, immer geradeaus, bis zur großen Linkskurve, am Zaun zum Nachbargrundstück im Süden entlang. Ein kurzer, steiler Hang führte dort hinunter über das ausgetrocknete Flussbett der südlichen *quebrada* und auf der anderen Seite steil wieder hinauf, zu dem Abschnitt mit dem schönen Namen El Carmen, der zwar immer den besten Kaffee hervorbrachte, aber sehr schwer zu bearbeiten war, wegen der großen Steine. Hier konnten noch nicht einmal die kleinen Traktoren eingesetzt werden. Von hier ging es weiter, in Serpentinen hinauf auf die Savanna. Dieser Teil der Hazienda wurde seit Menschengedenken so genannt, da er sich nicht für den Kaffee eignete. Die Böden waren hier oben zu sauer, daher nutzte man diesen Teil der Hazienda zur Aufzucht von Bergziegen. Das Geschäft war mehr ein Hobby, stellte Don Juan immer wieder fest. Denn das Fleisch der Tiere war zwar sehr schmackhaft, aber richtig fett wurden sie nie, und das Fleisch wurde nun mal nach Kilo verkauft. Aber es machte Freude, den Ziegenwächter Pedrito, der hier oben mit seiner Frau in einer kleinen Hütte lebte, zu besu-

chen und ihnen Brot zu bringen, das ihm Maruja für die beiden immer mitgab.
»Und Pedrito hat auch nichts gemerkt?«
»Nein, Patrón, Pedrito ist ein netter Kerl, er kennt alle seine Ziegen beim Namen und tauft die Neugeborenen und gibt ihnen Namen und weint jedes Mal bittere Tränen, wenn er wieder ein paar Tiere abgeben muss, wenn wir sie abholen und verkaufen, aber er würde nie etwas anderes im Blick haben als seine Ziegen!«
»Außerdem, Don Juan«, ergänzte Roberto, »haben die Männer sicher die Straße auf der anderen Seite des Berges genutzt. Dort können sie unbemerkt auf die kleinen unbefestigten Nebenstraßen gelangen, die um den Tamá und von dort über die Grenze nach Kolumbien führen. Dort oben gibt es so gut wie keine Kontrollen, da die Straßen in sehr schlechtem Zustand sind und man sich sogar mit dem Jeep schwertut.«
Sie fuhren weiter hinauf, fast bis zum Scheitel der Savanna. Von hier hatte man einen wunderbaren weiten Blick, man konnte an klaren Tagen sogar San Cristóbal sehen. Hier teilte sich der Weg. Wenn man nach rechts hinunter weiterfuhr, kam man zu den Anpflanzungen auf der anderen Seite des Berges. Don Juan hatte immer wieder überlegt, diese *cortes* abzugeben, weil sie weitab lagen und schwer zugänglich waren. Nur die Zahlen sprachen eine andere Sprache: Die Produktivität der *cortes* dort oben war fast immer außergewöhnlich hoch, und die Ernte war auch in schwächeren Jahren überdurchschnittlich.
Aber statt nach rechts abzubiegen zu den Anpflanzungen, lenkte Roberto den Jeep nach links, wo der Weg bald endete und sie auf unbefestigtem Grund weiterfuhren.
»Bis hierher können wir fahren, Don Juan, jetzt müssen wir absteigen.«

Die beiden Männer nahmen ihre Macheten in die Hand und gingen in einen dichten Wald voraus.
Ramón drehte sich um und sagte zu seinem Patrón:
»Don Juan, bitte bleiben Sie dicht hinter mir und achten Sie auf den Boden und auf die Äste über Ihrem Kopf. Wie Sie wissen, gehen die Leute nicht in dieses Waldstück, weil es voller Schlangen ist!«
»Ihr hättet mir ruhig auch eine Machete in die Hand drücken können!«, sagte er etwas vorwurfsvoll zu Ramón, der unmittelbar vor ihm ging.
»Heute Morgen haben wir keine einzige Schlange gesehen, Don Juan, vielleicht ist das alles nur Geschwätz!«
»Ich glaube eher, dass die Drogenleute sie vertrieben haben«, rief Roberto nach hinten. »Hier ist erst vor Kurzem ein richtiger Pfad durch den Wald geschlagen worden, und ich sehe viele Spuren, sowohl von Mulis oder Pferden als auch von Stiefeln. Und sehen Sie: Da liegen Stümpfe von Fackeln am Rand des Pfades, das heißt, sie sind hier mit brennenden Fackeln durchgegangen. Wie Sie wissen, hassen die Schlangen das Feuer, die werden sich alle verzogen haben!«
Die drei Männer gingen ein paar Minuten langsam und sehr wachsam durch das Dickicht. Dann lichtete sich das Gestrüpp, und sie kamen an das obere Ende eines langsam absteigenden Hanges, der von Guamos, den Schattenbäumen der Kaffeesträucher, dicht bewachsen war. Aber darunter befanden sich keine Kaffeesträucher, sondern in Reih und Glied sehr ordentlich gepflanzte Cocapflanzen!
Don Juan gab einen überraschten Laut von sich.
»Ah! Ich kann es nicht glauben!«
»Sehen Sie, Don Juan«, erklärte Roberto, »der Platz ist sehr geschickt ausgewählt. Niemand würde freiwillig durch diesen

dichten Wald gehen wollen, von dem es immer hieß, er sei voller Schlangen. Dann gelangt man hier an diesen langsam abfallenden großen Hang. Das ist gut für die Entwässerung, damit die Pflanzen nicht zu viel Wasser abbekommen. Gleichzeitig ist aber durch die Nähe zu diesem Wäldchen immer genug Wasser da, denn der Wald ist der beste Wasserspeicher. Und durch die dichten Guamobäume, die ein perfektes Dach abgeben, kann man die Anpflanzungen von den Überwachungshubschraubern des Militärs, die hier immer wieder in Abständen kreisen, nicht sehen. Von unten her ist der Zugang zu den Anpflanzungen auch schwierig, weil es den Abhang hinunter immer steiler wird, ganz unten ist der Hang abgerutscht und macht das ganze Gelände unzugänglich.«

»Früher, Don Juan«, ergänzte Ramón, »zu Zeiten Ihres Vaters, war das ein *corte* für den Kaffeeanbau, das ist der Abschnitt Santa Ana. Ihr Großvater hatte dieses Areal so genannt, weil man von hier, als noch nicht alles zugewachsen war, einen schönen Blick bis nach Santa Ana hatte. Aber dann hat Ihr Vater den *corte* aufgegeben, weil er wegen der starken Neigung schon immer sehr schwer zu bearbeiten war. Ein paar Jahre später ist, wie Roberto gerade sagte, der untere Teil des Hanges nach starkem Regen ganz abgerutscht. Gott sei Dank ist damals niemand zu Schaden gekommen, aber Ihrem Vater wurde es hier zu gefährlich, und so hat man auf diesen *corte* verzichtet. Ich kann Ihnen das nachher zu Hause auf der Karte zeigen.«

»Ich bin vollkommen sprachlos!« Don Juan war entsetzt. »Das ist ja mindestens ein ganzer Hektar, wenn nicht noch mehr!«

»Um genau zu sein, ich habe es mir vorhin auf der Karte angesehen, es müssten knapp 1,4 Hektar sein.«

»Das ergibt wohl eine ganze Menge Coca! Und das auf meiner Hazienda! Ich kann es nicht fassen.«

»Don Juan, wir haben uns auch überlegt, wie lange das hier schon geht«, fügte Ramón hinzu. »Wir glauben, dass die Anpflanzungen mindestens im dritten oder vierten Jahr sind, sonst könnten die Pflanzen nicht schon so groß sein. Sehen Sie die Reihen dort weiter unten? Da sind mehrere Reihen erst vor Kurzem abgeerntet worden, sehen Sie die abgeschnittenen Äste?«

»Das heißt, das bestand hier, schon lange bevor mein Neffe zu uns kam?«

»Ganz genau, Don Juan. Diese Anpflanzungen wuchsen hier schon einige Jahre. Ich glaube, dass Ihr Neffe durch Zufall hierher geraten ist. Ich weiß, dass er immer wieder mit dem Pferd unterwegs war, um die Hazienda zu erkunden.«

»Ich weiß, Ramón, ich hatte ihn ja dazu ermuntert, damit er die Hazienda richtig kennenlernt.«

»Und das hat er offensichtlich gründlich getan. Ich konnte mich heute Morgen, als ich mit Roberto über den *corte* Santa Ana sprach, daran erinnern, dass ich einmal in Ihr Büro kam, als Carlos die Karten über dem Schreibtisch ausgebreitet hatte. Sein Zeigefinger deutete auf die *cortes* oberhalb der Savanna, und er fragte mich, wie der Kaffee dort wächst. Ich gab ihm zur Antwort, eigentlich überall ganz gut, vor allem, wenn man auf der anderen Seite hinunterfährt, da ist die andere Hazienda, die Don Alfonso in den dreißiger Jahren dazu erworben hat, und die hat jedes Jahr sehr gute Ergebnisse. Er deutete auf einen *corte*, der auf der Karte durchgestrichen war, und wollte wissen, was das bedeute. Ich erklärte ihm, dass wir dort keinen Kaffee mehr anpflanzen, da sich das dort oben nicht lohnt. Dann habe ich diesen Vorfall vollkommen vergessen.«

Und Roberto fügte hinzu: »Ich kann mir gut vorstellen, dass sich Ihr Neffe das daraufhin ansehen wollte, und dann hat er bei

der Gelegenheit die Coca-Anpflanzungen entdeckt und ist möglicherweise den Männern in die Arme gelaufen.«
»Du willst damit sagen, dass Carlos von diesen Leuten erpresst worden sein könnte, mitzumachen oder …«
»Das kann schon sein, Don Juan, diese Typen scheuen vor nichts zurück. Wenn sie ihn an Ort und Stelle erschossen hätten, wir hätten ihn nie gefunden. Aber sie dachten sich wohl, er könnte für sie von Nutzen sein, und daher haben sie ihn in ihr System eingebunden.«
»Und er hat mitgemacht!«
»Ja, aber wahrscheinlich gezwungenermaßen!«
»Das ist sehr nett von dir, Ramón, dass du mir das Gefühl geben willst, dass mein Neffe kein Komplize, sondern eher ein Opfer dieser Drogentypen war!«
»Don Juan, im Ernst, das kann leicht sein. Wir müssen nur jetzt entscheiden, was wir mit diesen Anpflanzungen tun. Denn wahrscheinlich sind die Leute ja hier noch tätig.«
»Ramón, diese Entscheidung ist ganz einfach. Ich rufe sofort den Comandante der Garnison an und berichte ihm von unserer Entdeckung. Er soll dann entscheiden, wie er vorgehen will. Das ist jetzt Sache des Staates. Ich werde ihn bitten, von der anderen Seite her heraufzukommen, dann muss das Militär nicht durch unsere Hazienda durch.«
Roberto wandte sich um.
»Don Juan, wir sollten zurückfahren. Wir brauchen von hier fast eine Dreiviertelstunde, bis wir wieder unten sind, und es beginnt bereits zu dämmern. Sie wissen, das geht hier sehr schnell, in spätestens einer halben Stunde ist es stockfinster!«
Zurück in seinem Büro, ließ sich Don Juan die Karten vorlegen. Er studierte daraufhin noch einmal das gesamte Gebiet der Hazienda und kam zu dem Ergebnis, dass tatsächlich da oben,

in dem aufgelassenen Abschnitt Santa Ana die wohl einzige Möglichkeit war, unbemerkt und in lohnenswertem Umfang eine Coca-Anpflanzung zu betreiben.
Der Comandante ließ sich nicht lange bitten. Am frühen Morgen des nächsten Tages war er bereits mit drei Soldaten heraufgekommen.
Bei einer Tasse Kaffee besprach Don Juan mit ihm das weitere Vorgehen.
»Comandante, was denken Sie, sollten wir uns sogleich an die Vernichtung machen, oder wollen Sie sich auf die Lauer legen und warten, bis Ihnen die Männer in die Falle gehen?«
»Ich denke«, entgegnete der Comandante nach einigem Überlegen, »Don Juan Vicente, wir sollten es zumindest versuchen. Ein paar Tage werde ich meine Leute da oben postieren. Außerdem werde ich auf der anderen Seite der Savanna, auf den kleinen Landstraßen, die auf den Tamá führen, die Frequenz der Patrouillen erhöhen. Dann sehen wir mal, ob wir Glück haben.«
Sehr überzeugt schien Don Juan der Comandante nicht zu sein. Nachdem sich die Soldaten verabschiedet hatten, rief Don Juan noch einmal Ramón und Roberto zu sich.
»Ich habe das Gefühl, der Comandante glaubt nicht, dass er die Kerle fasst. Könnt ihr euch vorstellen, warum?«
»Ich kann mir denken, dass der Comandante genügend Erfahrung hat und weiß, dass die Chancen sehr gering sind, wenn eine Coca-Anpflanzung erst mal entdeckt ist. Die Burschen scheinen über ein gutes Informationssystem zu verfügen«, entgegnete Ramón.
»Aber ein über Jahre hinweg gehegtes Anbaugebiet gibt man doch nicht so einfach auf?«
»Doch, Don Juan, ich denke, die sind es gewohnt, sich sehr schnell woandershin zu orientieren, überall und nirgends zu sein.«

»Und wenn die Kerle doch über Insiderinformationen verfügen?«
»Sie meinen, Don Juan, dass sie eventuell jemand aus der Arbeiterschaft der Hazienda informiert? Das habe ich auch schon überlegt, und ich bin alle Namen durchgegangen. Ich kann es mir nicht denken.«
»Gut, Ramón, jetzt warten wir erst mal ab. Wir erhöhen unsere Wachsamkeit auf unserer Seite hier, dem Comandante und seinen Leuten überlassen wir die Bewachung oben auf der Savanna und im Wäldchen und die Straße auf der anderen Seite. In einer Woche sehen wir, ob sich etwas getan hat.«
Nach ein paar Tagen rief der Comandante an. »Don Juan, ich kann in einer halben Stunde bei Ihnen auf der Hazienda sein, geht das in Ordnung?«
Kurze Zeit später fuhren die Soldaten vor.
Don Juan bat den Comandante auf die Veranda zu einem Kaffee. Der Comandante erklärte, seine Männer hätten während der vergangenen Tage niemand Verdächtigen gesehen. Aber, so fügte er hinzu:
»Don Juan, die einzige plausible Erklärung ist, dass es jemanden hier auf Ihrer Seite gibt. Denn was mir dann doch sehr zu denken gab, war, dass wir heute Morgen bemerkt haben, dass während der Nacht einige Reihen der Bepflanzung abgeerntet worden waren. Nach der anderen Seite konnte niemand durch, da lagen meine Soldaten und haben den Weg versperrt. Über den abgerutschten Hang kam auch nicht infrage, da gab es außer ein paar Spuren von Hunden keinerlei Anzeichen, dass hier jemand heruntergekommen sein könnte. Also bin ich mit ein paar meiner Männer später am Vormittag auf Ihrer Seite der Savanna heruntergefahren. Und da kam mir Ihr sehr aufgeregter Ziegenhirt entgegen.«

»Pedrito?«
»Pedro Zambrano, so heißt er wohl?«
»Ja, aber ich kann mir nicht …«
»Doch, Don Juan. Wir haben seine Hütte untersucht. Im hinteren Bereich, versteckt hinter einigen Säcken mit Dünger und Trockenfutter, was haben wir da gefunden?«
»Ich kann es mir kaum vorstellen …«
»Don Juan, es tut mir leid, es Ihnen sagen zu müssen, aber wir haben Ihren Pedrito sofort verhaftet und mitgenommen. Mehrere Säcke frisch abgeernteter Cocablätter waren dort gelagert und zwei kleinere Päckchen reinstes Kokain.«
»Das gibt es doch nicht!« Er rief nach Ramón.
»Sí, Don Juan?«
»Hast du das gehört? Unser Pedrito?«
»Ich hatte es fast befürchtet, Don Juan, dass es jemand von unserer Hazienda war.«
»Aber ausgerechnet Pedrito, von dem ich immer glaubte, er könne keiner Fliege etwas zuleide tun!«
»Kann er auch nicht, Don Juan, er selbst und seine Frau sind ja unglaublich bescheiden. Das Geld, das er mit seinem kleinen *narcotráfico* möglicherweise verdient hat, hat er offensichtlich gebraucht, um das Studium seines Sohnes in Mérida zu finanzieren. Pedrito wollte unbedingt, dass es seinem Sohn einmal besser geht und dass er eines Tages Arzt wird.«
Don Juan verabschiedete den Comandante, nachdem er ihm und seinen Leuten sein Einverständnis gegeben hatte, dass die gesamte Anpflanzung vernichtet werden sollte.
»Ramón, wenn die Soldaten da oben mit der Vernichtung fertig sind, dann geht ihr da in den nächsten Tagen noch einmal hinauf und verstreut ordentlich Herbizide, damit dort erst mal nichts mehr wächst.«

Don Juan war verärgert, als er nach Rubio hinunterfuhr.
»Auf meiner eigenen Hazienda, ich kann es nicht fassen! Ich kann wirklich nicht mehr tatenlos zusehen!«
Maruja erwartete ihn am Tor.
»Ich habe es schon gehört, Don Juan. Ramón rief mich gerade an, um mir zu sagen, dass Sie unterwegs sind und wohl zu Hause zu Abend essen wollen.
»Ganz richtig, Maruja. Der Ärger hat mich jetzt richtig hungrig gemacht.«
»Da bin ich aber froh, dass ich heute ein Huhn gekocht habe. Die Brühe ist wunderbar, die wird Ihnen guttun!«

VIII. CLUB SUCRE

Jahrelang war Don Juan nicht mehr im Club Sucre gewesen, unten an der Ecke zur Plaza Bolívar. Er hatte seit damals, seit jener schrecklichen Hiobswoche, in der dort sein Sohn und seine Frau gestorben waren, den Platz gemieden. Deswegen war er seither nicht mehr in den Club gegangen, denn der Ort des Unglücks an der Plaza lag genau gegenüber dem Eingang zum Club. Die besten Zeiten hatte der Club schon lange hinter sich. Erst in jüngerer Zeit war das schöne Gebäude aus der Zeit um 1900 mit seinem säulenumstandenen großen Patio, seinen Spieltischen für Domino und Kartenspiel und den Billardtischen zu neuem Leben erweckt worden, vor allem seit der Rotary Club von Rubio die Clubräume regelmäßig nutzte.

Früher, ja, zu Zeiten seines Vaters, war der Club Sucre der Gesellschaftsclub schlechthin in Rubio gewesen, fast noch feiner als der Club Táchira in San Cristóbal. Die Herren pflegten am späten Nachmittag in ihren weißen Leinenanzügen und ihren Panamas zu einer Partie Domino zu erscheinen, auf ein paar Gläser Brandy zu bleiben, um über Politik und die letzten Neuigkeiten zu plaudern, über die Probleme ihrer Haziendas zu klagen, und wenn sie genug geklagt hatten, begannen sie Geschäfte abzuschließen. Als Kind hatte Juan nie den Club betreten dürfen. Aber sein Vater Don Alfonso und sein Onkel José Miguel gingen früher jeden Nachmittag in den Club. Das erste Mal hatte ihn sein Onkel José Miguel in den Club mitgenommen. Es war an seinem sechzehnten Geburtstag gewesen.

»Alfonso«, hatte sein Onkel den Vater gefragt, »dein Sohn ist jetzt groß genug, er hat den Stimmbruch hinter sich, er ist kein Kind mehr, da wird es doch Zeit! Sollten wir ihn jetzt nicht in den Club einführen?«

Don Alfonso wusste, dass er seinem Schwager damit eine große Freude machen konnte. José Miguel und seine Frau Celestina hatten keine Kinder, und Juanito war die ganze Freude seines Onkels.

»Ist es nicht ein wenig zu früh für den Club, mein lieber *compadre*? Aber meinetwegen, nur pass auf, dass er nicht zu viel trinkt! Oder besser gesagt, gib ihm nicht zu viel!«

Voller Stolz und mit hocherhobenem Haupt hatte Juanito seinen Onkel in den Club begleitet. Es war nur ein kurzer Spazierweg, die Straße hinunter zur Plaza. Der Club Sucre war von denselben Baumeistern errichtet wie die meisten der schönen Kolonialhäuser im Zentrum von Rubio. Hohe vergitterte Fenster, deren Holzläden meist verschlossen blieben, um die Sonne und die neugierigen Blicke der vorbeigehenden Menschen draußen zu halten, ein großer Patio mit umlaufendem überdachtem Korridor, von dem alle Räume des Hauses ausgingen, und der hintere Küchenhof mit den Räumen für die Bediensteten. So waren alle Häuser hier gebaut, und jedes ähnelte dem anderen. Im Club Sucre war der Hof allerdings besonders breit, und er war in den zwanziger Jahren überdacht worden, damit der Patio als Saal dienen konnte für die großen und lebhaften Veranstaltungen, die nun auch in der Regenzeit stattfinden konnten.

Der sechzehnjährige Juanito wurde von Tisch zu Tisch gereicht. Er schaffte es gerade noch, die ihm angebotenen Zigarren auszuschlagen, aber beim Rum konnte er nicht Nein sagen. Das Zigarrerauchen hatte er schon heimlich ausprobiert, erst vor Kurzem, auf der Hazienda, und es war ihm nicht bekommen, er war den halben Tag aus den Büschen nicht herausgekommen. Nach dieser Erfahrung wusste er, dass es für diesen großen Genuss der erwachsenen Männerwelt wohl noch etwas zu früh war, aber es war ihm auch klar, dass er sich tapfer darin würde üben müssen, weil es zum Mannsein einfach dazugehörte. Ein Mann, der nicht seine Zigarren rauchte, war kein Mann! *Hombre!*

Am Ende kam es, wie es kommen musste: Juanito wurde von seinem Onkel nach Hause mehr getragen als geführt, so besoffen war er. Ohne irgendwelche Schuldgefühle hatte José Miguel seinen Neffen in erbarmungswürdigem Zustand bei seiner Mutter abgeliefert, ganz im Gegenteil: Er war stolz, seinen geliebten Neffen über die Schwelle des Erwachsenwerdens getragen zu haben, und dazu gehörte nun mal ein ordentlicher Rausch!

Don Juan war überrascht, wie wenig sich die Clubräume in all den Jahren verändert hatten. Er musste schmunzeln, als er sich an seinen ersten Besuch damals mit seinem Onkel erinnerte. Ein paar bekannte Gesichter standen sofort von ihren Tischen auf, um ihn zu begrüßen, es gab Händeschütteln, Schulterklopfen, jemand bot ihm eine Zigarre an – eine kubanische! –, und bald war er umdrängt, alle wollten ihn sehen, sprechen, begrüßen. Sein Vortrag im Rotary Club in San Cristóbal neulich, ja, das hatte sich herumgesprochen, endlich offene Worte, endlich jemand, der sagt, was Sache ist!

»Und dann erst das Mittagessen letzte Woche im Club Táchira, Don Juan, Sie wissen ja gar nicht, was Sie damit bewegt haben! Don Juan, man spricht über nichts anderes mehr in San Cristóbal!«

»Wir hatten es ja alle schon aufgegeben, über die leidige Politik nachzudenken, Sie haben uns wieder wachgerüttelt!«

»Wie Sie im Zusammenhang mit der Bankenkrise endlich Ross und Reiter genannt haben, einige Herren im Club haben sich sehr schnell verabschiedet, habt Ihr das gesehen? Da hat sich so mancher nicht mehr wohl in seiner Haut gefühlt!«
Aus der zweiten Reihe rief einer:
»Höchste Zeit, dass einer den Mund aufmacht! Aber das Beste war, Don Juan, als der Bürgermeister hereinkam und Sie ihn begrüßten und ihm durch den ganzen Raum zuriefen: Herr Bürgermeister, wenn Sie heute Morgen die Zeitung gelesen haben, finde ich es sehr mutig, dass Sie sich jetzt hier sehen lassen!«
»Er war schneller wieder hinaus, als er hereingekommen war!«
»Was war da in der Zeitung?«, fragte einer der Anwesenden.
Don Juan wurde daraufhin gebeten, die Geschichte selbst zu erzählen.
»Ich wusste, dass dieser offene Brief an den Bürgermeister von San Cristóbal erscheinen würde, weil mich der Herausgeber der Zeitung, mein alter Freund Rodrigo Torres, gebeten hatte, ihn durchzulesen, er war sich offen gestanden nicht ganz sicher, ob er diesen Leserbrief so abdrucken könne. Ich sagte ihm, auf jeden Fall! Hier ist doch endlich mal einer, der diesem Kerl die Meinung sagt und ihn offensichtlich auch noch persönlich sehr gut kennt.
Der Schreiber, ein älterer, einfacher Mann, von früher her sehr gut bekannt mit der Familie des Bürgermeisters, beschwerte sich zunächst darüber, dass er im Rathaus nicht vorgelassen wurde. Und jetzt nehme er sich das Recht, ihm die Meinung zu sagen, weil er ihn von klein auf kenne, so gut wie seine eigenen Hände. Er habe ihn deswegen zum Bürgermeister gewählt, weil er ihm vertraute und ihm geglaubt hatte. Und Sie wissen ja selbst, meine Herren, was dieser unfähige Kerl in San Cristóbal inzwischen gemacht hat! Auf den Straßen herrscht das Chaos, und er hat es fertiggebracht, aus einer der schönsten Städte des

Landes eine unsägliche Bauruine zu machen, weil er auf halbem Wege alle Bautätigkeiten, die er so hektisch beginnen ließ, unfertig zurücklässt, weil ihm das Geld ausgegangen ist. Jedenfalls, so fuhr der Leserbrief fort, habe der Bürgermeister, seit er gewählt wurde, das genaue Gegenteil dessen gemacht, was einem der kluge Menschenverstand eingab.«

Don Juan zog den Leserbrief aus der Tasche und las vor:

»Ich kenne Sie sehr gut, seit Sie ein kleiner Schuljunge waren. Und ich weiß, dass Sie immer etwas werden wollten, aber Sie hatten nie Glück. Sie haben ein Mädchen aus sehr guter Familie geheiratet, und Ihr Schwiegervater hat versucht, Ihnen zu helfen. Ich kann mich sehr gut erinnern, als er Ihnen einen kleinen Lastwagen geschenkt hat, mit dem Sie Benzin transportieren konnten, aber das hat Ihnen auch nicht geholfen, von ganz unten, wo Sie waren, ein wenig höher zu steigen. Auf der Universität haben Sie einen kleinen Kiosk eröffnet und sind damit gescheitert, sowohl mit dem Kiosk als auch mit dem Studium. Das sage ich deswegen, weil Sie offenbar immer Ehrgeiz hatten, aber irgendwie ist Ihnen alles schiefgelaufen. Dann haben Sie Ringe und Schmuck verkauft, und damit hat es noch weniger geklappt, und Sie sind auch noch vielen Menschen ihr Geld schuldig geblieben, Menschen, die dieselbe bescheidene Herkunft hatten wie Sie. Aber Sie hatten eine goldene Zunge, Sie konnten reden, und wir haben Ihnen geglaubt. Und wir haben Sie zum Bürgermeister gewählt.«

»Und was ist dann geschehen?«, rief von ganz hinten einer der Anwesenden.

»Das steht auch in dem Leserbrief«, sagte Don Juan und las weiter daraus vor: »Sehr schnell haben Sie vergessen, wo Sie herkamen, sind hochmütig, glauben, Sie seien der Eigentümer der Stadt, Sie zerstören alles, lassen Bäume fällen ohne den geringsten Respekt vor der Natur und der Umwelt, haben Straßen aufgerissen, lassen

überall Schmutz und Abfall liegen. Seit Monaten müssen wir in den Straßen mit der unglaublichsten Unordnung leben, viele haben sich inzwischen verletzt und ihre Autos zuschanden gefahren, weil Sie die Löcher, die Sie haben aufreißen lassen, noch nicht einmal mit Warnschildern versehen haben, wie man das überall auf der Welt macht. Es scheint Ihnen nichts auszumachen, dass jeden Tag unzählige Unfälle auf unseren Straßen passieren, und die Schäden, die dabei entstehen, sind Ihnen egal. Und wir stellen fest, dass Sie, nach kurzer Zeit im Amt, zu einem Potentaten emporgestiegen sind. Jetzt haben Sie Fincas, große Ländereien, neue Autos für sich und Ihre Söhne, (neulich sah ich einen Ihrer Söhne in einem nagelneuen Pick-up, worin er noch kleiner aussieht, als er ohnehin schon ist), Sie haben eine Fußballmannschaft, eine Baseballmannschaft, einen Radclub, und Sie sprechen überhaupt nur noch über Millionen und noch mehr Millionen. Haben Sie in der Lotterie das große Los gezogen? Denn das Gehalt eines Bürgermeisters kann beim besten Willen und allen möglichen Gehaltserhöhungen das alles nicht hergeben. Halten Sie die Menschen doch nicht für dumm! Sie schulden uns eine klare und glaubhafte Erklärung. Ich bin ein alter Mann, der in seinem Leben viel und hart gearbeitet hat, und ich weiß aus der Erfahrung meines Lebens, dass solche Reichtümer nicht über Nacht auf ehrlichem Wege geschaffen werden können. Warum ergreifen Sie nicht das Mikrofon und erklären uns im Radio, ja, erklären Sie uns, wie Sie zu Ihrem Reichtum gekommen sind. Wenn Sie nichts zu befürchten haben, haben Sie auch nichts zu verlieren!
Was mich auch sehr traurig macht, ist, wie Sie den Mörder des kleinen Jungen, der kürzlich in La Romera umgebracht wurde, gedeckt haben. Sie haben falsches Zeugnis abgelegt, weil der Mörder Ihr Schwager ist!«
Ein Raunen ging durch den Raum.

»Was ist da passiert?«, rief einer der Männer aus der hinteren Reihe.

Don Juan berichtete: »Es war wohl einer der Jungen, die sich auf den Straßen ein paar Bolívar verdienen, indem sie Radkappen klauen.«

Derselbe Mann rief nach vorn: »Gott sei Dank gibt es diese Jungen, denn wenn ich eine Radkappe verliere – oder sie mir geklaut wird –, gebe ich dem nächstbesten Jungen auf der Straße den Auftrag, mir eine zu besorgen!«

»Das machen wir doch alle!«, rief ein anderer.

»Ja, nur dummerweise hat der Schwager des Bürgermeisters den Jungen erwischt, wie er sich an einem Rad seines neuen Ford Mustang zu schaffen machte …«

»Was muss der Kerl einen nagelneuen Mustang haben, der hat doch, außer dass er sich auf einem Stuhl vor dem Rathaus wichtigtut, keinen Beruf!«

Don Juan fuhr fort: »Wie auch immer, der Kerl hat den armen Jungen so verdroschen, dass er blutend auf der Straße liegen blieb. Und fuhr dann einfach davon. Der Junge, wohl noch keine sieben Jahre alt, starb, bevor die Ambulanz kommen konnte.«

Die Menge konnte sich kaum noch beruhigen.

»Das ist doch glatter Mord!«

»Unerhört!«

»Der Kerl muss vor Gericht!«

Don Juan ergriff wieder das Wort, musste sich aber erst Gehör verschaffen.

»Ruhig, meine Herren, das ist ja genau der Punkt: Der Bürgermeister hat seinen Schwager gedeckt, ihn auf einer seiner Haziendas versteckt und so verhindert, dass er verhaftet werden konnte!« Er machte eine Pause, bevor er fortfuhr. »Deswegen hatte Don Rodrigo gezögert, diesen Brief zu veröffentlichen, aber dann hat er es auf meinen Rat hin doch getan. Und nach all dem wagt es dieser Mensch noch am selben Tag, in den Club Táchira zu kommen, als sei nichts gewesen.«

»Es wäre auch nichts gewesen, Don Juan«, meldete sich Paco, ein alter Nachbar, zu Wort, »es wäre nichts sonst gewesen, wenn Sie an dem Tag im Club dem Bürgermeister nicht diese Begrüßung entgegengerufen hätten. Erst dadurch wurde es zum Eklat, und Ihr Freund Torres brachte die Sache am nächsten Tag als Aufmacher der ersten Seite, die Schlagzeile war wunderbar: *Unser Bürgermeister: Hat er gestohlen, hat er einen Mörder gedeckt?*«

»Ja, aber ihr wisst es vielleicht noch nicht«, rief einer vom Eingang her, »dass der Bürgermeister von San Cristóbal soeben zurückgetreten ist!«

Unbeschreiblicher Jubel setzte ein, und immer mehr Menschen drängten von der Plaza in den Club. Wie ein Lauffeuer sprach es sich herum: »Don Juan ist da, der Mann, der den korrupten Bürgermeister von San Cristóbal gestürzt hat!«

Nach mehreren Stunden im Club und einigen Gläsern Whisky kehrte Don Juan ziemlich beschwingt und mit außerordentlich guter Laune nach Hause zurück. Maruja, seine Köchin, erwartete ihn bereits strahlend am Tor:

»Don Juan, was haben Sie wieder angestellt, Sie sind der Held des Tages, soeben wird es im Radio gebracht: Sie sind der Mann, der diesen unsäglichen korrupten Kerl zum Rücktritt gezwungen haben, wie es aussieht, muss er bereits morgen vor den Ermittlungsrichter, mit seinem Schwager, dem Mörder! Aber Sie hätten hören sollen, was die über Sie gesagt haben, über die Geschichte Ihrer Familie, die Bedeutung Ihrer Familie für die Entwicklung Rubios und des Staates Táchira, seit mehreren Generationen seien Sie der Stolz unserer Region! Ich jedenfalls bin sehr stolz auf Sie, Don Juan!«

»Ich bin selbst stolz«, gab er freudig erregt zu, als er nach einem letzten Schluck ins Bett ging, und er konnte es kaum erwarten, am nächsten Tag die Zeitungen zu lesen.
Zufrieden mit sich und der Welt zog sich Maruja in ihr Häuschen im hinteren Garten des Anwesens zurück. Don Juan hatte es vor einigen Jahren für Maruja bauen lassen. Zuvor hatte das Personal des Hauses in einer Abfolge von kleinen Kammern hinter der Küche geschlafen. Maruja war glücklich mit ihrem Häuschen, es hatte ein hübsches kleines Wohnzimmer mit einem bequemen Sofa und einem Fernseher, und es hatte zwei Schlafzimmer, was für sie sehr nützlich war, denn so konnte sie ihre Verwandtschaft im Haus schlafen lassen, wenn sie von Cuquí herunterkamen, um ihr selbst angebautes Obst auf dem Markt anzubieten.
Maruja war bereits als junges Mädchen in das Haus Morales gekommen. Es gab eine Verbindung zur Familie der Großmutter von Don Juan, die ebenfalls aus Cuquí stammte, dem kleinen verträumten Dörfchen hinter der *curva del diablo*. Ihre Eltern hatten eine kleine Finca, in der sie einige Plátanos-Stauden hatten, zwei Reihen mit grünen Tomaten und einige Ziegen. Sie war als viertes von fünf Geschwistern sehr behütet im Haus aufgewachsen und war wie alle Kinder der Umgebung zum Unterricht in das kleine Schulgebäude neben der Kirche gegangen, in dem es nur zwei Klassen gab. Aber sie hatte den Vorzug, dass sie von ihrem Ende des Dorfes zum Schulgebäude nur ein paar Minuten zu Fuß hatte, während einige der anderen Kinder einen täglichen Fußmarsch von bis zu zwei Stunden zurücklegen mussten.
Als sie fünfzehn war, wurde sie schwanger. Sie weigerte sich beharrlich, den Namen des Kindsvaters preiszugeben. So wurde sie, weil die Familie die Schande nicht ertragen wollte, zu den Nonnen nach Rubio gegeben, wo sie sich nach der Geburt des

Kindes zur endgültigen Aufnahme in den Orden vorbereiten sollte. Sie verlor das Kind allerdings nach ein paar Monaten, und die Nonnen wollten das aufsässige Mädchen unbedingt wieder loswerden. Maruja war nicht als Nonne geeignet, sie hatte einen starken Widerspruchsgeist und wollte sich den strengen Vorschriften des Lebens als Nonne nicht unterwerfen. Vor allem die täglichen Schweige-Exerzitien waren ihr unerträglich. Als Doña Rosita eines Tages mit der Schwester Oberin sprach, fiel ihr das Mädchen auf. Doña Rosita war von der Kleinen angetan und sagte zur Oberin: »Schwester, ich nehme dieses Kind gerne in meinem Haus auf, wir können immer ein paar fleißige Hände im Haus gebrauchen.«

Die Oberin war heilfroh, dass Doña Rosita de Morales ihr dieses aufsässige Kind abnahm. So war Maruja in das Haus Morales gekommen und hatte sich sofort zu Hause gefühlt. Juanito, wie er damals noch im Haus genannt wurde, war nur ein paar Jahre älter als sie, und sie hatte sich sofort in ihn, den jungen gut aussehenden Sohn des Hauses verliebt. Aber natürlich wusste sie, dass aus ihrer Zuneigung nie etwas folgen konnte. Don Juan war nie aufgefallen, dass Maruja Gefühle für ihn entwickelt hatte, sie gehörte sozusagen zum Inventar des Hauses. Aber es war ihm immer wichtig, dass es Maruja im Hause gut ging.

Nach dem Tod der Mutter und kurze Zeit danach auch des Vaters, als der Titel des »Don« auf Juan überging, ordnete Don Juan das Haus neu. Er reduzierte das Personal, und für einen bangen Augenblick fürchtete Maruja, auch ihre Zeit im Hause Morales wäre gekommen, aber ganz im Gegenteil. Als Maruja zu ihm ins Speisezimmer gerufen wurde, eröffnete er ihr, er wolle, dass sie sich jetzt verantwortlich um den Haushalt kümmere, und sie solle ihm mitteilen, welche und wie viele Leute sie im Haus haben wolle.

Mit großem Stolz war sie kurz danach in ihr neues Häuschen gezogen.
Maruja hatte Ramóns Tante Gregoria gefragt, als ihr Don Juan vor ein paar Wochen von seinen bösen Träumen erzählt hatte. Gregoria konnte man immer fragen, sie wusste alles. Vor ein paar Wochen erst hatte Don Juan zu Maruja nach dem Abendessen gesagt, ihn würden immer noch die alten bösen Träume plagen, immer dieselben, seit dem Tod von Mariela und Miguelito. Immer wieder dieselben bösen Träume. Jedes Mal musste jemand sterben, manchmal war er es selbst, der in seinem eigenen Blut lag. Und dann wachte er auf, immer zu früh, denn er wollte wissen, warum. Wenn er nur erfahren könnte, warum, wäre den Träumen die Grausamkeit genommen! Dann waren die Träume eine Zeit lang ausgeblieben, als Carlos erschien. Aber sie waren zurückgekehrt, und, wie er meinte, noch grausamer.
Maruja verstand danach besser, warum er abends immer so viel Whisky trinken musste, und sie machte ihm keine Vorhaltungen mehr.
»Pass gut auf ihn auf, Marujita«, hatte die alte Gregoria ihr gesagt, »er ist eine große Persönlichkeit, aber es gibt böse Menschen, die ihm nach dem Leben trachten! Pass gut auf ihn auf!«
Es war eine Mischung von Stolz und großer Sorge, die ihr Leben von da an begleitete, denn von jetzt an fühlte sie sich für ihren Don Juan verantwortlich.
Sie begann, ihre tägliche Litanei an Vaterunser und Avemarias, immer eines nach dem anderen, ihrem Patrón zu widmen, sie bat jeden Abend den lieben Gott und die Heilige Jungfrau um den Schutz für Don Juan, jeden Abend, bis sie einschlafen konnte.

IX. SEMANA SANTA

Die Prozession mit ihren prächtig geschmückten Wagen war der Höhepunkt der österlichen Feierlichkeiten in der Nacht zum Karfreitag. Doña Mariela hatte im ersten Jahr ihrer Ehe mit Don Juan die ehrenvolle Aufgabe der Ausschmückung des »Santo Sepulcro« übernommen, eine Aufgabe, die seit den Zeiten von Don Juans Großmutter von der Kirchengemeinde der Familie Morales anvertraut war. Seit dem tragischen Tod von Doña Mariela war die treue Köchin Maruja mit dieser Aufgabe betraut worden, und so hatte die Osterwoche im Haus der Familie Morales mit derselben Routine begonnen wie jedes Jahr. Maruja hatte für nichts anderes mehr Zeit, als sich um den Prozessionswagen für das Heilige Grab zu kümmern. Seit Tagen saß sie mit ihrer Schwester, die eigens aus Cuquí gekommen war, in den hinteren Räumen des Hauses, putzte die schweren barocken Silberleuchter und sorgte sich um den Blumenschmuck, der zum Teil, wegen der Haltbarkeit, aus Plastik war. Und wie jedes Jahr machte sich Don Juan über den Übereifer seiner Köchin lustig, deren ganzer Stolz es war, die Kommentare der Leute auf der Prozession zu hören, der Wagen der Familie Morales sei auch in diesem Jahr wieder der schönste.

Maruja fasste sich ein Herz, als sie Don Juan eindringlich bat, dieses Jahr an der Prozession teilzunehmen.

»Dieses Jahr müssen Sie unbedingt teilnehmen, Don Juan! Sie sind jetzt ein berühmter Mann, Don Juan. Fast jeden Tag sind Sie in der Zeitung, und die Leute wollen Sie sehen! Es mag ja wunderbar sein, dass Sie in Ihren Clubs die Leute ganz verrückt machen mit Ihren Vorträgen über die Korruption und dass der Bürgermeister von San Cristóbal wegen Ihnen zurücktreten musste, dass der Gouverneur wegen Ihnen wahrscheinlich auch noch zurücktreten muss und dass unsere Nation, dass wir alle ganz von vorn anfangen und in die Hände spucken müssen und jeder von uns gegen das Übel ankämpfen muss und was Sie uns sonst noch alles sagen über die Politik! Aber ein Don Juan Vicente Morales gehört bei der Prozession hinter den Wagen der Familie Morales! Ihr Großvater und Ihr Vater sind bei der Osterprozession immer dabei gewesen, und Sie selbst sind früher von klein auf mitgegangen, hinter unserem Wagen, wie es sich gehört!«

»Ist gut, Maruja, du weißt doch, ich mache mir nichts daraus, putz du nur schön die Leuchter, damit wir uns nicht zu schämen brauchen.«

»Es ist immer dasselbe mit ihm«, flüsterte Maruja ihrer Schwester zu, »er will einfach nicht mitgehen, das gehört sich doch nicht. Seit damals, ich weiß nicht mehr seit wie vielen Jahren, seit dem Unglück, ist er auch nicht mehr in der Kirche gewesen, es ist eine Schande!«

Don Juan wollte auch diesmal nicht teilnehmen. Als die nächtliche Prozession in seine Straße einbog, trat er vor das Haus, um sich, wie es der Brauch verlangte, vor den Gnadenbildern zu verneigen. Nicht weil es ihm ein religiöses Bedürfnis gewesen wäre, denn seit jenen Hiobstagen hatte er nicht mehr an Gott glauben wollen. Aber es war ihm durchaus bewusst, dass die Leute ihn sehen wollten, ihn beobachteten.

Lang, schier endlos lang, erschien ihm die Prozession, das monotone Gemurmel der Gebete hob an und flaute wieder ab, während ein Wagen nach dem anderen an ihm vorbeizog. Da sah er endlich den Wagen seiner Familie im Rhythmus der Trommeln näher kommen. Maruja ging unmittelbar hinter dem Wagen des »Santo Sepulcro«, und als sie Don Juan an der Tür des Hauses stehen sah, winkte sie zu ihm hinüber, er solle sich der Prozession doch anschließen.

Nach kurzem Zögern trat Don Juan tatsächlich die zwei, drei Stufen zur Straße hinunter, bahnte sich einen Weg durch die Menge und reihte sich neben Maruja in die langsam vorbeiziehende Prozession ein. Maruja wandte ihm dankbar ein strahlend lächelndes Gesicht zu, bevor sie sich wieder in die Litanei ihres Rosenkranzes versenkte. Er ging, neben Maruja, unmittelbar hinter dem Wagen her, der von den Männern der Bruderschaft des Heiligen Grabes getragen wurde, im langsamen Gleichschritt zum Rhythmus der Trommeln, links und rechts, während der auf dem Wagen befestigte gläserne Sarkophag mit der lebensgroßen Figur des toten Messias sich abwechselnd nach rechts und nach links neigte. Don Juan hatte nie nachgezählt, wie viele Männer den Wagen eigentlich trugen, und er versuchte, während er sich dem langsamen, durch die Trommeln vorgegebenen Schritt anpasste, die Männer zu zählen, aber man sah von manchen nur die Arme oder Beine unter dem purpurnen Tuch auftauchen, das fast bis zum Boden herabhing.

»Zwanzig oder dreißig werden es wohl sein«, murmelte er.

»Was sagen Sie, Don Juan?«, hörte er Maruja leise flüstern, die Monotonie ihrer Avemarias unterbrechend.

»Nichts, Maruja, ist schon gut, bete ruhig weiter!«

Mariela! Wie stolz war er auf sie gewesen. Mit welchem Glück und Stolz war er neben ihr hergegangen, hinter dem Wagen der

Familie. Als sie geheiratet hatten, glaubte er, sie jeden Tag noch mehr zu lieben. Es war Glück und Stolz, diese Gefühle waren nicht voneinander zu trennen. Und jetzt war es der Schmerz, der kaum zu ertragen war, wann immer er an sie dachte.

Sie war eine wunderschöne Frau, von einer exotischen Schönheit. Mit ihrem pechschwarzen Haar, das sie in langen Locken trug, mit ihrem dunklen Teint war sie wahrscheinlich eine außerordentlich gut gelungene Mischung von allen Bewohnern, die das Land je hervorgebracht hatte. Don Juan hatte sie bei einem Empfang im Club Táchira in San Cristóbal kennengelernt. Er sah sie in einer Gruppe junger Mädchen stehen und konnte seinen Blick nicht mehr von ihr abwenden. Seinem Onkel José Miguel war es sofort aufgefallen. »Juanito, bist du überhaupt noch da, oder sitzt du schon auf einer Wolke? Ich sehe genau, wo du hinschaust. Aber sag nichts, ich werde das schon machen.« Und ließ seinen verblüfften Neffen stehen.

Er sah, wie das junge Mädchen, dieser Traum einer Schönheit, von einem älteren Herrn, offenbar ihrem Vater, gerufen wurde. Juan konnte nicht sehen, wohin sie gegangen war, er wollte sich schon auf die Suche machen. Da erschien sein Onkel wieder, mit einem netten Herrn, und machte sie miteinander bekannt.

»Don Pablo, darf ich Ihnen meinen Neffen vorstellen: Juan Vicente Morales! Juanito, das ist Dr. Pablo García, er ist der Chefchirurg der Universitätsklinik, ein alter Freund von mir.«

»Das freut mich sehr, mein junger Freund, Ihr Onkel hat mir immer wieder von Ihnen erzählt, er scheint ja große Stücke auf Sie zu halten.«

Juan wurde verlegen, zumal er hinter Dr. García das schöne Mädchen wiedersah.

»Ach ja, und das ist meine Tochter Mariela.«

Auch Mariela wurde rot im Gesicht, was ihr wunderbar stand, wie Juan sofort bemerkte.
»Kommen Sie, Don Pablo, die jungen Leute können sich auch ohne uns unterhalten.«
Und so hatte Juan das Kennenlernen der Liebe seines Lebens seinem Onkel zu verdanken.
Die Verlobungszeit war sehr kurz, denn sie wussten beide, dass sie füreinander geschaffen waren. Es wurde in der Kirche von Rubio geheiratet, und das ganze Dorf war auf den Beinen. Don Alfonsos altes Cabriolet wurde aus der Garage geholt, geputzt und auf Hochglanz poliert und der Motor generalüberholt. Man wollte nicht riskieren, dass das alte Gefährt seinen Geist aufgab, auch wenn die Strecke vom Haus der Familie Morales zur Plaza Bolívar keine zwei Minuten dauerte. Dr. García, der stolze Vater, war mit seiner einzigen geliebten Tochter aus San Cristóbal gekommen, und die Braut durfte sich im Haus ihres zukünftigen Mannes umziehen. Rosa hatte die junge hübsche Braut sofort in ihr Herz geschlossen und nahm die Rolle der Mutter an. Ihre eigene Mutter hatte Mariela nie kennengelernt, da sie kurz nach ihrer Geburt gestorben war. Rosa half ihr, den Schleier über das Gesicht zu legen. Juan, der in der Kirche auf sie wartete, sollte sie erst in ihrer ganzen Schönheit sehen dürfen, wenn sie vor dem Altar stand. Nie würde er Marielas glücklichen und zugleich etwas scheuen Blick vergessen, als er ihr den Schleier über den Kopf gehoben hatte.
Nach der Zeremonie begab sich die Hochzeitsgesellschaft, und mit ihnen das halbe Dorf, in den völlig überfüllten Club Sucre, auf der anderen Seite der Plaza. Dr. García hatte aus San Cristóbal Mariachis mitgebracht, die mit ihren großen mexikanischen Hüten, ihren Trompeten, Gitarren und Harfen bis tief in die Nacht hinein spielten und all die schönen alten Lieder von

Amapola bis *Cielito Lindo* und *La Cucaracha* zum Besten gaben. Ein paar Tage später hatte Don Alfonso die ganze Familie und viele Freunde zu einer Fiesta auf der Hazienda eingeladen, denn auch die Arbeiter von La Cayena sollten sich mit dem jungen Paar freuen dürfen. Man hatte auf den großen Patios Tische und Bänke aufgestellt. In großen Töpfen wurden mehrere Zicklein mit Bohnen und Kartoffeln geschmort, nach den alten Rezepten. Und die Spanferkel drehten sich über den Spießen am offenen Feuer.

Wir haben so lange nicht mehr auf der Hazienda gefeiert, seufzte Don Juan. Wir hatten auch keinen Anlass …

Im ersten Jahr ihrer Ehe waren sie nach Spanien gereist, nach Andalusien. Es war schon immer Don Juans Traum gewesen, schon als Kind, einmal die großen Stierkämpfe in der »Kathedrale« des Stierkampfs zu erleben, in der Arena von Sevilla, der Maestranza. Seine junge Frau hatte gesagt: »Ich habe mir nie etwas aus den Toros gemacht, aber ich liebe Juan, also liebe ich die Toros!«

Es war ihr erster Flug nach Europa. Müde und erschöpft von dem langen Flug, aber glücklich waren sie in Madrid gelandet und nach ein paar Tagen mit dem Zug nach Sevilla weitergefahren. Die Hotels in Sevilla waren zur Semana Santa überfüllt, aber sie hatten mithilfe von Freunden ein wunderbares Hotel gefunden: Sie waren im Alfonso XIII abgestiegen, einem großen Hotelpalast im maurischen Stil, gegenüber der Maestranza. Der Luxus erschien ihnen unglaublich, die Bäder waren mit bronzelüsterfarbenen Kacheln ausgestattet, das große Bett mit herrlichem kühlendem Leinen bezogen. Man sah auf einen mit Palmen bestandenen Garten hinunter, und an jeder Ecke stand ein Bediensteter und fragte, ob er den Herrschaften einen Wunsch erfüllen könne. Es war paradiesisch.

Die Stierkämpfe waren aufregend und so völlig anders als in San Cristóbal. Die Herren mit ihren schwarzen oder grauen Sevillaner Hüten waren alle im dunklen Anzug, und die Damen trugen stolz ihre hohen Kämme mit den Mantillas, die ihre Schultern umhüllten. Es war ein vornehmes Fest, nicht wie zu Hause, wo es ein Spektakel für das Volk war. Nein, hier war es ein gesellschaftliches Ereignis! Die Damen und Herren der Sevillaner Familien gingen zur Corrida, um gesehen zu werden. Und danach ging es zum Festgelände, die Damen in ihren Kutschen, vor die die schönsten Pferde gespannt waren, die Herren auf den elegantesten Andalusiern reitend. In den Casetas bei wunderbarer Gitarrenmusik verbrachte man dort im Freundeskreis die halbe Nacht, tanzend zu Flamenco und Seguidillas. Jede Familie, die etwas auf sich hielt, hatte auf dem Festplatz der Feria ihre Caseta, eine Bude oder Häuschen, in dem man im Kreise der Freunde saß und mit Wein, Tapas und Gitarrenmusik gemeinsam feierte.
Sie hatten eine ausgelassene und fröhliche Woche in Sevilla verbracht. Es war die glücklichste Zeit, die Juan und Mariela miteinander erlebten, verliebt und unbeschwert.
Die Woche zuvor jedoch, die Semana Santa, war aufregend und aufwühlend. Juan und Mariela waren in der Nacht zum Karfreitag bei den Prozessionen der Bruderschaften gewesen. Sie standen auf dem Platz vor der Kirche, als die von den Sevillanern am allerinnbrünstigsten verehrte Statue der Macarena ihre Kirche verließ.
Die *María Santísima de la Esperanza Macarena Coronada,* wie die Marienstatue mit ihrem vollen Namen hieß, wurde seit dem 17. Jahrhundert verehrt. Unter Trommelwirbel und Trompetenklängen wurde sie auf ihrem großen Wagen, unter dem gold- und silberbestickten Baldachin von unzähligen Brüdern im

Gleichschritt getragen. Von den umstehenden Balkonen regneten Blüten auf sie herab, die Kapuzenmänner der Bruderschaft gingen mit ihren großen Kerzen voran und bahnten der Muttergottes den Weg durch die Menschenmenge. Immer wieder wurde der feierliche Zug unterbrochen, Rufe erschallten von den Balkonen: *»Macarena! Macarena adorada!«* Die Menschen fielen auf die Knie, klatschten begeistert und voller Inbrunst. Vor einem Haus blieb der Zug stehen, und ein Ruf hallte über den Platz: *»Silencio!«* Da begann auf dem Balkon eine schwarz gelockte Frau einen Lobgesang auf die Jungfrau, im tiefen Klang einer Stimme, die Mariela den Atem nahm: *»Aiiaiiii, grita el cielo, lloran los ángeles, y las legiones del cielo rezan con la esperanza … aiii, aiiii … Macarena querida …«*

Juan fasste Mariela um die Schulter, drückte sie an sich, während sie weinte und ihre Tränen flossen. Als der Baldachin der Macarena langsam, im Wiegeschritt immer näher kam, sahen sie ihr Gesicht, das Gesicht der Macarena, ihr von Trauer und Kummer zerfurchtes Gesicht, mit gläsernen Tränen, ein Meisterwerk der barocken Bildhauerkunst, im reich bestickten Mantel, mit einer goldenen Krone mit Strahlenaura, im Schein der vielen Kerzen, immer im Wiegeschritt der Männer, die die kostbare und heilige Last trugen. Es war ein bewegendes Meisterwerk eines großen Bildhauers des 17. Jahrhunderts.

»Die schönen Tage von Sevilla …« Don Juan hatte zu sich selbst gesprochen, aber Maruja hatte ihn gehört.

Die Straße führte leicht bergab, zur Plaza Bolívar, gespenstisch von Fackeln beleuchtet und so überfüllt, dass der Platz kaum die Menschenmassen aufnehmen konnte. Der vordere Teil des Zuges mit dem großen Kruzifix, dem Wagen der Muttergottes, den nachfolgenden Wagen des gegeißelten, des kreuztragenden und des gekreuzigten Herrn, hatten ihre Runde um den Platz bereits begonnen.

»Haben Sie gehört, Don Juan«, flüsterte Maruja, »die Leute sagen, da ist Don Juan! Sehen Sie, Sie hätten schon längst an den Prozessionen teilnehmen sollen, ein Mann in Ihrer Position! Da, schon wieder, haben Sie gehört? Sie sagen, da ist Don Juan, Don Juan!«

»Ist ja gut, Maruja.«

Don Juan, in Gedanken versunken, hatte wieder begonnen, die Arme und Beine der Männer unter dem roten Tuch des Wagens zu zählen, aber jetzt hatte er es auch gehört. Immer häufiger wurden die Rufe, Frauen streckten ihre Arme aus, um ihren Kindern zu zeigen: »Der Mann dort ist Don Juan, unser Don Juan, der hinter dem *Santo Sepulcro*!«

Die Plaza Bolívar war erreicht, und Don Juan fühlte sich wie von einer Woge getragen, die immer wieder seinen Namen in die Nacht rief. Ein gespenstisch blasphemischer Gedanke setzte sich in seinem Kopf fest. Es war ihm, als gelte es in dieser nächtlichen Prozession nicht, der Leiden des Herrn in der Nacht seines Todes zu gedenken, sondern als sei diese Menschenmenge, die Trommeln, der Weihrauch, die Fackeln, nur ihm, Don Juan, zu Ehren auf die Plaza Bolívar gekommen. Als die Stufen der Kirche erreicht waren, wurde er von der Menge, aus der sich ihm immer mehr Arme und Hände entgegenstrecken, in die Kirche gedrängt.

»Don Juan, *qué tal*, wie schön, Sie zu sehen, wir sind stolz auf Sie, kommen Sie, *venga*!« Und schon sah er sich durch die Menge in der Kirche nach vorne geschoben, man machte ihm Platz. *»Don Juan, pase!«*

Er versuchte, sich auf die Andacht, die Worte des Priesters, dessen wohlgefälliger Blick immer wieder auf Don Juan fiel, zu konzentrieren, begann, die Gebete, die so lange nicht mehr über seine Lippen gekommen waren, mitzusprechen, aber die Konzentration und Hingabe wollten sich nicht einstellen, es war, als wehrte er sich gegen das Gebet, das er seit damals nicht mehr hatte beten wollen. Seit damals, als der Priester das zu ihm über Hiob gesagt hatte, hatte er kein Gebet mehr gesprochen. Er spürte die Blicke der Leute, und je länger er inmitten der Menge stand, desto intensiver begann er es zu genießen, im Zentrum der Beachtung zu stehen. Als der Priester die Gemeinde zum Friedensgruß aufforderte, streckten sich Don Juan von allen Seiten unzählige Hände zu, die er zu drücken hatte.

Die Menge begab sich wieder hinaus vor die Kirche, die Stufen hinunter auf den Platz, und wieder erfasste ihn eine Woge von Menschen, die ihn schoben und ihm grüßend die Hand entgegenstreckten.

»Don Juan!« »Don Juan!«

Als er die Stufen hinabstieg, dicht umdrängt von einer Traube von Menschen, die nicht von ihm ablassen wollten, erhob sich ein Raunen auf dem Platz, und aus der Menge hörte man eine laute Stimme rufen: *»Que viva Don Juan!« – »Que viva!«*

Die vereinzelten Rufe vereinten sich zu einem Chor, der bald den ganzen Platz erfasste.

»Que hable!« – »Que hable!« – »Er soll sprechen, er soll sprechen!«

Nach einigem Zögern gab er dem Drängen nach und stand, bevor er es sich versah, auf der Empore, einem kleinen erhöhten Pavillon, auf der kleinen Bühne, die früher von den Musikkapellen zu Standkonzerten genutzt worden war, inmitten der Plaza Bolívar.

Und er begann, zunächst ruhig noch, von der Korruption zu sprechen, die das Land auffrisst.

»Wisst ihr«, sagte er, »dass uns die Korruption in den letzten fünfundzwanzig Jahren mehr als 80 Milliarden Dollar gekostet hat? Dass vor Kurzem eine internationale Untersuchungskommission unser Land zu den korruptesten Ländern der Welt zählte? Ist das eine Schande?«

Die Menge geriet in Bewegung.

»Aber seht doch«, fuhr er fort, »was unsere Politiker dazu zu sagen haben! Wir gehören mittlerweile zu den korruptesten Ländern der Welt! Eine Schande! Aber es sind ja nicht nur die 80 Milliarden Dollar, die uns die Korruption bisher gekostet hat, es ist vor allem der unschätzbare Schaden an einem viel größeren und wertvolleren Gut, welches wir haben, und vielleicht ein irreparabler Schaden, nämlich die Erosion der mühsam aufgebauten Fundamente unserer demokratischen Ordnung!«

Es kam noch mehr Bewegung in die Menge.

»Unsere Politiker sagen nichts zur Korruption, die unser ganzes Land auffrisst, denn sie beteiligen sich ja selbst daran! Der Gouverneur in San Cristóbal, liebe Leute, gehört zu den korruptesten Männern des Landes! Ihr wisst, warum die Straße nach San Cristóbal in solch einem miserablen Zustand ist? Warum die Straße nie fertig gebaut werden kann? Fragt den Gouverneur, wo die Gelder geblieben sind, die für den Ausbau der Straße zur Verfügung gestellt wurden! Fragt ihn, wo das Geld geblieben ist! Ich weiß es, liebe Landsleute, aber er soll es euch selber sagen! Er soll es vor Gericht sagen, wo man ihm, dem größten Schwindler von ganz San Cristóbal, den Prozess machen soll!«

Die Menschen auf der Plaza jubelten.

»Ihr Bürger von Rubio, ihr Bürger unseres Staates Táchira, Venezolaner! Lasst euch von den Politikern nicht länger für dumm verkaufen!«

Unter dem Jubel auf der Plaza Bolívar hatte Don Juan Vicente die Menschen aufgerüttelt.
»Sobald ihr die Herren und Damen Politiker gewählt habt, tun sie, kaum dass sie im Amt sind, genau das, was sie den Vorgängern vorgeworfen haben, oder noch Schlimmeres. Ihr Ziel ist es nicht, sich um eure Belange zu kümmern, endlich die Straßen herzurichten, sich um die Wasserversorgung zu kümmern oder gegen die Armut anzukämpfen, nein, ihr Ziel ist es, in möglichst kurzer Zeit möglichst viel in die eigene Tasche zu wirtschaften! Ist das eine Schande?«
Die Rufe der Zustimmung wurden immer lauter, während noch mehr Menschen zusammenströmten.
»Seid ruhig, Don Juan spricht!«
»Aber so, wie euch unsere Politiker seit Jahren an der Nase herumführen, geht es doch nicht weiter! Wisst ihr, was wir in unserem Land mit 80 Milliarden Dollar alles hätten machen können? Ihr hättet einen Aquädukt, der funktioniert, ihr würdet nicht jede Woche, wenn ihr nach San Cristóbal hinüberfahren müsst, Angst haben, nicht heil anzukommen! – Ist das eine Schande?«
»Don Juan!« – »Don Juan!« Die Sprechchöre wurden immer lauter.
Er hob die Arme, um die Menge wieder zum Schweigen zu bringen.
»Es ist doch so: Den Glauben und das Vertrauen in unser Land hat man uns genommen, habt ihr Politiker uns genommen! Kennt ihr, ja, jeder Einzelne von euch, kennt ihr irgendjemanden in diesem Land, der Geld hat, der nicht versucht, es außer Landes zu bringen? Ist das noch Vertrauen in unser Land, in unsere geliebte venezolanische Nation? Hat euch dafür derjenige, der dort auf dieser Plaza, unserer Plaza Bolívar, so stolz auf

seinem Pferd reitet, hat euch dafür Simón Bolívar, unser *Libertador*, vom Joch der Unfreiheit befreit? – Ist das eine Schande?«
Alles jubelte. – »Don Juan!« – »Don Juan!«
Er musste mehrmals beschwichtigend die Arme heben, um wieder das Wort ergreifen zu können.
»Unsere Parteien glauben, unser größtes Problem, diese gottverdammte Korruption, beheben zu können, indem sie regelmäßig zu jeder Wahl die Köpfe austauschen, ohne auch nur daran zu denken, dem Übel selbst den Garaus zu machen! Wisst ihr, wie mir das vorkommt? Das ist, als wolltet ihr die Schäden einer alten Landstraße damit beheben, dass ihr den Motor des Wagens austauscht, mit dem man auf dieser kaputten Straße fährt! Ihr braucht Politiker, die euch nicht bestehlen!«
Unbeschreiblicher Jubel hob an, der ganze Platz bebte:
»Que viva Don Juan! Don Juan, Don Juan!«
»Aber wie wollt ihr denn«, fuhr er fort, »weitermachen, wenn euch euer eigener Bürgermeister betrügt? Glaubt ihr, der sei besser als mein spezieller Freund, der Ex-Bürgermeister von San Cristóbal? Oder der Gouverneur in San Cristóbal?«
Und er musste wieder die Hände heben, um weitersprechen zu können.
»Pedro Lozano, ja, euer Bürgermeister hier in Rubio, den ihr gerade erst gewählt habt, hat er euren Wählerwillen respektiert? Hat er bisher auch nur begonnen, ein einziges der unzähligen Versprechen einzuhalten, die er euch vor der Wahl so vollmundig gemacht hat? Was macht er stattdessen? Er holt sich den jungen Bäcker, der das Dorf mit Schimpf und Schande verlassen musste, weil sein dummer Versuch, eure Stimmen zu kaufen, aufgeflogen war, er holt ihn zurück in den Gemeinderat! Stimmt es, Lozano, dass der Bäcker bei jeder deiner Gemeinderatssitzungen als dein Protokollführer neben dir sitzt? Ein

Mann, dessen Korruptheit schon vor der Wahl aufflog, der das Dorf verlassen musste, und jetzt sitzt er schon wieder im Gemeinderat? Ist das eine Schande? Diese Wahl war doch eine Farce! Wollt ihr euch das noch länger bieten lassen?«
Der Jubel hatte den ganzen Platz erfasst. Don Juan hob die Hände, ganz genau so wie der *Libertador* auf seinem Pferd, mit beiden ausgestreckten Händen ließ er den Jubel der Menge auf sich niederprasseln wie einen warmen Regen. Er genoss es, von einer Traube von Menschen zu seinem Haus begleitet zu werden. Unzählige Hände streckten sich ihm im Vorbeigehen entgegen, und vor dem Haus fiel es ihm schwer, sich loszureißen, die Glückwünsche der Menschen, die ihn bis in den Hauseingang hinein begleiteten, abzuschütteln.
Maruja stand in der Tür und strahlte über das ganze Gesicht.
»Sehen Sie, Don Juan, Sie hätten längst bei der Karfreitagsprozession mitgehen sollen!«
»Ist ja gut, Maruja«, sagte er erschöpft, aber glücklich lächelnd.
Die Schlagzeilen des nächsten Tages überschlugen sich. Don Juan Vicente Morales hat den Gouverneur zum Rücktritt aufgefordert, er hat ihn der Korruption beschuldigt! Der Skandal von Rubio, der Skandal der Osternacht! Jeder habe von den Gaunereien des Gouverneurs gewusst, aber endlich habe jemand es öffentlich formuliert, und nicht irgendjemand, sondern kein Geringerer als Don Juan Vicente Morales. Plötzlich war der zweite Vorname Vicente wieder aufgetaucht, und Don Juan wehrte sich nicht dagegen.

X. TANTE GREGORIA

Ein paar Tage später musste auch der Bürgermeister von Rubio zurücktreten. Seine Position war unhaltbar geworden, nachdem tagelang die Zeitungen, allen voran *El Diario del Táchira*, vom Skandal der Plaza Bolívar von Rubio berichtet hatten. Alle hätten von den Gaunereien des Bürgermeisters gewusst, aber endlich sei es auch öffentlich ausgesprochen worden, und nicht von irgendjemandem, nein, von Don Juan Vicente Morales aus Rubio. Als dann auch noch der Gouverneur in San Cristóbal zurücktrat, war der Jubel um Don Juan nicht mehr zu stoppen.

Maruja war es auch aufgefallen, dass die Zeitungen nicht mehr von Don Juan, sondern von Don Juan Vicente sprachen. Der zweite Vorname, den ihr Patrón so viele Jahre nicht geführt hatte, war wieder in aller Munde.

»Sehen Sie, Don Juan, jetzt müssen Sie sich Ihres Taufpaten, des Generals Juan Vicente Gómez, auch nicht mehr schämen!«

Nach dem Rücktritt des Bürgermeisters hatte der Gemeinderat Don Juan gebeten, an der ersten Sitzung teilzunehmen, man hatte ihm sogar den leer stehenden Stuhl des Bürgermeisters angeboten, den er jedoch nicht einnahm. Er riet dem Gemeinderat, Wahlen erst dann abzuhalten, wenn eine Mannschaft gefunden sei, von der alle überzeugt waren, statt nicht einfach nur Köpfe auszutauschen; man solle doch hier in Rubio, in unserem Städtchen, versuchen, einen Neubeginn zu starten, so wie dies im ganzen Land nötig sei, jenseits von Parteienzwist. Ansonsten stünde er den Herren gerne mit Rat und Tat zur Seite, er habe aber auf seiner Hazienda genug Arbeit, die er nicht vernachlässigen könne.

Seit mehreren Wochen war Maruja in ihrem Element. Jeden Morgen nach dem Frühstück kommandierte sie die Bittsteller und Abgesandten des Gemeinderats und der politischen Parteien einen nach dem anderen zu Don Juan ins Arbeitszimmer, wo er, am Schreibtisch sitzend, eine Gruppe nach der anderen empfing. Es schien, als würde seit jener Osternacht keine Entscheidung im Dorf ohne den Segen ihres Patrón getroffen.

»Was brauchen wir eigentlich Neuwahlen, Don Juan, es funktioniert doch jetzt viel besser!«, sagte sie eines Abends, nach einem Tag, der ausgefüllt war von Sitzungen und Besprechungen. Den ganzen Vormittag hatte der Gemeinderat im Speisezimmer getagt, hatte unter dem Vorsitz von Don Juan einen Tagesordnungspunkt nach dem anderen behandelt, die Herren hatten Don Juan berichtet, er hatte zugehört, kommentiert, Anweisungen gegeben, nach diesem und jenem Detail gefragt: ob die Arbeiten im Keller des Krankenhauses schon abgeschlossen seien, die neue Rohrleitung zum oberen Teil der neuen Arbeitersiedlung gelegt sei, und ob der neue Wagen für die Müllabfuhr schon eingetroffen sei. Er habe mit seinem Freund Chaco Contreras in San Cristóbal einen guten Preis für die benötigten Schaufeln ausgehandelt, man müsse morgen einen Transport zum Abholen hinübersenden. Alle anderen Politiker, dachte sich Maruja, die hinter der Tür mitgehört hatte, hätten die eingesparte Summe eingesteckt, als Provision sozusagen, nicht aber Don Juan! Besonders stolz war Maruja darauf, dass sie es war, die Don Juan darauf hingewiesen hatte, dass das alte Hospital, das seit vielen Jahren als Armenhaus genutzt wurde, dringend einen neuen Wassertank brauche. Bereits zwei Tage später war alles installiert worden.

»Don Juan, wirklich, wir brauchen gar keine Neuwahlen, es funktioniert alles viel besser so!«

»Aber Maruja, das geht doch nicht. Das ist wirklich nur eine Übergangslösung, bis der Gemeinderat eine funktionierende und effiziente und vor allem nicht korrupte Mannschaft gefunden hat.«

»Aber die haben wir doch längst, Don Juan, die sitzt doch seit Wochen jeden Tag in unserem Speisezimmer! Und Ihr Arbeitszimmer ist doch längst das Büro des neuen Bürgermeisters!«

»Unsinn, Maruja, außerdem muss ich mich um meine Hazienda kümmern!«

Er beschloss, die Herren am nächsten Morgen sofort wieder nach Hause zu schicken und noch am Vormittag nach La Cayena hinaufzufahren, um dort nach dem Rechten zu sehen.

In dieser Nacht hatte Don Juan wieder einen eigenartigen Traum: Auf einem Pferd reitend, wie General Juan Vicente Gómez, in eine weiße Liqui-liqui gekleidet und mit einer breiten Schärpe in den Farben des Landes Gelb-Blau-Rot über der linken Schulter, zog er als Präsident der Republik im Palacio Miraflores ein. Maruja, seine Köchin, stand vor dem Präsidentenpalast inmitten der Fähnchen schwenkenden Menschenmenge und rief ihm zu: »Don Juan, Sie sehen aus wie Simón Bolívar!«

In seinem Traum schaffte der neue Präsident Juan Vicente Morales als Erstes die Parteien ab, er regierte als gütiger Vater, als *Pater Patriae* über das Land, welches blühte und gedieh, zur Glückseligkeit aller.

Dann sah Don Juan sich, wie er auf seinem Pferd, das zwar Caribú hieß, aber weiß war wie der Schimmel von Simón Bolívar, auf die Plaza Bolívar von Rubio reitete. Plötzlich hallten Schüsse über den Platz, und der Präsident Don Juan Vicente Morales lag erschossen vor dem Reiterstandbild des *Libertador*, niedergestreckt von einer Verschwörung der abgesetzten korrupten Bürgermeister des Landes. Schweißgebadet wachte er auf. Lachend erzählte er Maruja beim Frühstück von seinem unsinnigen Traum. Sie rief ihm mit sorgenvollem Gesicht beim Hinausgehen nach:

»Achten Sie auf sich Don Juan, kein Traum ist je umsonst geträumt worden!«

»Aber Maruja, ich will doch gar nicht Präsident werden.«

Ramón erwartete Don Juan auf der Hazienda mit frischem Kaffee, den er selbst in der neuen *tostadora* geröstet hatte.

»Na, Don Juan, was sagen Sie, Sie trinken zum ersten Mal Ihren eigenen Kaffee, auf Ihrer Hazienda, von mir selbst geröstet!«

»Wunderbar, mein lieber Ramón, aber ich muss dich enttäuschen, meine Mutter hat unseren Kaffee immer selber geröstet, aber wir haben – und ich weiß eigentlich gar nicht, warum – in den letzten Jahren immer fertigen Kaffee gekauft. Das bringt mich auf die Idee, ob wir nicht einen kleinen Versuch unternehmen sollten mit einer eigenen Marke: *Café La Cayena*, wie klingt das, Ramón? Oder *Café Don Alfonso*, nach meinem Vater?«

»Wunderbar, wir könnten für die Installationen die ungenutzten hinteren Höfe nutzen …«

Sie sprachen über den Zustand der einzelnen *cortes* der Hazienda, über Pflanzenschutzmittel, Dünger und Herbizide, die Anzahl der für die nächste Woche benötigten Arbeiter und die üblichen Beschwerden über die Qualität der Mittagsküche.

Als alles besprochen war, begleitete Ramón seinen Patrón zum Wagen. Don Juan legte ihm freundschaftlich die Hand auf die Schulter und erzählte ihm lachend von seinem unsinnigen Traum.

»Patrón, das ist leider alles andere als lustig, solche Träume sind immer Vorwarnungen für kommendes Unglück! Don Juan, Sie müssen sich das als Warnung des Himmels zu Herzen nehmen! Glauben Sie mir, Don Juan, seien Sie vorsichtig! Lassen Sie die Politik, ich weiß, die Leute im Dorf sind begeistert, sie sagen, Sie hätten noch nie einen so guten Bürgermeister …«

»Ich bin doch gar nicht ihr Bürgermeister«, fiel ihm Don Juan ins Wort. »Was soll denn der Unsinn!«

»Aber die Leute sagen alle, dass Sie in Wahrheit der neue Bürgermeister sind, Sie würden auch alle Entscheidungen treffen! Aber ich bitte Sie, Don Juan! Ich brauche Sie hier auf La Cayena, im Moment läuft alles so gut, die neuen Anpflanzungen sind wunderbar anzusehen, die Blüte war dieses Jahr so gut wie seit vielen Jahren nicht, wir hatten zur rechten Zeit Regen, und wir werden mit Sicherheit eine große Ernte haben. Auch die Ölbohrer sind wieder verschwunden. Ich weiß zwar nicht, was Sie mit dem Ingenieur besprochen haben, aber jedenfalls sind wir von den Bohrungen verschont geblieben! Das haben Sie genial gelöst, was immer Sie mit ihm besprochen haben! Ich brauche Sie hier, Don Juan. Sie selbst sagten früher immer, die Politik sei ein schmutziges Geschäft. Sie sind doch für die Politik viel zu gut und aufrecht und ehrlich. Für die Politik muss man einen schlechten Charakter haben, um sich da zu halten! Sie sollten bleiben, was Sie sind, Don Juan, Herr auf dieser Hazienda. Dazu sind Sie geboren, Patrón Ihrer Leute, um uns allen hier Brot zu geben!«

»Aber mein lieber Ramón, ich habe doch gar nicht vor, das zu ändern, mach dir keine Sorgen.«

Er wird sich Feinde schaffen, und er wird es nicht merken, dachte Ramón, als er den Wagen zum Tor hinausgelassen hatte, so wie er Politiker geworden ist, ohne es wahrhaben zu wollen. Ramon beschloss, seine Tante Gregoria aufzusuchen, die so gut in den alten *brujerías,* den alten Hexenkünsten, bewandert war. Es musste doch etwas gegen diese Politikbesessenheit geben!

Betrübt ging Ramón zu seinem Haus hinüber, das ihm Don Juan innerhalb der Mauern, direkt neben dem großen Tor, hatte bauen lassen. An dieser Stelle stand früher eine kleine Hütte, in der war er geboren worden. Sein Vater, Domingo Mantilla, war Vorarbeiter bei Don Alfonso gewesen, er war von Delicias, dem kleinen Dorf, oben hinter dem Tamá, auf der kleinen Landstraße unmittelbar an der kolumbianischen Grenze, heruntergekommen und hatte bei Don Alfonso um Arbeit nachgefragt. Bald hatte er das Vertrauen seines Patrón, und er durfte sich innerhalb der Mauern niederlassen. Seine Frau hatte er aus Delicias nachholen dürfen, sie waren entfernte Cousins, aber der Dorfpfarrer hatte gesagt, wenn sie sich liebten, dann hätte der liebe Gott sicher nichts gegen ihre Heirat. Und so war Chicha nach Rubio gekommen. Ramón war als viertes Kind auf die Welt gekommen, vor ihm zwei Schwestern und ein Brüderchen, das kurz nach der Geburt gestorben war. Er wuchs auf der Hazienda auf und verlebte eine glückliche Kindheit, er durfte auf den Patios vor dem Haupthaus spielen. Schon als kleines Kind begleitete er seinen Vater auf den Rundgängen in die Plantagen. Er war neun Jahre alt, als er mit einem eigenen Korb das erste Mal beim Kaffeepflücken dabei sein durfte. Voller Stolz hatte er seinen Korb beim Vorarbeiter abgegeben, der Inhalt wurde gewogen und unter seinem Namen in das Erntebuch eingetragen. Als er dann am Samstag, dem wöchentlichen Zahltag, seinen Lohn für die abgelieferten Körbe erhalten hatte, fühlte er sich sehr erwachsen. Ramón hatte sich nie ein anderes Leben vorstellen können.

Es war ein großer Freuden- und Glückstag, als ihn Don Juan zu sich bat, kurz nachdem Don Alfonso gestorben war und sein Vater mit seiner Mutter nach Delicias zurückgekehrt waren, um das Haus der Großeltern zu übernehmen.

»Ramón, ich habe dich die letzten Jahre beobachtet, ich sehe, du bist gerne bei uns auf der Hazienda?«

Das hatte damals Don Juan zu ihm gesagt. Ramón war vor ihm gestanden, den Blick nach unten auf den Boden gesenkt, den Hut in der Hand.

»Don Juan, Sie wissen, ich bin hier aufgewachsen, La Cayena ist mein Zuhause!« Er räusperte sich respektvoll und fügte hinzu: »Wenn ich das so sagen darf?«

»Aber natürlich, Ramón! Ich bin sehr froh, dass du die Hazienda als dein Zuhause ansiehst, denn ich möchte, dass du bleibst! Was hältst du davon, wenn ich euer kleines Haus, in dem du geboren wurdest, jetzt nach dem Auszug deiner Eltern etwas herrichten, vielleicht sogar etwas vergrößern lasse, damit du hier eines Tages mit deiner eigenen Familie wohnen kannst?«

Ramón strahlte über das ganze Gesicht.

»Don Juan, Sie machen mir die größte Freude meines Lebens! Natürlich möchte ich bleiben und für Sie arbeiten, solange Sie es wollen und Sie mich brauchen können!«

So war La Cayena Ramóns Zuhause geblieben. Er hatte ein Mädchen aus Delicias geheiratet, Esperanza, ein Mädchen, das er seit seiner Kindheit kannte, weil die Familien miteinander befreundet waren. Sie war die jüngere von zwei Schwestern, die ältere, Clemencia, war irgendwann verschwunden, als sie siebzehn war. Es hieß, sie sei mit einem Banditen aus Kolumbien über die Grenze gegangen. Die Familie hatte jahrelang nichts mehr von ihr gehört, bis sie eines Tages in den Zeitungen Fotos von ihr sahen. Sie war eine gesuchte Terroristin.

»Da ist sie ja in bester Gesellschaft!«, sagte *tía* Gregoria, als sie erfuhr, dass Clemencia zu den Terroristen gegangen war. »Da kann sie sich ja mit Carlos dem Schakal zusammentun, der kommt ja auch aus unserer Gegend!«

Ramón hatte Don Juan einmal über den Terroristen Carlos sprechen hören:

»Stellt euch vor, dieser Kerl ist auch noch mit mir verwandt! Über die Familie meiner Mutter: Doña Rosita war eine Ramírez, und sein Vater ist ein Ramírez, ich glaube, ein Cousin zweiten oder dritten Grades meiner Mutter! Aber der Vater war ja auch schon ein schwarzes Schaf, der war ein kommunistischer Rechtsanwalt! Da konnte ja aus seinem Sohn nichts werden!«

Das konnte man von Esperanzas und Clemencias Eltern nicht behaupten, das waren ganz brave Leute aus Delicias. Die Mutter hatte in Delicias einen kleinen Laden mit Obst und Gemüse, mit Töpfen und anderen nützlichen Dingen des Haushalts wie gebrauchte Autoreifen und Werkzeuge, und der Vater besorgte ihr die Ware – meistens geschmuggelt aus Kolumbien –, aber mit dem Kommunismus hatten sie sicher nichts im Sinn.

Don Juan hatte Ramón sehr bald größere Verantwortung übertragen, und nach ein paar Jahren war er vom Vorarbeiter zum Verwalter aufgestiegen, mit dem schönen Titel *mayordomo.*

Ramón hatte ein schlechtes Gewissen, dass er dem Patrón vor einiger Zeit erklärt hatte, er wolle gehen, weil er für sich auf der Hazienda keine Zukunft sehe. Ramón hatte das bitter bereut, als er sah, in welche Verzweiflung er Don Juan damit gestürzt hatte. Und außerdem, wo wollte er hin? Er hatte zu Don Juan gesagt, er wolle die Welt sehen, er hatte sich gedacht, er könne doch nicht sein ganzes Leben auf der Hazienda verbringen!

Als er an jenem Abend mit seiner Frau darüber sprach, wusch sie ihm gehörig den Kopf.

»Bist du vollkommen verrückt geworden?«, fuhr ihn Esperanza an. »Wo sollen wir denn hin? Damit du deine Fantastereien ausleben kannst, würdest du unser Zuhause, unser Leben, unsere Sicherheit, das hier alles aufs Spiel setzen? Bist du nicht mehr ganz bei Trost?«

Und sie hatte recht. Es würde ihnen wohl niemals mehr so gut gehen wie hier auf La Cayena. Hier bewohnten sie ein schönes Haus, das Don Juan für sie gebaut hatte, er hatte als *mayordomo* ein bequemes Auskommen. Er trug Verantwortung, die Arbeit machte ihm Freude, sein Patrón mochte ihn, es war immer ausreichend zu essen da, und es gab, innerhalb der hohen Mauern der Hazienda, Sicherheit und Geborgenheit. In einer Welt, die verrücktspielte, umgeben von Korruption und der Drogenmafia, hatte er hier mit seiner Familie einen sicheren Zufluchtsort. Erst letzte Woche hatte er aus Delicias gehört, dass eine Bande aus Kolumbien über die Grenze herübergekommen war und mehrere Häuser geplündert hatte. Zwei Frauen waren vergewaltigt worden, und einem der Männer hatten sie die Kehle durchgeschnitten. Seiner eigenen Familie war nichts passiert, sie waren mit dem Schrecken davongekommen, aber jeder wusste, dass es jeden dort treffen konnte. Hier, hinter den Mauern der Hazienda, war man gut aufgehoben, sie hatten bewaffnete Wachleute, und weil das jeder wusste, hatte es bisher keinerlei Einbruchsversuche gegeben.

Einmal, im vergangenen Jahr, hatten drei Männer versucht, Don Juan zu entführen. Sie hatten ihm auf dem Weg nach Rubio aufgelauert. Zu seinem großen Glück war er jedoch nicht im Wagen gesessen. Er war auf der Hazienda geblieben und hatte Roberto, den jungen Fahrer, nach Rubio hinuntergeschickt, um die Besorgungen zu machen. Als die Männer sahen, dass sie nicht Don Juan in ihrer Gewalt hatten, sondern »nur« Roberto, banden sie den armen Jungen an den nächsten Baum, gaben ihm ein paar heftige Ohrfeigen und sagten ihm, er solle seinem Patrón sagen, er sei der Nächste, er solle nicht glauben, er könne ihnen entwischen. Sie bedankten sich für den Wagen und brausten darin davon.

Don Juan musste lachen, als er davon hörte: »Das muss man ihnen lassen, die Kolumbianer sind höfliche Menschen!« Und er erzählte, dass seinem Onkel José Miguel einmal auf der Straße in Cúcuta, drüben in Kolumbien, ein Kerl plötzlich die Sonnenbrille von der Nase riss, aber im Davonlaufen noch die Zeit hatte, dem Onkel zuzurufen: *»Muchas gracias, Señor, que Dios se lo pague!«*

»Zum Glück«, sagte Roberto, als man ihn aus seiner misslichen Lage befreit hatte, »zum Glück war es nicht der schöne Jeep von Don Juan, sondern nur der uralte klapprige VW-Käfer Ihrer Tante, von Doña Celestina, der ohnehin schon fast auseinanderfällt! Damit kommen sie nicht weit.«

So kam es dann auch, sie wurden nur ein paar Kilometer weiter unten, kurz vor El Chícaro, aufgegriffen, als der Käfer anfing zu streiken und eine Patrouille der Guardia Militar zur Stelle war. Don Juan hatte schnell und geistesgegenwärtig, bevor sich alle so richtig vom Schock erholt hatten, den Kommandanten der Garnison angerufen, und Roberto hatte eine ziemlich genaue Beschreibung der drei Typen durchgegeben. Die Soldaten waren sofort aus der Garnison zur Hazienda aufgebrochen. Als man auf die Männer traf und sie durchsuchte, stellten sie sich als Kolumbianer heraus. Sie waren bereits in Verbindung mit Drogenschmuggel auffällig geworden. Man fand bei ihnen einen Zettel, auf dem stand ganz oben als erster Name der von Don Juan, und zwar vollständig und auch noch richtig buchstabiert: *»Juan Vicente Morales Ramírez, Eigentümer der Hazienda La Cayena«*.

Ramón fand es ungehörig, dass diese respektlosen Kerle einfach den Zusatz »Don« weggelassen hatten. Dann standen da noch die Namen des Bürgermeisters, des Bäckers und anderer bekannter Männer aus Rubio. Sie sollten offenbar alle entführt werden.

»Ganz schön ambitioniert!«, hatte Don Juan lachend gesagt. »Und dass sie den ›Don‹ weggelassen haben, ist wenigstens konsequent. Denn im Grunde genommen ist es ja noch viel respektloser, mich entführen zu wollen«, fügte er noch schmunzelnd hinzu.

»Sie müssen mehr aufpassen, Don Juan!«, sagte damals der Comandante zu ihm. »So etwas kann jederzeit wieder passieren! Diese drei Kerle sind zwar jetzt erst mal in Santa Ana hinter Schloss und Riegel, aber wir können sie da nicht ewig festhalten. Irgendwann werden wir sie entlassen müssen. Wir werden sie nach Kolumbien ausweisen, aber Sie wissen ja, wie durchlässig die Grenze ist, da oben in den kleinen Bergdörfern, da gibt es zwar an den kleinen Landstraßen einen Posten, aber der stellt weiß Gott keine Sicherheit dar!«

Don Juan hatte sich für die guten Ratschläge bedankt. Aber kaum war der Comandante wieder gefahren, lachte er laut auf. »Na, ich denke ja gar nicht daran, von jetzt an mit einer Eskorte herumzufahren!«

So ungerührt sich Don Juan auch äußerlich gab, zog er dennoch Konsequenzen. Von diesem Tag an, das wusste Ramón, trug Don Juan immer eine Waffe bei sich.

Ein paar Tage nach jener Unterredung mit Don Juan war Ramón ins kleine Dörfchen hinuntergefahren, auf halbem Weg nach Rubio. Seine Tante Gregoria wohnte dort in einem kleinen Häuschen hinter dem Dorfladen. *Tía* Gregoria war Ramón sehr vertraut. Sie hatte mit seiner Familie zusammengelebt, solange er denken konnte. Als ihre jüngere Schwester Chicha Ramóns Vater Domingo Mantilla heiratete und mit ihm auf die Hazienda gezogen war, war sie mit ihrer Schwester und ihrem Schwager mitgekommen, um ihnen zu helfen, den kleinen Haushalt zu führen. Chicha war in der großen Arbeiterküche beschäftigt, wo es galt, jeden Tag zwei warme Mahlzeiten für die Arbeiter der Hazienda zu kochen – das waren immer mindestens fünfzig bis sechzig, während zur Erntezeit die Zahl auf drei- bis vierhundert anschwoll. Sie alle mussten auf der Hazienda verköstigt werden. Die Tage waren lang, und die Arbeit war schwer, und deswegen hatte der Patrón die Anzahl der warmen Mahlzeiten während der Ernte auf drei erhöht.

Auch Gregoria half dann mit. Bald übernahm sie die Aufgabe, die Arbeiter zu verarzten, wenn sich einer bei der Arbeit verletzte. Sie verband ihm die Arme, die Hände und Beine und hatte immer die richtigen Kräuter und Salben zur Hand, die sie selber zubereitete. »Kräuterhexe« wurde sie manchmal genannt, was sie schmunzelnd zur Kenntnis nahm, da sie ja wusste, dass ihre Kräuter halfen. Manchmal musste sie auch Krankheiten ausräuchern, und wenn ein Fieber besonders hartnäckig war oder eine Schlange zugebissen hatte, war sie mit ihren Zaubertränken zur Stelle. Nur ein einziges Mal war ihr einer der Arbeiter unter der Hand weggestorben, aber als er dann nach Rubio gebracht worden war, hieß es, er wäre in jedem Fall gestorben, weil er Lungenkrebs hatte.

Als Domingo und Chicha nach Don Alfonsos Tod wieder nach Delicias zurückgezogen waren, hatte auch Gregoria die Hazienda verlassen. Sie wollte aber nicht nach Delicias zurück, sondern zog in das kleine Häuschen hinter dem Dorfladen in der kleinen Siedlung unterhalb der Hazienda, in El Chícaro.
»Einer muss sich doch um die *dolorcitos* der Arbeiter kümmern, und außerdem muss ich auf Ramoncito aufpassen, wenn ihr ihn schon alleine lasst!«, hatte sie zu ihrer Schwester Chicha gesagt. Und so war sie geblieben und kümmerte sich weiter um die Leiden der Menschen in ihrer Umgebung, sowohl die körperlichen als auch die seelischen.
Ramón ging gerne zu seiner Tante Gregoria. Man musste durch den Dorfladen gehen, der voller Schmugglerware war, aber man war ja sozusagen unter dem Schutz der Militärpolizei, die genau gegenüber ihren Posten hatte. Die alte Ladenbesitzerin Serafina, die Gregoria das Häuschen hinter dem Laden überlassen hatte, stellte sich immer gut mit den Guardias, und die drückten beide Augen zu, wenn ihr die Schmuggler neue Ware brachten. Nicht wenige Mitglieder der Guardia Militar nutzten die Möglichkeiten, die ihnen Serafinas Laden bot, um selbst ein wenig dazuzuverdienen. Sie brachten Serafina manchmal ganze Säcke von beschlagnahmter Ware, die ja irgendwie wieder unter das Volk musste. Dafür war Serafina da, immer diskret und immer großzügig.
Mit Gregoria hatte Serafina ein perfektes Geschäftsmodell aufgebaut. Alles, was Gregoria für ihre Behandlungen brauchte, gab es vorne im Laden zu kaufen, Kräuter, Essenzen, Salben, Pillen, Pflaster, Mullbinden, alles war stets vorrätig. Wenn ein »Patient« zu Gregoria kam, besprach sie zuerst mit dem Besucher, was zu machen sei, dann kritzelte sie etwas Unleserliches auf ein Blatt Papier, das vorne im Laden bei Serafina abgegeben

werden musste. Diese kramte dann sehr geheimnisvoll in ihren Schubladen, zog hier etwas hervor und holte da etwas aus einem Schrank, füllte Tüten und zählte Pillen ab. Nach der Bezahlung durfte der »Patient« dann wieder zu Gregoria, und die Prozedur konnte beginnen.

Als Ramón an diesem Abend zu Gregoria kam, verließ gerade ein älterer Mann gebückt den Raum, und er schaute Ramón verängstigt aus den Augenwinkeln an.

»Was ist denn mit dem los, *tía*?«

»Ach Ramoncito, der Alte kommt immer wieder zu mir. Seine Frau ist vor ein paar Jahren gestorben, ziemlich elend an einem Magenleiden. Ich konnte ihr damals leider nicht helfen. Ich glaube bis heute, dass sie sich nicht helfen lassen wollte, als wäre sie froh gewesen, endlich sterben zu dürfen. Sie hatte alle ihre vier Söhne verloren. Einer wurde erschossen, und es wurde nie aufgeklärt, von wem. Der zweite starb an einer Überdosis. Er wollte den Stoff, den er sich aus Kolumbien besorgt hatte, etwas strecken, um mehr daran zu verdienen, dann wollte er es ausprobieren, ob er dieselbe Wirkung hatte. Als er nichts spürte, nahm er noch mal die gleiche Dosis. Der arme Trottel hat seinen Lieferanten geglaubt, die ihm gesagt haben, er solle es nicht schnupfen und durch die Nase ziehen, sondern schlucken! Das hat ihm den Magen verätzt, und er starb ganz furchtbar an inneren Verbrennungen.«

»O mein Gott! Und die andern?«

»Der dritte verschwand drüben in Kolumbien, wahrscheinlich in Cúcuta, und kam nie wieder. Und den jüngsten haben sie bei seinem Vater zu Hause verhaftet, als er gerade einige Säcke mit Kokain verladen wollte, und ihn nach Santa Ana gebracht. Ein paar Tage später, bei der Gefangenenrevolte im Gefängnis, wurde er erschossen.«

»Und der Alte?«

»Der ist seit dem Tod seiner Frau immer wieder bei mir. Ich versuche, ihm zu helfen, wie ich kann, aber seine Frau ist sehr stur.«

»Seine Frau? Ich dachte, die ist tot?«

»Eben, aber sie verfolgt ihn, gibt ihm die Schuld an allem, dass er ihr Leben und das seiner Söhne zerstört hätte ...«

»Und was machst du mit ihm?«

»Wir haben schon alles versucht ... Das Problem ist, dass sie ihn nicht loslässt, sie hat sich an ihn gehängt wie eine Klette, und er hört jeden Tag ihre Vorwürfe. Darüber ist er schwer depressiv geworden, er kann sich ihrer nicht erwehren. Ich habe ihm alle möglichen Kräutersäfte zu trinken gegeben, während ich versuche, mit seiner Frau zu sprechen, sie bitte, ihn zu erlösen. Meistens fällt er dabei in Ohnmacht, und ich muss dann meine kräftigsten Kräuter ansetzen, um ihn wieder zurückzuholen. Am Ende hilft es ihm am besten, wenn ich mit ihm bete.«

»Du betest mit ihm?«

»Ja, und zwar ein Vaterunser und ein Avemaria nach dem anderen. Das tut ihm gut. Was soll ich sonst tun? Ich kann doch keinen Exorzismus veranstalten, um die Seele seiner Frau zu vertreiben. Aber sag mir, Ramoncito, du bist nicht hier, um dich nach dem Alten zu erkundigen?«

»Nein, *tía* Gregoria, wegen Don Juan.«

»Dachte ich mir's doch. Du machst dir Sorgen wegen ihm?«

»Ja, er wird immer mehr zum Politiker, statt bei uns auf der Hazienda zu sein.«

»Mein Sohn, lass ihn, das ist sein Leben. Du wirst ihn nicht daran hindern können. Und er macht seine Sache doch sehr gut. Du wirst sehen, aus ihm wird noch einer der wichtigsten

Männer des Landes. Und wenn du geglaubt hast, ich hätte dagegen ein Mittelchen …«

»Aber *tía* …«

»Ich weiß doch, dass du mich danach fragen wolltest, aber das kann ich dir nicht geben, und ich will es auch nicht. Jetzt sag ich dir was: Für dich wird es gut sein, wenn er immer mehr zum Politiker und immer weniger bei euch auf der Hazienda sein wird. Wer, meinst du, wird dann die Hazienda führen? Wem, meinst du, wird die Hazienda eines Tages gehören?«

Ramón bekreuzigte sich, als er die Worte seiner Tante hörte.

»Aber *tía,* um Gottes willen!«

»Ja, Ramoncito, eines Tages wirst du der Patrón sein! Glaube mir und verhalte dich danach!«

Völlig verwirrt verließ Ramón das Haus seiner Tante. Er wollte doch genau das Gegenteil, er wollte, dass Dan Juan bei ihm und seiner Hazienda blieb und die Politik sein ließ. Und jetzt sagte ihm seine Tante, dass es für ihn gut sei, wenn Don Juan Politiker wird? Das soll einer verstehen.

XI. CLUB TÁCHIRA

Ein paar Wochen später, Ende Mai, hatte der Gemeinderat von Rubio, dem Rat von Don Juan Vicente Morales folgend, eine Allparteienregierung gebildet, und bald wurde im ganzen Land über das *experimento rubiense* gesprochen, welches bald nicht mehr als das Experiment von Rubio, sondern als die Lösung für die Probleme des ganzen Landes angesehen wurde. Ein wichtiger Promoter dieser »Neuen Politik«, als deren Urheber immer Don Juan Vicente Morales erwähnt wurde, war sein Freund Rodrigo Torres. Er war es auch, der Morales als Kandidaten für die bevorstehende Wahl zum Gouverneur des Staates Táchira ins Spiel brachte. Eine große, unabhängige, über jeden Zweifel erhabene Persönlichkeit wie Don Juan Vicente sei der prädestinierte Kandidat für eine Allparteienregierung des Andenstaates, der einzige Ausweg aus der Krise. Torres schlug Don Juan vor, eine Unabhängige Liste zu gründen und damit gegen die etablierten Parteien anzutreten.

Maruja brachte Don Juan die Zeitung an den Frühstückstisch, freudestrahlend und voller Stolz.

»Was steht denn heute wieder für ein Unsinn in der Zeitung, Marujita? Ich sehe es dir an. Was gefällt dir so, dass du von einem Ohr zum anderen grinsen musst?«

»Don Juan, ich bin so stolz auf Sie, lesen Sie selbst!«

»Don Juan Vicente Morales – der beste Kandidat für die Wahl zum Gouverneur des Táchira!«

Als Don Juan Rodrigos Artikel beim Frühstück las, war er einerseits geschmeichelt, was er jedoch nicht einmal sich selbst gegenüber zugegeben hätte, andererseits ernsthaft erzürnt. Er zog sich mit der Zeitung in sein Arbeitszimmer zurück, um in San Cristóbal anzurufen.

»Don Rodrigo«, rief er in den Hörer, »Sie können doch nicht ernsthaft solche Sachen über mich schreiben, ohne mich vorher konsultiert zu haben!«

»Lieber verehrter Don Juan, ich muss Sie doch nicht konsultieren, wenn ich die überwiegende Meinung des Volkes wiedergebe. Ich schlage Sie doch gar nicht vor als nächsten Gouverneur, ich stelle nur dar, was die Leute hier auf der Straße, in den Clubs, auf allen Versammlungen in San Cristóbal sagen: Don Juan Vicente soll unser nächster Gouverneur werden!«

»Sie sind ein großer Manipulator, Don Rodrigo, und Sie wissen das ganz genau. Zuerst haben Sie es geschafft, mich halbwegs in die Politik zu treiben, was ich nie wollte, und jetzt wiegeln Sie auch noch die Leute auf, mich zum Gouverneur auszurufen.«

»Aber Don Juan!«

Rodrigo schmunzelte, denn er wusste natürlich, dass Don Juan recht hatte. Es hatte ihm die ganze Zeit über, seit dem »Skandal auf der Plaza Bolívar«, großen Spaß gemacht, zu sehen, welchen Einfluss er mit seinen Artikeln in der Zeitung ausüben konnte. Eine Zeitung nach der anderen hatte seine Berichte aufgegriffen und wohlwollend bis begeistert über die Wandlung des Kaffeeplantagenbesitzers Don Juan Vicente Morales zum Politiker und begehrtesten Kandidaten des Landes geschrieben und so dazu beigetragen, Morales auf einer Welle der Begeisterung durchs ganze Land zu tragen.

»Don Rodrigo, ich mache Ihnen einen Vorschlag: Ich komme morgen nach San Cristóbal, wir werden gemeinsam im Club Táchira zu Mittag essen, Sie werden es einrichten, dass dort einige Persönlichkeiten anwesend sind, und ich verspreche Ihnen, ich werde mich erklären!«

»Don Juan, das werden Sie wirklich tun? Ich verspreche Ihnen, morgen werden alle wichtigen Persönlichkeiten von San Cristóbal im Club sein.«

»Aber, Don Rodrigo, ich möchte, dass es wie zufällig aussieht, ich möchte nicht, dass es so aussieht, als hätten Sie eine offizielle Versammlung einberufen!«

»Verlassen Sie sich auf mich, mein Freund!«

Jetzt war es Don Juan, der schmunzelte und sich zufrieden in seinem Sessel zurücklehnte, als er den Telefonhörer aufgelegt hatte. Don Rodrigo schien tatsächlich zu glauben, dass er sich zur Kandidatur bereit erklären würde! Er würde ihn enttäuschen, aber er musste es öffentlich tun, damit Rodrigo gezwungen war, in der Zeitung über seinen Verzicht zu berichten.

Vergnügt und in bester Laune fuhr Don Juan am nächsten Vormittag nach San Cristóbal. Der Zustand der Landstraße hatte große Fortschritte gemacht. Don Juan hatte es fertiggebracht, dass die veruntreuten Gelder in die Kasse der Gemeinden zurückgeflossen waren und die Arbeiten an der Straße wiederaufgenommen werden konnten. An mehreren Abschnitten wurde gleichzeitig gearbeitet, und an der Stelle, an der die Straße nach einem Wolkenbruch immer wieder abrutschte, da immer wieder Schicht auf Schicht neuer Asphalt gelegt wurde, ohne den Unterbau zu festigen, entstand ein neuer Viadukt, der den chronisch schlechten Zustand der Straße, zumindest an dieser Stelle, ein für alle Mal in Ordnung bringen sollte.

In San Cristóbal angekommen, fuhr Don Juan sofort in den Club. Der Club Táchira lag außerhalb des Zentrums von San Cristóbal auf einer Anhöhe, ein schöner großzügiger Kolonialbau, der früher einmal das Wohnhaus einer großen Hazienda gewesen war. Kaum war Don Juan durch das Tor eingefahren, eilten mehrere Bedienstete auf seinen Wagen zu, um ihm den Schlag zu öffnen und den Wagen für ihn zu parken. Der Parkplatz war voll besetzt.
»Heute scheinen wir volles Haus zu haben?«
»Willkommen, Don Juan!«
Der alte *portero* war noch beflissener und unterwürfiger als sonst. Er war längst im Pensionsalter, aber die Clubverwaltung hatte ihm zugestanden, seinen Posten weiter zu versehen, weil er sehr beliebt war. Er war das erste Gesicht, das die Mitglieder des Clubs zu sehen bekamen, und für sie war es ein vertrautes. Also war man bereits beim Betreten des Hauses in bester Laune.
Als Don Juan den großen Patio des Hauses betrat, in dem man gewöhnlich den Aperitif einnahm, setzte er ein erstauntes Gesicht auf.
»*Buenos días*, meine Herren, haben wir heute eine Veranstaltung im Club? Ist etwas Besonderes?«
Er schüttelte viele Hände, bis er endlich vom Maître des Clubrestaurants in das Innere des Speisesaals geführt wurde, wo Rodrigo Torres an einem Ecktisch sitzend auf ihn wartete. Don Juan liebte die traditionelle spanische Einrichtung des Clubs, die ihn an die typischen Restaurants in Sevilla erinnerte. Die Stühle mit hohen gedrechselten Lehnen, korbgeflochtenen Sitzen und dunkelrot lackiert. Und an den Wänden alte Stierkampfplakate. Der ausgestopfte Kopf eines Kampfstieres hing über dem großen offenen Kamin seit der Zeit von General Juan Vicente Gómez. Und natürlich war an

prominenter Stelle ein Porträt des *Libertador* Simón Bolívar, mit eleganten langen Koteletten in seiner stolzen Generalsuniform.

»Don Juan, wie schön, Sie zu sehen!« Rodrigo Torres war von seinem Stuhl aufgestanden.

»Don Rodrigo, was haben Sie denn den Leuten gesagt, was hier geschehen würde? Es ist ja ganz San Cristóbal da.«

»Ich habe« – und dabei senkte er die Stimme – »wie besprochen sehr diskret verbreiten lassen, dass Sie heute in San Cristóbal sind und dass es die beste Gelegenheit sei, Don Juan Vicente persönlich zu treffen.«

»Na, das scheint Ihnen voll und ganz gelungen zu sein, Don Rodrigo!« Don Juan setzte sich an den Tisch, den Rodrigo Torres geschickt ausgesucht hatte. Ein Ecktisch, an dem man einerseits ungestört sprechen konnte, andererseits aber auch im ganzen Restaurant gesehen wurde. Don Juan stellte Rodrigo sogleich die erste Frage:

»Also, mein Freund, um gleich auf unser Thema zu kommen: Wie läuft es denn so, hier in San Cristóbal im Büro des Gouverneurs?«

»Ach lieber Don Juan, eigentlich gar nicht. Der kommissarisch eingesetzte Gouverneur, ein kleiner Niemand, aber der Einzige, auf den man sich nach dem peinlichen Rücktritt des Gouverneurs einigen konnte, ist vollkommen verunsichert, hat keine Ahnung und will keine Entscheidungen treffen. Eigentlich ist es wie vorher: Es geschieht nichts, aber zumindest stecken sie das Geld der Staatskasse nicht mehr in die eigenen Taschen. Wir brauchen eine starke Hand, eine starke Hand, die nicht korrupt ist – wir brauchen Sie!«

»Lieber Don Rodrigo, lassen sie uns erst einmal etwas Ordentliches essen, und dann sprechen wir darüber.«

Nach der Empfehlung des Maître bestellten sie einen schönen Asado mit gebratener Yuca und scharf angemachter Avocado und einen kleinen Salat mit zarten Palmenherzen.
Nach dem Mittagessen gingen die beiden Freunde in den Salon, um wie üblich dort ihre Zigarre zu rauchen und Kaffee zu trinken. Sofort war Don Juan von einer Gruppe von Herren umgeben, die ihm die Hand schütteln wollten und ihn mit Fragen bestürmten.
»Don Juan Vicente, wollen Sie kandidieren?«
»Wir bitten Sie, wir werden Sie alle wählen!«
»Aber bitte, meine Herren!« Don Juan hob beide Hände, und sofort wurde es ruhig. Wie eine Welle verbreitete es sich im ganzen Club: Don Juan Vicente spricht!
»Meine Herren, ich freue mich sehr, Sie hier heute alle so unerwartet zu sehen und ein paar Worte zu Ihnen zu sprechen.«
»Don Juan Vicente, wir alle wollen Ihre Kandidatur!«, rief jemand von hinten im Raum unter allgemeiner Zustimmung, »und erstmals sind wir uns alle einig, quer durch alle Gesellschaftsschichten, quer durch alle Parteien!«
»Meine Herren«, sagte Don Juan, nachdem er einige Sekunden hatte verstreichen lassen.
Es ist unglaublich, wie geschickt er seine Pausen setzt, dachte Don Rodrigo, um die Spannung noch zu erhöhen. Ein geborener Politiker!
»Meine Herren, ich muss Sie enttäuschen«, sagte Don Juan, nach einigem Zögern.
Wieder gingt ein Raunen durch den Raum.
»Meine Herren, ich weiß Ihre Unterstützung und Ihren Zuspruch wirklich zu schätzen, aber ich muss Ihnen sagen: Ich bin kein Politiker, und ich möchte auch keiner sein. Ich habe gerne unsere lokale Politik begleitet, ich bin ein erklärter Geg-

ner der Korruption, und ich habe versucht, dagegen und gegen unsere korrupten Politiker zu kämpfen. Ich bin dabei von Ihnen allen unterstützt worden. Aber bitte verstehen Sie, dass ich selbst nicht in den Ring steigen möchte. Ich stehe gerne, wenn es gewünscht wird, mit meinem Rat zur Verfügung, aber …«

Seine Worte gingen im Wortgemenge unter. Die Enttäuschung stand den Männern ins Gesicht geschrieben.

»Don Juan Vicente, das können Sie nicht tun, wir brauchen Sie!«

»Don Juan, Don Juan!«

Rodrigo zog ihn am Ärmel.

»Kommen Sie, Don Juan, wir gehen jetzt besser.«

Rodrigo war mehr als enttäuscht. »Ich begleite Sie zu Ihrem Wagen.«

Nachdem sie die Schritte zum Parkplatz wortlos nebeneinanderher gegangen waren, sprach Don Juan als Erster.

»Mein Freund, ich hatte Ihnen doch gesagt, dass ich nicht kandidieren will. Sie haben es mir nicht geglaubt?«

»Nein, ich habe nicht geglaubt, dass Sie uns, dass Sie die Menschen so enttäuschen würden. Aber ich verstehe Sie. Darf ich Sie morgen auf der Hazienda besuchen? Ich muss ohnehin nach Rubio.«

»Aber gerne, Don Rodrigo, kommen Sie am frühen Nachmittag, da habe ich alle Besprechungen hinter mir, und ich nehme mir Zeit für Sie.«

Rodrigo Torres hatte am nächsten Tag eigentlich nichts vor in Rubio, aber er wollte unbedingt noch einmal mit Don Juan sprechen. Er hatte nicht vor, so einfach aufzugeben.

Don Juan war tatsächlich sehr überrascht, wie heftig die Herren im Club reagiert hatten. Seine Erklärung, er sei kein Politiker und hätte auch niemals die Absicht gehabt, einer zu werden, war ihm offenbar übel genommen worden. Auch durch seine Zusage, er würde weiterhin helfen, wenn man seine Hilfe wünschte, waren die Leute nicht zu beruhigen gewesen.

Dennoch war Don Juan zufrieden, als er nach Rubio zurückfuhr. Er begab sich direkt auf die Hazienda. Maruja kam mit dem vorbereiteten Essen, es war das erste Mal seit langer Zeit, dass er auf der Hazienda zu Abend aß.

Er verbrachte einen fröhlichen Abend im Schaukelstuhl auf seiner Veranda, schaute auf die Patios, auf denen der Kaffee zum Trocknen ausgebreitet lag, und saugte den unverwechselbaren Duft ein. Er war glücklich. Seit vielen Jahren schlief er wieder in seinem alten Schlafzimmer.

Er beschloss, wieder öfter auf der Hazienda zu übernachten. Sein Verwalter jubilierte innerlich, er hatte seinen Patrón wieder! War es also gar nicht notwendig gewesen, die alte Gregoria zu bitten, etwas gegen die Politikversessenheit seines Patrón zu unternehmen?

XII. DIE ANAKONDA

Mitten in der Nacht wachte Don Juan plötzlich auf, ein Rascheln hatte ihn geweckt, ein unheimliches Rascheln. Verstört setzte er sich auf, als ihm klar wurde, dass er das Rascheln geträumt hatte. Es war die Schlange! Die Schlange, die ihn immer wieder seit seiner Kindheit im Traum verfolgte. Wenn er diesen Traum hatte, konnte er nicht mehr einschlafen. Es war immer derselbe Traum: Er beobachtete diese große, widerliche Riesenschlange, wie sie ruhig dalag in der Sonne, ohne sich zu rühren. Er wollte sie berühren, wollte spüren, wie sie sich anfühlte mit ihren großen Schuppen, wie sie auf seine Berührung reagieren würde. Doch dann hob sie, scheinbar verschlafen, den Kopf und schaute ihn an, fixierte ihn, böse, heimtückisch, mit ihren schwarzen Pupillenschlitzen aus den braungelben, weit geöffneten Augen. Sie öffnete ihr Maul, nur ein klein wenig, um ihre Zunge herauszüngeln zu lassen. Zuerst ganz langsam, dann immer schneller züngelte die schmale, gespaltene Zunge vor und zurück. Dann, mit einer plötzlichen, ruckartigen Bewegung, schnellte das Biest auf ihn zu, riss das Maul weit auf, so dass er dem Ungetüm tief in den Rachen sehen konnte. Das Monster warf sich auf ihn, der dicke, kalte Schlangenkörper presste sich um seine Beine, um seine Brust … Das war stets der Moment, in dem er aufwachte. Er hatte, sooft er diesen Traum geträumt hatte, nie erlebt, wie es weitergegangen wäre im Traum, ob sie ihn verschlungen hätte oder zuerst erstickt und dann …

Immer wachte er in genau diesem Augenblick auf.

Manchmal hatte es Don Juan bedauert, immer an derselben Stelle aufgewacht zu sein, er hätte gerne mehr gesehen. Aber jetzt lag er wach, und der Traum hatte ihn beunruhigt. Heute wäre es ihm lieber gewesen, diesen sich ständig wiederholenden Traum nicht zu träumen.

Er war acht oder zehn Jahre alt gewesen, als er seinem Vater und den Arbeitern hinaus in die Plantagen folgen wollte. Er hatte mit seiner Mutter im hinteren Küchengarten des Haupthauses auf der Hazienda gefrühstückt. Die Köchin hatte, wie jeden Morgen, Arepas, die köstlichen Fladen aus weißem Maismehl, in einem Körbchen auf den Tisch gestellt. Seine Mutter hatte ihm, wie jeden Morgen, eine Arepa in der Mitte durchgeschnitten, hatte etwas Butter hineingegeben, die sofort mit dem innen noch heißen und weichen Maismehl verschmolz, und eine kleine Scheibe Schinken hineingelegt. Er liebte dieses Frühstück. Aber er musste schnell essen an diesem Morgen. Denn sein Vater hatte ihm erlaubt, ihm nachzufolgen in die neuen *cortes*, die Abschnitte mit den neuen Anpflanzungen, die er mit seinen Leuten inspizieren wollte.

Juan hatte das Haus nach dem Frühstück schnell verlassen, um dem Vater hinterherzueilen.

Juanito hatte wohl nicht genau zugehört, als ihm sein Vater erklärt hatte, wohin er gehen sollte. Juanito bog auf dem palmengesäumten Weg bei der nächsten Kreuzung links ab, wo ihn der Weg hinunter, in die Abschnitte Santa Teresa und San Isidro führte. Als er merkte, dass er wohl in die falsche Richtung gegangen war, kehrte er um, fand aber den Weg, auf dem er gekommen war, nicht mehr wieder. Die Gegend, in der er sich auf der Hazienda befand, war ihm vollkommen unbekannt. Endlich konnte er, über die Reihen der Kaffeepflanzen hinweg, den Rand eines Waldes erkennen. Das musste der Wald sein, der nördlich an die Hazienda heranreichte. Wenn er den entlang nach Westen ging, würde er wieder bei den Patios und dem Haupthaus ankommen.

Der Weg wurde immer schmaler, bis er sich zu einem engen Pfad verengt hatte. Und dort sah er sie liegen. Er erschrak zu Tode, konnte sich vor Schreck nicht mehr rühren. Vor ihm lag eine Riesenschlange, ein riesiges Tier, hingestreckt auf einer Länge von sechs oder acht Metern! Unbeweglich lag sie da, sie schlief offenbar. Juanito konnte sich von diesem grauslichen Anblick gar nicht losreißen. Da machte er eine noch schrecklichere Entdeckung. In der Mitte des langen, bräunlich gefärbten schuppigen Schlangenkörpers mit seinen gelbgrünen Flecken sah er eine große Erhebung. Sie hatte offenbar gerade ein großes Tier verschlungen.

Als Juanito das sah, drehte er sich um und rannte davon, so schnell er konnte. Er rannte den Weg zurück, auf dem er gekommen war, und fing an, nach seinem Vater zu rufen. Schließlich fand ihn eine Gruppe Arbeiter. Er war völlig aufgelöst. Sie brachten ihn sogleich zu Don Alfonso, der versuchte, ihn zu beruhigen.

»Ja, Juanito, das war eine Anakonda. Wir haben sie schon einige Male beobachtet, es ist uns jedoch noch nie gelungen, sie zu fangen oder zu töten. Sie hat wohl gerade ein kleines Wildschwein gefressen, das aus dem benachbarten Wald, wo sie wahrscheinlich in einem der dortigen Gewässer lebt, in unsere Anpflanzungen herübergekommen ist. Das war sein Fehler, die Schlange ist dem Ferkel wohl gefolgt und hat es überrascht.«

Die Männer waren sofort in die Richtung aufgebrochen, die ihnen Juanito angezeigt hatte, aber sie kehrten unverrichteter Dinge wieder zurück. Die Schlange war verschwunden.
Wäre die Schlange damals gefangen und getötet worden, dachte sich Don Juan, wäre sie mir wohl nicht immer und immer wieder in meinem Leben im Traum erschienen.
Don Juan wischte die Erinnerung beiseite. Der Vormittag war ausgefüllt mit Besprechungen mit Ramón, es ging wieder einmal um das leidige Thema Korruption.
»Ramón, du musst mir von der letzten Versammlung der *cooperativa de caficultores* berichten, an der ich nicht teilnehmen konnte.«
»Don Juan, die haben Sie alle vermisst, aber sie hatten auch Verständnis, dass Sie sich jetzt mehr um die große Politik kümmern müssen, zum Wohle aller!«
»Ach, Ramón, ich will doch gar nicht. Die Leute drängen mich alle dazu, und ich werde nicht müde, allen immer wieder zu beteuern, dass ich kein Politiker bin und mich um meine Hazienda kümmern muss.«
»Don Juan, das ist Musik in meinen Ohren, und Gott segne Sie dafür! Andererseits verstehe ich die Leute. Alle schauen auf Sie und warten nur, dass Sie sich erklären.«
»Mein lieber Ramón, ich habe gestern in San Cristóbal erklärt, dass ich nicht zum Gouverneur von Táchira kandidieren will, was die Leute offenbar von mir erwartet hatten. Don Rodrigo Torres, der Herausgeber von *El Diario del Táchira*, kommt heute Nachmittag, um mit mir darüber zu sprechen, er scheint es offenbar immer noch nicht verstanden zu haben. Aber jetzt erzähl mir von der Versammlung!«
»Don Juan, wie Sie wissen, haben wir alle gemeinsam mehrere Probleme: Da sind die neuen Krankheiten, die uns ganze *cortes*

verwüsten, dann das leidige Problem mit dem Wasser, und schließlich die Korruption.«

»Über das Wasser brauchen wir nicht zu reden, Ramón, das muss jeder selber lösen.«

»Ich weiß, Don Juan, und ich denke, wir bekommen das in den Griff durch den Bau unserer eigenen kleinen Stauseen, die sich füllen werden, wenn wir Regenzeit haben. Aber das weitaus größere Problem sind die Krankheiten. Zunächst hatten wir die *Broca*, dann die *Roya*. Es war für mich ganz erstaunlich, dass die meisten der kleineren Kaffeebauern gar keine Ahnung haben, was der Unterschied zwischen beiden ist und was sie dagegen tun können. Die beiden Krankheiten haben nämlich nichts miteinander zu tun! Am Ende habe ich dann einen Vortrag über den Unterschied halten müssen und was man dagegen tun kann, denn dass man etwas tun muss, haben sie schon verstanden. Sonst laufen sie Gefahr, ihre gesamte Ernte zu verlieren.

Ich hoffe, Sie haben nichts dagegen, Don Juan, dass ich die *caficultores* zur nächsten Versammlung zu uns eingeladen habe, um ihnen zu zeigen, was wir gegen diese Plagen tun können und was wir dagegen unternommen haben.«

»Das ist absolut in Ordnung, Ramón, nur erkläre mir kurz noch einmal den Unterschied, damit ich mich nicht blamiere!«

»Don Juan, das ist doch ganz einfach: Die *Roya* haben wir von den Brasilianern eingeschleppt. Das ist ein Pilz, der die Blätter befällt, die dadurch abfallen, bis der ganze Strauch ohne Blätter dasteht und eingeht. Die *Broca* dagegen ist ein kleiner Käfer, der sich in die Kaffeekirschen, in die Frucht direkt hineinbohrt und dort seine Eier zurücklässt. Die Kaffeebohne ist dann natürlich zerstört. Dieser Krankheit wird man eigentlich nur dann Herr, wenn man darauf achtet, den Boden zwischen den Reihen der

Pflanzen immer sauber zu halten, denn da gedeiht der Schädling am besten.«

»Und was tun wir gegen die *Roya*?«

»Dafür sind unsere neuen Kaffeesorten gut, die wir aus Kolumbien geholt haben. Sie wachsen zwar etwas langsamer, tragen erst ab dem dritten Jahr und nicht schon im zweiten, aber sie sind resistent! Aber damit, Don Juan, sind wir schon beim nächsten Problem: Die Leute brauchen Kredite, um sich mit neuen Pflanzen einzudecken. Wir tun uns da leichter, weil wir schon seit den Zeiten von Don Alfonso unsere eigenen Schösslinge ansetzen in unserer Baumschule. Das wollte ich Ihnen ohnehin vorschlagen: Wir könnten weit mehr kleine Pflänzchen produzieren, als wir selber ansetzen können, aus unseren eigenen Samen. Wir könnten den kleineren Nachbarn junge Kaffeepflanzen anbieten aus den neuen Sorten, die gegen den Pilz resistent sind, dann brauchen sie nicht zu den Banken zu gehen, um sich Geld zu leihen. Denn wir wissen doch alle, Don Juan: Das Problem mit den Banken ist wieder einmal die Korruption. Sie bekommen keinen Kredit, wenn sie dem Bankdirektor nicht eine erhebliche Summe unter dem Ladentisch zustecken!«

»Das ist doch alles ganz unglaublich, Ramón, was du mir da erzählst, ich kann es nicht fassen.«

»Dann kommt noch hinzu, dass die Behörden sich dumm stellen: Alle sind sich im Prinzip einig, dass das Problem lösbar wäre durch ganz normale Schädlingsbekämpfung. Und da sind wir schon wieder bei der Korruption, diesmal bei der Guardia Nacional. Absurderweise hat sich das Landwirtschaftsministerium auf den Standpunkt gestellt, im Lande gäbe es keine *Broca*, mit der Folge, dass jedem, der Kaffee verkauft oder von A nach B transportiert und bei dem *Broca* festgestellt wird – und bei jedem Hazienda-Besitzer, mag er noch so intensiv Schädlings-

bekämpfung betrieben haben, ist fast immer, wenn auch meist nur in sehr geringem Umfang, die *Broca* feststellbar –, unterstellt wird, es sei geschmuggelter Kaffee aus Kolumbien, weil es die *Broca* offiziell in unserem Lande ja nicht gibt. Das Dumme dabei ist, dass tatsächlich sehr viel kolumbianischer Kaffee – drittklassiger und von der *Broca* befallener – nach Venezuela geschmuggelt wird, weil die Kolumbianer diesen minderwertigen Kaffee zu Hause als *café colombiano* nicht verkaufen können. Und sie haben eine Überproduktion an schlechtem Kaffee. Wenn nun einer unserer Kaffeeproduzenten oder ein Händler mit seiner Fuhre über Land fährt, wird er bei jeder *alcabala* angehalten, und seine Papiere werden kontrolliert. Hat er Kaffee geladen, wird grundsätzlich kontrolliert. Die Polizisten entnehmen Proben, und du kannst sicher sein, dass sie etwas finden. Wenn sie es sich einfach machen wollen, ziehen sie dafür einige mit *Broca* befallene Bohnen aus ihrer Tasche. Das heißt, sie *wollen Broca* finden, und daher finden sie auch *Broca.* Der Transport wird also erst einmal gestoppt. Einer der anwesenden Hazienda-Besitzer erzählte, was ihm erst vor ein paar Tagen zugestoßen ist: Er sei an der *alcabala* von Peracal, unten, kurz vor San Antonio, aufgehalten worden, und der Comandante höchstpersönlich habe ihm erklärt, bei einer Zahlung von 500.000 Bolívar sei alles in Ordnung. Er hat also auf der Stelle den Betrag in bar geholt und dem Comandante in die Hand gedrückt, und alle Papiere hatten sofort sämtliche Stempel, die man sich nur denken kann, und er hatte freie Fahrt. Seitdem hat er immerhin noch drei Fuhren – und eine davon, gab er zu, hatte tatsächlich *Broca* – ohne Probleme durch sämtliche Kontrollen bekommen, weil er ja schon gezahlt hatte!
Mehrere der anwesenden *caficultores* bestätigten, dass sie ähnliche Erfahrungen gemacht haben. Es gibt für alles einen Tarif.

Wenn du das oder das willst, dann weiß man, dass man soundso viel zahlen muss! Und jeder kleine Polizist versucht auf diese Weise sein Glück, weil sie ja wissen, dass ihre eigenen Vorgesetzten es genauso machen, nur in noch größerem Stil. Und wehe, du machst es publik, dann machst du dir die Leute vom Militär zum Feind, und das ist noch schlimmer. Wenn es bei dir dann womöglich brennt oder sonst was passiert, braucht du dich nicht zu wundern!«

»Ramón, ich weiß nicht, wie das weitergehen soll. Es gibt nichts mehr in diesem Land, was nicht korrupt ist! Und vor allem: Ich weiß nicht, wie wir das je lösen sollen.«

»Das geht nur von ganz oben. Die Regierung muss hart durchgreifen gegen die Korruption und es zumindest aussprechen, so wie Sie das getan haben! Sie haben doch schon so viel bewirkt! Die korrupten Kerle in Rubio und San Cristóbal mussten doch schon zurücktreten, nur weil Sie die Probleme öffentlich angesprochen haben!«

»Aber du sagst mir doch selber, mein lieber Ramón, dass ich nicht in die Politik gehen soll! Du bist doch derjenige, der nicht will, dass ich die Hazienda vernachlässige!«

»Ich weiß, Don Juan, aber vielleicht gibt es ja einen Weg dazwischen?«

Ramón ließ seinen Patrón nachdenklich zurück. Nach einem kleinen Mittagessen legte er sich erst mal zur Siesta in die Hängematte. Eigentlich wollte er die Zeitung lesen, schlief aber sofort ein.

XIII. DIE VERSUCHUNG

Motorengeräusch weckte ihn eine Stunde später, und er sah Don Rodrigo die Stufen zur Veranda heraufkommen.

»Kommen Sie, mein Freund, lassen Sie uns einen Kaffee zusammen trinken. Dieses Mal bekommen sie ein Tässchen von unserem eigenen Kaffee! Wir planen, eine eigene Rösterei aufzubauen und unsere eigene Marke zu verkaufen. Was halten Sie von *Café Don Alfonso*?«

»Eine glänzende Idee, Don Juan!«

Als er an der Tasse genippt hatte, wurde Don Rodrigo noch fröhlicher.

»Don Juan, der ist köstlich! Schönes Aroma, keinerlei Bitternoten!«

»Ich weiß, mein Freund. Das liegt daran, dass wir sehr schonend rösten, die Bohnen im *tostador* schön langsam umdrehen und in kurzen Abständen Wasserdampf darübergeben. Und nicht zu dunkel rösten! Die Bitternoten kommen ja meistens daher, dass die Kaffeehersteller die Bohnen viel zu schwarz brennen. Ja, und dann natürlich die Qualität! Und die hängt wesentlich davon ab, ob man die Kaffeekirschen im optimalen Reifegrad erntet. Viele machen sich gar nicht die Mühe und ernten einen Abschnitt in einem Durchgang, das heißt, sie ziehen, um Zeit zu sparen, die Kirschen an einem Ast komplett ab. Das Dumme ist nur, an jedem Zweig haben wir verschiedene Reifegrade, und wir bestehen darauf, nur die wirklich reifen Kirschen zu pflücken. Das bedeutet, dass wir mehrmals, manchmal bis zu acht- oder zehnmal durch einen *corte* gehen müssen. Nur um die optimale Qualität zu erhalten. Unreife Kirschen können den Geschmack völlig verderben, ich bekomme Bitternoten, die vermeidbar wären.«

»Das heißt, Sie ernten, vergleichbar mit der Weinernte, in einer ›Beerenauslese‹! Das Ergebnis jedenfalls ist verblüffend. Aber werden Sie denn in der Lage sein, größere Mengen auf diese Weise zu produzieren? Das ist doch reine Handarbeit, und eine kleine Manufaktur kann keine großen Mengen produzieren.«

»Ich weiß, Don Rodrigo, den Kaffee so in den Beutel zu bringen, ist personal- und kostenintensiv. Wahrscheinlich wird es ein teures Hobby von mir bleiben! Aber lassen Sie uns von Politik reden, dazu sind Sie doch gekommen?«

Don Juan berichtete ihm, was ihm Ramón erzählt hatte.

»Sie sehen, Don Juan, die Korruption ist bei Ihnen, bei Ihren Kollegen längst angekommen! Wie soll denn dieses Land je wieder werden, wenn das nicht aufhört?«

»Ich weiß auch keine Lösung, das ist sehr deprimierend!«

»Ich wüsste schon, wo wir ansetzen müssen, Don Juan! Sie selbst müssen die Probleme ansprechen, öffentlich! So, wie Sie es bisher schon getan haben. Sie haben doch gesehen, welch kolossale Wirkung Sie auslösen können!«

Don Juan nahm den Gedanken Ramóns auf.

»Gibt es denn keinen Zwischenweg? Sagen Sie mir, wie kann ich mich einsetzen, ohne meine Hazienda zu vernachlässigen?«

Don Rodrigo jubilierte innerlich. So weit hatte er ihn noch nie! Der Verleger musste sich räuspern, um seine Erregung über den womöglichen Sinneswandel seines Freundes zu verbergen, und er fuhr fort:

»Ich glaube, über eines sind wir uns im Klaren: Die Lösung aller unserer Probleme werden wir nie erreichen, aber vieles können wir versuchen. Und eines wissen wir mit Sicherheit, Don Juan: Wenn eine so integre und bekannte, ja, beliebte Persönlichkeit wie Sie die Missstände anprangert, dann hören die Leute auf Sie. Ziehen Sie sich nicht zurück in Ihre schöne gemütliche Welt Ihrer Hazienda! Die Realität wird Sie auch hier einholen! Sehen Sie, in der Lokalpolitik funktioniert es doch schon. Ihre Einflussnahme zahlt sich aus: Wir haben in Rubio und San Cristóbal, also auf Ihrer Gemeinde-Ebene und auf der Ebene unseres Staates Táchira, die Korruption von oben beenden können. Und in Rubio, so höre ich, funktioniert es blendend!«

»Ja, aber nur, weil wir in Rubio keinen neuen Bürgermeister haben. Der De-facto-Bürgermeister bin ich! Der Gemeinderat tritt fast jeden Tag bei mir an, die treffen doch gar keine Entscheidungen mehr ohne mich.«

»Das ist auch nicht gut. Sie müssen einen Mann Ihres Vertrauens finden, den Sie dann wählen lassen. Ihre Saat muss doch aufgehen!«

»Ja, das wäre schön. Das Problem ist aber, dass es kaum aus den Köpfen der Leute herauszubringen ist, dass man die Macht, die man ja nur für kurze Zeit in Händen hält, nicht dazu nutzen sollte, sich zu bereichern, in welcher Form auch immer. Man hat es schon immer so gemacht, warum sollte man es also nicht selber tun?«

»Ich weiß, Don Juan, die Mentalität der Menschen zu ändern und Gewohnheiten aufzubrechen ist schwierig. Aber wir sehen ja, es kann gelingen, wenn die richtigen Leute das Sagen haben, einer wie Sie.«

»Aber jetzt überlegen Sie mal, Don Rodrigo: Sie sagen, ich soll als Bürgermeister für Rubio einen Mann meines Vertrauens aus-

suchen. Sie wären doch der Erste, der sagen würde, das ist doch nur ein Strohmann für Don Juan Vicente!«
Rodrigo Torres schüttelte den Kopf.
»Ja und nein. Natürlich ist das nicht der Idealfall. Aber wir suchen ja nach Lösungen. Am liebsten wäre es mir natürlich, Sie würden selber antreten, als Gouverneur in San Cristóbal, und zwar nicht nur, um endlich in unserem Andenstaat vernünftige Politik zu machen, ohne Korruption, sondern und vor allem, um es den Politikern in Caracas zu zeigen, wie es geht! Sie sehen doch, wer für die Wahl zum Präsidenten im nächsten Jahr antreten will, das wird verheerend! Wir werden immer weiter in den Sumpf geraten! Sehen Sie sich doch die möglichen Kandidaten an!« Don Rodrigo nahm einen tiefen Schluck Kaffee.
Don Juan war schon klar, worauf Don Rodrigo hinauswollte. Da war dieser Hugo Chávez, ein Colonel der Streitkräfte, der vor ein paar Jahren einen Putschversuch unternommen hatte. Der verlief ziemlich kläglich, und er landete dort, wo er hingehörte, nämlich im Gefängnis. Unser ach so guter und ebenso dämlicher Präsident hat ihn in einem Anfall von Gutmütigkeit wieder freigelassen, und seitdem bereitet sich Chávez auf den endgültigen Umsturz vor. Ich glaube, er denkt allen Ernstes, er sei die Reinkarnation von Simón Bolívar! Und obwohl er erst vor Kurzem mit seinem Militärputsch gescheitert ist, darf dieser Kerl doch tatsächlich ganz offiziell für das Amt des Präsidenten kandidieren!
Dabei sagt er ganz unverfroren, er sei gar kein *golpista*, sondern Demokrat! Er behauptet, seine Anhänger würden immer zahlreicher, und ich glaube das auch. Er besitzt auch noch die Frechheit, die Venezolaner aufzurufen, den Jahrestag seines gescheiterten Putschversuches zu feiern, den er ›Patriotische Rebellion‹ nennt. Und weil er so nationalistische Töne von sich gibt und

den Leuten das Blaue vom Himmel verspricht, laufen sie ihm nach!

Don Juan sprach mehr zu sich selbst: »Na ja, da ist dieser Chavez …!«

Sein Freund ereiferte sich: »Da wäre es mir ja noch lieber, wenn diese ehemalige Schönheitskönigin Präsidentin der Republik wird!«

»Wer ist das, Don Rodrigo?«

»Irene Sáez, ehemalige Schönheitskönigin und Bürgermeisterin eines der Distrikte von Caracas. Sie macht ihre Sache gar nicht mal so schlecht. In Caracas ist sie anscheinend sehr beliebt, ihr Distrikt in Caracas, Chacao, wird schon *Irenelandia* genannt. Und natürlich sind die Leute, die Männer vor allem, in ihrem *machismo* von der überirdischen Schönheit der Kandidatin ganz entzückt. Zugegeben, sie sieht gut aus, ist blond und groß. Und man muss ihr zugutehalten, sie hat gute Absichten und ist wahrscheinlich nicht korrupt.«

»Nicht korrupt? Das wäre ja mal ein Unterschied zu den anderen Kandidaten!«

»Ja, Don Juan, in ihrer Zeit als Bürgermeisterin hat sie es immerhin geschafft, die Kriminalität in ihrem Bezirk erfolgreich zu bekämpfen, und sie wendet sich entschieden gegen die Korruption. In ihrer Präsidentschaftskampagne ruft sie die Parteien zur Einigkeit auf, die Parteien müssten heute mehr als je zuvor eine wichtige Rolle spielen auf der Suche nach den besten Möglichkeiten, dem Land zu dienen und den Menschen, die Hilfe am dringendsten benötigen. Aber sie sagt auch, dass sie die Unterstützung einer der großen Parteien für ihre Präsidentschaftskandidatur nicht anstrebt, es gehe ihr in erster Linie darum, nicht mit einer Partei, sondern mit Venezuela, dem Land, mit unserer Nation zu regieren, daher werde sie ihre Entscheidung, mit welcher Partei sie letztlich zusammengehen würde, erst im geeigneten Moment treffen. Sie betrachtet sich als Verteidigerin der Demokratie, sie sei in der Demokratie geboren und aufgewachsen und sie sei davon überzeugt, dass es das beste politische System ist.«

»Na, das hört sich doch gut an.«

»Nur, lieber Don Juan, ich glaube nicht, dass sie eine Chance haben wird. Sie wird sich nicht durchsetzen können, wenn die wirklich großen Probleme des Landes auf sie zukommen. Das Schlimme aber ist, dass die Leute gerade diesen beiden, Sáez und Chávez hinterherlaufen!

Und sehen Sie sich mal die Wahlkampfauftritte an! Die sind hochprofessionell. Bei Sáez haben die Auftritte etwas von Popkonzerten, es gibt ein Vorprogramm, und wenn dann endlich die Kandidatin auftritt, mit Musik und großer Show, ist das Publikum bestens vorbereitet für ihre Botschaften. Sie kommt mir vor wie eine heilige Katharina, nur anstatt dass sie sich mit dem Jesuskind verloben will, verkündet sie ihre Liebesschwüre an unser Land! Sie ist so verliebt in Venezuela, sagt sie, dass sich alle Venezolaner in sie verlieben müssen!«

»Das ist ein wenig naiv, oder?«

»Natürlich ist es naiv, aber die Leute lieben es, und außerdem besticht sie durch ihre nicht wegzudiskutierende Schönheit.«

Don Juan schüttelte den Kopf.

»Aber ernst nehmen muss man sie dennoch?«

»Natürlich müssen wir sie ernst nehmen, aber noch viel mehr müssen wir diesen Chávez ernst nehmen, der hat die besten Aussichten, gewählt zu werden! Er spielt nicht nur die Karte des Patriotismus, eine Karte, die letztlich von jedem Kandidaten gezogen wird, bei ihm kommt noch ein unverhohlen angekündigter – oder angedrohter – Sozialismus hinzu. Ein Sozialismus neuer Prägung, der neue Weg Südamerikas! Bei seinen Auftritten wird er begleitet von Hunderten, ja Tausenden von jungen Leuten in roten Hemden. Für mich haben sie etwas Beängstigendes, sie erinnern mich in fataler Weise an die chinesischen Rothemden von Maos Kulturrevolution!«

Don Juan schüttelte sich.

»Das heißt, Don Rodrigo, Sie glauben, das kann wirklich gefährlich werden?«

»In den letzten Meinungsumfragen sind Sáez und Chávez an erster und zweiter Stelle der Umfragen, noch vor den bisherigen Regierungsparteien. Weder die Kandidaten der alten Parteien noch jüngere vernünftige Köpfe werden sich durchsetzen können, außerdem sind sie alle untereinander zerstritten!«

»Wie sollen denn die Leute den Kandidaten der beiden großen Parteien auch Vertrauen entgegenbringen, die haben uns doch in diese Staatskrise gebracht.«

»Don Juan, bitte treten Sie an als Gouverneur für Táchira! Ich bin überzeugt davon, dass sie mit überwältigender Mehrheit gewählt würden, wenn wir alles richtig machen. Und dann können Sie auch auf die Politik in Caracas Einfluss nehmen.«

»Don Rodrigo, Sie geben nicht auf!«

»Ich kann nicht aufgeben, weil ich weiß, dass ich recht habe. Ihre Politik wäre genau das, was unser Land braucht. Ich bin überzeugt, dass nur Sie Chávez verhindern können!«

Die Freunde saßen sich gegenüber, und eine lange Minute schwiegen sie.

Don Juan stand auf, um Zigarren und Whisky zu holen. Die beiden Freunde saßen noch eine Weile zusammen, ohne ein Wort zu sprechen. Don Juan schien sich auf die Glut seiner Zigarre zu konzentrieren. Don Rodrigo sah ihm an, dass seine Worte bei seinem Freund Wirkung zeigten.

»Glauben Sie mir, Don Juan, Chávez würde Sie, ja Sie! sehr bald angreifen, denn in seinen Augen sind Sie doch das beste Beispiel für einen Oligarchen!«
Don Juan sagte nichts, er zog an seiner Zigarre und nahm einen Schluck aus seinem Glas.
»Es ist spät geworden, Don Juan, es wird schon langsam dunkel, und ich muss mich auf den Weg nach San Cristóbal machen. Rufen Sie mich bitte an, wenn Sie wieder nach San Cristóbal kommen.«
»Das mache ich auf jeden Fall, Don Rodrigo.«
Don Juan begleitete seinen Gast die Stufen von der Veranda hinunter und winkte ihm hinterher, als er zum Tor hinausfuhr. Dann rief er Ramón zu sich. Er hatte einen Beschluss gefasst.
»Ramón, ich bleibe heute wieder über Nacht auf der Hazienda, ruf bitte Maruja an, dass sie in Rubio das Tor verschließen kann, ich komme heute nicht mehr. Und sie soll in der Gemeinde anrufen. Die Herren Gemeinderäte mögen doch bitte morgen Vormittag hierher auf die Hazienda kommen!«

XIV. DIE VERSCHMÄHTE GELIEBTE

Die Politik des Landes hatte sich in kurzer Zeit, innerhalb weniger Wochen, tatsächlich verändert. Die Parteien und Abordnungen gaben sich in La Cayena die Klinke in die Hand, niemand wagte es, in Rubio ohne den Segen von Don Juan als Kandidat in die Bürgermeisterwahl zu gehen. Don Juan hatte im Salon des Hauses einen großen Tisch aufstellen lassen, an dem der gesamte Gemeinderat und die Abgesandten der Parteien Platz fanden.

Es hatte sich tatsächlich vieles bereits zum Guten geändert: An der Straße nach San Cristóbal wurde an mehreren Stellen weitergebaut. Die Wasserversorgung funktionierte wieder, was vor allem daran lag, dass inzwischen die Regenzeit eingesetzt hatte, aber die Leute glaubten, es läge an Don Juan und seinem guten Einfluss.

Don Juan äußerte sich nicht zu möglichen Kandidaten. Alle hörten auf ihn und wollten seinen Rat, er war jedoch von keinem der sich anbietenden Kandidaten für den Bürgermeisterstuhl überzeugt.

»Warum soll ich mich auf einen Kandidaten festlegen, von dem ich nicht überzeugt bin«, sagte er zu Ramón.

»Aber Patrón, das ist doch völlig egal, wenn Sie von einem Kandidaten nicht hundertprozentig überzeugt sind, es würde sich ohnehin keiner zutrauen, wichtige Entscheidungen ohne Sie zu treffen. Außerdem weiß jeder, dass Sie den neuen Bürgermeister sehr genau beobachten würden. Da würde es keiner wagen, sich aus der Gemeindekasse zu bereichern.«

»Es geht mir doch nicht nur um die Korruption, es geht mir darum, dass eines Tages auch ohne mich gut verwaltet wird. Ich habe nicht das ewige Leben!«

»Sagen Sie das nicht, Don Juan, wir brauchen Sie noch ein Weilchen«, lachte Ramón. Er stand auf.

»Aber ich verstehe Sie, Don Juan. Ich kann Ihnen ja vielleicht ein wenig helfen. Ich kann mich unter den Leuten unten in Rubio umhören, was die so sagen über die verschiedenen möglichen Kandidaten.«

»Tu das, Ramón.« Mein guter Ramón, dachte sich Don Juan, der ist auch schon infiziert von der Politik.

Einige Tage später, während eines gemeinsamen Mittagessens, ergriff Ramón etwas nervös das Wort.

»Don Juan, darf ich Ihnen erzählen was ich so gehört habe die letzten Tage?«

»Ja natürlich, Ramón, ich bitte dich darum.«

»Don Juan, es ist so, ich habe einiges erfahren, auch Dinge, die vielleicht nicht so gut sind …«

»Lass hören, Ramón, was sagen die Leute?«

»Sie sprechen sehr viel über Sie.«

»Das denke ich mir, das sagt auch Don Rodrigo. Die Leute wollen, dass ich mich zur Wahl des Gouverneurs in San Cristóbal aufstellen lasse.«

»Ja, und sie sind sehr enttäuscht, dass Sie das offenbar ablehnen.«

»Also, heraus mit der Sprache, was sagen sie über mich?«

Ramón atmete tief ein, bis er es wagte, seinem Patrón die Wahrheit zu sagen.

»Don Juan, Sie nehmen es mir bitte nicht übel, ich berichte nur ... Ich weiß, das ist alles Unsinn, aber Sie wissen ja, wie die Leute sind.«

»Ramón, ich weiß, dass du zu mir hältst, aber jetzt erzähl!«

»Also gut: Die Leute nehmen es Ihnen tatsächlich sehr übel, dass Sie nicht kandidieren wollen. Maruja sagt, die Leute reagieren wie eine verschmähte Geliebte!«

Don Juan lachte kurz auf. »Was heißt das, wie eine *verschmähte Geliebte*?«

»Die vorbehaltlose Verehrung Ihnen gegenüber hat offenbar bei den Leuten einer, sagen wir mal, gespaltenen Haltung Platz gemacht. Es gibt Gerüchte, Don Juan, über Sie und Ihre Vergangenheit. Ich weiß, das wird Sie schmerzen, aber Sie wollen es wirklich wissen?«

»Nun mach schon, Ramon«, sagte Don Juan mittlerweile sehr ungeduldig.

»Ich finde es ja auch ganz niederträchtig, Patrón, und unglaublich, aber manche sagen, Sie seien mit schuld am Tod Ihres Sohnes und somit auch verantwortlich für den Tod Ihrer Frau.«

»Was?«

Don Juan war fassungslos.

»Das ist niederträchtig!«

»Ich weiß, Don Juan. Die Leute sagen, Sie und Ihre Frau hätten gewusst, dass sich Ihr Sohn mit dieser verheirateten Frau auf ein Abenteuer eingelassen hatte. Sie hätten ihn daran hindern müssen. Dann wäre das Unglück nicht passiert.«

»Mein Gott, Ramón, Miguelito war zwar noch sehr jung, aber er war ein erwachsener Mann! Ich kann doch meinem Sohn und seinen Liebschaften nicht hinterherspionieren!«

»Ich weiß, Don Juan, und ich finde es ja auch mehr als niederträchtig, aber so reden die Leute nun mal. Wie Maruja sagt, sie verhalten sich wie eine *verschmähte Geliebte* und wollen Rache nehmen, weil Sie die Leute enttäuscht haben.«

»Nicht zu fassen! Das ist ja vollkommen abstrus!«

»Aber, Don Juan, das ist noch nicht alles.«

»Was denn noch, um Gottes willen?«

»Der Tod Ihres Vaters sei auch nie aufgeklärt worden.«

»Wie das? Er ist ganz friedlich nach einem Herzinfarkt zu Hause eingeschlafen.«

»Ich weiß, Don Juan, aber die Leute wollen jetzt ihre Sensationslust befriedigen. Nehmen Sie das bitte nicht ernst. Sie fragen sich jetzt auch, wie denn der unermessliche Reichtum der Familie Morales entstanden sei.«

Don Juan war sichtlich erbost.

»Hart erarbeitet und die Chancen genutzt, die sich angeboten haben!«

»Ich weiß, Don Juan, aber die Leute sagen, Ihr Vater habe Feinde gehabt aus der Zeit der Präsidentschaft von General Juan Vicente Gómez, der ja schließlich Ihr Taufpate war. Ihr Vater habe sich mithilfe des Generals damals viel Land aneignen können …«

»Ja, Land, das brachlag, weil die Leute wegen des einsetzenden Ölrausches alles stehen und liegen ließen«, fiel ihm Don Juan ins Wort. »Und da war es ja nur gut für das Land und genauso für die Leute, dass einer da war, der an die Landwirtschaft glaubte, die Ländereien bewirtschaftete und den Leuten, die zurückkamen und nichts mehr hatten, wieder Arbeit geben konnte!«

Auf ihren eigenen früheren Besitzungen, dachte sich Ramón, sprach es aber nicht aus.

»Und dann sagen die Leute noch, Sie hätten sich nie um Ihren Neffen gekümmert, der offenbar immer noch im Gefängnis von Santa Ana sitzt. Und vieles Gerede mehr.«

Der Vorwurf, er habe sich nicht um seinen Neffen im Gefängnis gekümmert, traf Don Juan tatsächlich.

»Weißt du, Ramón, ich muss zugeben, in diesem Punkt haben die Leute recht. Ich war offenbar so enttäuscht und verärgert über die Schande, die mir mein Neffe eingebrockt hat, dass ich mir dachte, er soll dort mal schmoren in Santa Ana. Aber die Leute haben recht. Ich rufe noch heute in San Cristóbal an.«

Don Juan stand auf, und Ramón wertete dies als Zeichen, dass das Gespräch beendet war.

»Ramón, schenk mir bitte einen Whisky ein.«

Ramón reichte ihm das gut gefüllte Glas und zog sich diskret zurück. Er wusste, dass er Don Juan schwer zugesetzt hatte.

Schwer atmend setzte sich Don Juan an seinen Schreibtisch.

»Eine *verschmähte Geliebte*«! Diese Maruja!

Aber sie wusste, wovon sie sprach. Einige Jahre nach dem Tod seiner Frau war er der Witwe des benachbarten Kinderarztes etwas nähergekommen. Maruja hatte diese Verbindung unterstützt, wenn nicht sogar eingefädelt. Immer wieder hatte sie ihm gesagt: »Don Juan, es ist nicht gut, allein zu bleiben. Die nette Señora Rosario von gegenüber, sollen wir die nicht einmal zum Nachmittagstee einladen?«

Und so hatte sich eine kurze Romanze entwickelt, die auch Don Juan als eigentlich sehr angenehm empfand. Aber er konnte es am Ende nicht aushalten, er konnte die Nähe dieser Frau nicht ertragen, die freundlich und sympathisch war und für ihr Alter von Mitte vierzig auch sehr gut aussah. Aber über Politik, so wie mit seinem Freund Rodrigo, konnte er sich mit ihr überhaupt nicht unterhalten. Sie verstand nichts von seinen ihn quälenden Fragen, und so hielt er sie – wahrscheinlich ungerechterweise – für eher dumm.

Aber das Entscheidende war: Wenn er mit Rosario zusammen war, musste er an seine Mariela denken. Sie erschien ihm sogar im Traum, schaute ihn vorwurfsvoll an, wenn er mit seiner Nachbarin im Bett lag; sie sprach kein Wort, aber der vorwurfsvolle, traurige Blick war schlimmer als jedes gesprochene Wort.

Dabei hatte es eigentlich ganz vielversprechend begonnen. Doña Rosario war tatsächlich gleich nach der ersten Einladung zum Tee, die ihr Maruja überbracht hatte, über die Straße gekommen, und man hatte sich sehr nett unterhalten. Don Juan gefiel ihr Charme, ihre Offenheit, und ihre leicht welkende Schönheit hatte durchaus ihren Reiz. Sie waren ja schließlich beide nicht mehr die Jüngsten. Aber die Aussicht auf eine Eroberung ließ Don Juans Puls dann doch etwas schneller schlagen. Als sie sich verabschiedeten, spürte er ihre Bereitschaft. Sie ließ ihre Hand ein wenig zu lang in der seinen, und als sie ihm hinhauchte, ob er sie mal besuchen wolle, war die Sache schon klar.

Don Juan musste nicht lange nachdenken. Er rief sie noch am selben Abend an und schlug ihr ohne weitere Umschweife vor, wenn sie den kleinen Seiteneingang gegenüber von seinem Garagentor angelehnt ließe, könnte er in fünf Minuten da sein. Rosario war nur noch in der Lage, ein *»Sí, como no!«* hinzuhauchen.

Wie ein Schüler, der nicht erwischt werden wollte, schlich er sich über die Straße und schlüpfte schnell ins Nachbarhaus. Sie erwartete ihn mit großer Ungeduld. Nach der ersten stürmischen Umarmung zog sie ihn in ihr Schlafzimmer.

Es war stürmisch und unerwartet. Aber die Freude blieb nicht lange ungetrübt, denn Mariela war gegenwärtiger als sonst. Zur großen Enttäuschung von Doña Rosario zog sich Don Juan

schnell wieder an und verließ das Haus genauso eilig, wie er es betreten hatte.
Mit hochrotem Kopf und schlechtem Gewissen schlich er sich wieder in sein Haus, goss sich einen großen Whisky ein und bedauerte seinen Besuch bei der Nachbarin. Ja, es war aufregend, sie hatte sich in großer Leidenschaft an ihn geschmiegt, und es war schon erregend …
Aber dieses schlechte Gewissen. Es ging nicht.
Noch einige Male hatte es Don Juan versucht, hatte sie wieder besucht, und beim letzten Mal hatte ihn sogar seine Männlichkeit im Stich gelassen. Es ging einfach nicht.
Immer wieder musste er an Mariela denken, wenn nur der Name Rosario fiel, und es wurde ihm unmöglich, sich mit ihr zu treffen. Rosario verstand seine Zurückweisung nicht. Sie hatten doch einige sehr leidenschaftliche Stunden verbracht, und sie konnte es nicht erwarten, wieder eingeladen zu werden. Außerdem war es so schön diskret, man musste nur in einem unbeobachteten Augenblick die Straße überqueren! Aber Don Juan entzog sich ihr mehr und mehr. Mal konnte er heute nicht, oder er musste morgen dringend auf seine Hazienda, oder er hatte sich erkältet. Die Ausreden erschienen Rosario immer weiter hergeholt, bis ihr klar wurde, dass er sie loswerden wollte. Ihre Verehrung, ja sogar Verliebtheit schlug um in eiskalte Enttäuschung. Mit dem Gefühl, abgelehnt zu werden, nicht mehr begehrt zu sein, konnte sich ihr Stolz als Frau nicht abfinden. Ihre Gefühle verwandelten sich in Ablehnung, Zorn und schließlich in Hass.
Dann war sie sogar zu ihm ins Haus gekommen. Sie hatte einen Augenblick genutzt, als das Garagentor offen stand, und war durch die Küche in den vorderen Patio gestürmt. Sie baute sich vor Don Juan auf, der, vollkommen verwirrt und unvorbereitet,

von seinem Schaukelstuhl aufsprang. Aber sie ließ ihn nicht zu Wort kommen. Er habe sie nur benutzt, sie wie eine Hure behandelt ... Sie warf ihm noch ein paar deftige Schimpfwörter hin und verschwand.

Don Juan, vollkommen verdutzt, musste sich erst mal wieder hinsetzen.

Maruja konnte noch so viel beschwichtigen, vermitteln und zwischen den beiden Häusern hin- und hereilen, es wurde nicht besser. Das Verhältnis der beiden Nachbarn war und blieb vergiftet. Maruja ging sogar zur Tante von Ramón, der alten Gregoria, um sich beraten zu lassen, was man mit einer »verschmähten Liebe« tun musste, damit ihr Zorn verraucht und sie ihren armen Patrón nicht womöglich noch mit Verwünschungen heimsuchte.

»Halte mir bloß dieses Weib vom Leibe!«

Das waren die Worte, mit denen Don Juan Maruja entgegnete, wann immer sie versuchte, ihn zu einer Wiederaufnahme der Verbindung zu bewegen. Aber immerhin: Doña Rosario trug ihre Enttäuschung nicht an die Öffentlichkeit, ihre eigene verletzte Eitelkeit und die Scham darüber, von Don Juan »verführt« und dann wieder verstoßen worden zu sein, hielt sie zurück. Sie wollte ja schließlich nicht zum Gespött der Leute werden. Die Sitzengelassene! Das wollte sie nicht. Nur Maruja musste sich die Kaskaden des Hasses anhören, welche die zur Furie gewordene Nachbarin auf sie herunterdonnerte.

»Hätte ich nur nie daran gedacht, die beiden zusammenzubringen!« Diesen Vorwurf machte Maruja sich immer wieder. »Verschmähte Liebe, Don Juan, das ist etwas sehr Schlimmes«, hatte sie damals zu ihm gesagt.

Don Juan schenkte sich noch einen großen Whisky ein, bevor er zum Telefonhörer griff. Im Büro des Gouverneurs in San

Cristóbal war die Sekretärin am Telefon äußerst devot, als er sich mit seinem Namen meldete, und stellte ihn sofort zum Stellvertreter des zurückgetretenen Gouverneurs durch, der bis zur Neuwahl die Stellung halten musste.
Er wolle sich nach seinem Neffen in Santa Ana erkundigen, da er vorhabe, ihn zu besuchen.
Der offenbar eingeschüchterte stellvertretende Gouverneur räusperte sich verlegen und antwortete, etwas zu überstürzt, er wollte ihn, Don Juan, ohnehin gerade anrufen, um ihm mitzuteilen, dass er gestern angewiesen habe, den jungen Mann – Don Juan merkte, dass der noch nicht einmal wusste, wie sein Neffe hieß – zu entlassen, er würde sicherlich noch heute im Laufe des Tages Santa Ana verlassen können.
In einer Mischung aus Selbstzufriedenheit und Erregtheit rief Don Juan in der Redaktion seines Freundes an.
»Don Rodrigo, stellen Sie sich vor, als ich im Büro des Gouverneurs anrufe, um mich nach meinem Neffen zu erkundigen, sagt mir dieser Trottel von Stellvertreter doch tatsächlich, er sei schon entlassen. Kein Wort davon glaube ich! Er hat ihn sicher erst entlassen, nachdem ich angerufen habe!«
»Da sehen Sie mal, Don Juan, wie weit Ihr Einfluss schon reicht. Sie brauchen nur anzurufen, und es geschehen die unglaublichsten Dinge!«
»Don Rodrigo, jetzt werden Sie bitte nicht wieder sarkastisch!«
»Ich bin überhaupt nicht sarkastisch, ich sehe nur, wie es ist: Sie müssen nur einen Wunsch äußern, und schon wird er erfüllt.«
»Aber das ist doch Unsinn!«
»Nein, mein Freund, und das sage ich Ihnen jetzt ganz im Ernst: Die Leute haben Angst vor Ihnen, sie fürchten sich – und das zu Recht –, weil sie gesehen haben, welche Macht Sie besitzen. Da die Leute es nun mal glauben, dass Sie nicht nur der kommende

Mann sind, sondern bereits die Macht in Händen halten, werden sie alles tun, um Sie nicht zu verärgern. Die Leute wissen genau, wenn sie Don Juan heute ärgern, haben sie keine Zukunft; wenn sie Don Juan einen Gefallen erweisen oder ihm einen Wunsch erfüllen, machen sie sich beliebt, und sie werden in Zukunft möglicherweise mit einem Posten belohnt. So läuft das!«

»Aber, Don Rodrigo, das ist doch Unsinn!«

»Nein, mein Freund, das ist es nicht.«

Nach diesem Gespräch war Don Juan etwas ratlos. Er trat auf die Veranda hinaus, beobachtete zwei Arbeiter, die in den Patios mit ihren breiten Holzrechen die Kaffeebohnen zum Trocknen ausbreiteten, zu kleinen Haufen zusammenkehrten, um sie dann wieder auszubreiten. Vergnügt winkten ihm die Arbeiter zu.

Don Juan winkte, mehr in Gedanken, zurück.

»Mein Einfluss scheint womöglich tatsächlich weit zu reichen, so habe ich das noch nicht gesehen.«

»Wirklich, Don Juan Vicente?«, fragte ihn sein Alter Ego, mit dem er sich länger nicht mehr unterhalten hatte, mit einem unangenehm ironischen Unterton. »Haben Sie das nicht schon längst bemerkt und für gut befunden? Warum lassen Sie den Gemeinderat fast jeden Tag bei Ihnen antanzen und geben den Leuten die Richtung vor? Wurde schon jemals eine Ihrer Entscheidungen nicht befolgt? Wer regiert denn hier, wenn nicht Sie selbst?«

»Ja, ja, aber ich will das ja alles nicht. Und außerdem: Lass dieses lächerliche Gesieze!«

»Also gut: Du willst es nicht – und du willst es doch! Dir gefällt doch das Regieren!«

Es war nutzlos, sich mit seinem Alter Ego zu streiten, er gewinnt ja doch immer. Der ist schlimmer als Don Rodrigo!

Das Telefon riss ihn aus seinen Gedanken. Er eilte an seinen Schreibtisch. Es war sein Neffe Carlos!

»Onkel, ich wollte dir nur sagen, dass man mich soeben – und für mich völlig unerwartet – aus Santa Ana entlassen hat. Ich befinde mich noch hier im Büro des Gefängnisdirektors, der darauf bestanden hat, ich solle dich gleich von hier aus anrufen, dass ich wieder auf freiem Fuß bin. Man ist offenbar zur Einsicht gelangt, dass ich ein Opfer der kolumbianischen Drogenmafia geworden bin!«

»Na, da bin ich ja erleichtert«, entgegnete ihm Don Juan. Er vermied es, zu sagen, dass die Entlassung mit seinem Anruf in San Cristóbal zusammenhing. Aber das glaubte Carlos wahrscheinlich ohnehin, dachte sich Don Juan.

»Ich werde jetzt nach Rubio fahren, ich wollte nur Ramón bitten, mir die Sachen, die ich noch auf der Hazienda habe, nach Rubio zu bringen. Ich fahre nämlich gleich zu Freunden weiter und fliege dann in die USA. Aber bevor ich verreise, wollte ich dir noch für alles danken.«

»Brauchst du noch irgendetwas? Lass mich wissen, ob ich noch etwas für dich tun kann.«

»Danke, Onkel, ich melde mich, wenn ich noch etwas benötige. Zunächst aber vielen Dank für alles.«

Don Juan wollte ihn noch ermahnen, nicht wieder in alte Fahrwasser zu geraten, und ihm seinen Segen geben. Aber dazu kam er nicht mehr. Carlos hatte schon aufgehängt.

Im Grunde war Don Juan ganz froh, dass Carlos wieder aus seinem Leben verschwand, zunächst jedenfalls. Vielleicht kam er ja wieder? Erst später wurde Don Juan klar, dass ihn sein Neffe nicht um Geld gebeten hatte, und das erschien ihm doch etwas eigenartig.

Nur ein paar Wochen nach der Abreise seines Neffen erhielt Don

Juan unerwarteten Besuch vom stellvertretenden Gouverneur, der sich eigens aus San Cristóbal nach Rubio aufgemacht hatte, um Don Juan persönlich eine Nachricht zu überbringen, die er über das Außenministerium in Caracas übermittelt bekommen hatte.
Es war eine schreckliche Nachricht, die Don Juan, so würde der Gouverneur später erzählen, erstaunlich gefasst aufnahm.
Man habe Carlos Contreras, seinen Neffen, in San Francisco, Kalifornien, in erbarmungswürdigem Zustand aufgespürt.
»Sagen Sie, Gouverneur, was ist passiert?«
»Die Polizei hatte aus der Drogenszene einen Tipp erhalten, in einer Wohnung im Zentrum der Stadt sei ein großes Drogenlager, von dem aus die Szene beliefert würde. Als die Polizei die Wohnung stürmte, war das Lager verschwunden. Man konnte wohl noch Reste eines Depots erkennen, aber die Bande war ausgeflogen. Aber man hat dort einen jungen Mann entdeckt, der zusammengekrümmt am Boden lag. Er wurde im Krankenhaus identifiziert, es war Ihr Neffe. Im Krankenhaus ist er an den Folgen einer Überdosis gestorben.«
Don Juan krallte sich mit beiden Händen am Stuhl fest, dann ballte er beide Hände zur Faust. Er atmete tief durch.
»Lieber Don Juan, es tut mir sehr leid, Ihnen diese schreckliche Nachricht überbringen zu müssen …«
»Ist schon gut, Gouverneur.« Er räusperte sich, stand auf und verließ das Arbeitszimmer.
»Don Juan, wenn ich noch irgendetwas für Sie tun kann …«
Aber Don Juan hatte seine letzten Worte nicht mehr gehört. Er hatte sich in sein Schlafzimmer eingeschlossen.
Maruja stand in der Tür zum Patio. Ihr liefen die Tränen über das Gesicht, und sie konnte immer nur dieselben Worte wiederholen:
»Armer Don Juan, armer Don Juan …«

XV. HINTERZIMMERPOLITIK

Der Wahlkampf in Táchira war noch nie so problemlos verlaufen, es war fast schon langweilig. Nachdem es klar geworden war, dass nur eine Allparteienregierung nach dem Muster von Rubio Erfolg haben würde, hatten sich die Parteien nach häufigen Beratungen mit Don Juan auf eine Mannschaft geeinigt. Man sah ja, wie gut es dort funktionierte: In Rubio war man dem Rat von Don Juan gefolgt und hatte einen Apotheker zum Bürgermeister gewählt, ein integrer und geachteter Mann, nicht unvermögend, im Besitz mehrerer Häuser, die er gut vermietet hatte, und somit (hoffentlich) finanziell unabhängig und eher gegen die Korruption gefeit als manche andere. Und man wusste, man hatte ja immer noch Don Juan, der würde schon aufpassen, dass die alten Sitten nicht wieder einrissen.

In San Cristóbal ging es um weit mehr. Der Gouverneur des Staates Táchira war wichtig, denn er spielte – gemeinsam mit den anderen Gouverneuren Venezuelas – auch auf nationalem Parkett eine wichtige Rolle. Als Repräsentant eines der Staaten des Landes war er auch in Caracas immer wieder gefragt, im Senat, im Kongress und im Präsidentenpalast. Nach langen Beratungen, die meist unter dem Vorsitz von Don Juan auf der Hazienda stattfanden, einigten sich die Vertreter aller Parteien auf einen Wirtschaftsprofessor der Universität von San Cristóbal namens Nelson Gutiérrez. Der machte schließlich seinen

Antrittsbesuch auf La Cayena, und als er nach San Cristóbal zurückfuhr und den Parteigremien mitteilen konnte, Don Juan habe sich lange mit ihm unterhalten und seine Kandidatur »abgesegnet«, wurde er von allen Parteien – allerdings unter Protest der Gefolgsleute von Chávez – als Gemeinschaftskandidat aufgestellt. Er gehörte keiner Partei an, und dabei blieb es auch.

Nelson Gutiérrez war eigentlich ein durch und durch unpolitischer Mensch. Sicher ein Mann, der innerhalb seiner Fakultät einen sehr guten Ruf genoss und als Wirtschaftswissenschaftler auch durch einige wichtige Publikationen von sich reden gemacht hatte, aber ob er letztlich als politische Führungsfigur geeignet war, konnte nur die Zukunft zeigen. Das Hauptargument, ihn zu benennen, war letztlich, dass er nicht korrupt war. Alle verbleibenden Zweifel an seiner Eignung als zukünftiger Gouverneur des Staates Táchira wurden mit der – unausgesprochenen – Hoffnung beiseitegeschoben, es gäbe ja schließlich noch Don Juan Vicente Morales, der würde schon aufpassen!

Aus Caracas kamen einige Störversuche von den Zentralen der großen Parteien, die nicht so ohne Weiteres einen der wichtigsten Staaten Venezuelas aufgeben wollten. Man sah die Gefahr, die in Táchira für die etablierten Parteien entstand. Denn man war sich in Caracas mittlerweile darüber im Klaren, wer der eigentliche Machthaber in San Cristóbal war. Man sprach schon davon, dass so gut wie alle Diktatoren und bedeutenden Präsidenten Venezuelas, von Castro im 19. Jahrhundert über Gómez, López Contreras, Medina bis zu Pérez Jiménez, aus Táchira gekommen waren, nicht zu vergessen Carlos Andrés Pérez, der sogar zweimal Präsident gewesen war und wie Don Juan Vicente Morales aus Rubio stammte, er war sogar ein Nachbar der Familie Morales gewesen.

Das Ergebnis der Wahl war so ausgegangen wie vorausgesagt, Nelson Gutiérrez wurde mit überwältigender Mehrheit gewählt. Don Juan wusste am Tag danach, als er die Zeitungen mit den Kommentaren über den Ausgang der Wahl studierte, nicht, ob er sich freuen oder ärgern sollte. Die Reaktion der Öffentlichkeit war einhellig, und die meisten Kommentare sprachen mehr oder weniger offen darüber, dass niemand anderer als Don Juan die Wahl gewonnen habe. Die Zeitungen in Caracas kommentierten das ganz offen. Es wurde auch geschrieben, Don Juan habe den Wahlkampf der neuen Provinzregierung finanziert. Was zwar stimmte, aber das zu lesen passte ihm dennoch nicht. Vor allem der Kommentar in der Zeitung *El Universal* verstimmte ihn. Einerseits schmeichelte es ihm, zu lesen, mit Nelson Gutiérrez sei ein bisher unbeschriebenes Blatt zum Gouverneur von Táchira gewählt worden, der eigentliche Gewinner der Wahl sei jedoch Juan Vicente Morales. Aber dann stand da allen Ernstes: Ist das der nächste Präsident des Landes? Wird er in der Lage sein, die großen Probleme des Landes zu lösen? Der Artikel wurde ihm zunehmend unheimlich. Aber während er den Bericht über sich las, wuchs er sichtlich in seinem Sessel und saß ganz aufrecht, als er ihn zu Ende gelesen hatte. Und er las ihn ein zweites und ein drittes Mal. War sein Traum vor ein paar Wochen, in dem er sich als Präsident sah, so unrealistisch gewesen? (Den letzten Teil des Traumes, in dem er als Präsident der Republik einem Anschlag zum Opfer fiel, hatte er längst wieder vergessen.) Sein Freund Torres hatte dem Thema des Tages in seiner Zeitung natürlich den Leitartikel gewidmet. Es sei die beste Alternative für das Land gewählt worden, eine Allparteienregierung sei die Lösung für die meisten Probleme des Landes. Don Juan selbst wurde mit keiner Silbe erwähnt. Ganz, wie er es gewünscht hatte.

Als er am nächsten Morgen gemütlich beim Frühstück saß, in seine Arepa eine Scheibe Schinken legte und glaubte, nun wieder zur Tagesordnung zurückkehren zu können, kam seine Haushälterin hereingestürmt, wild mit der Zeitung aus San Cristóbal fuchtelnd, und mit Stolz verkündete sie: »Alle sagen es jetzt, Don Juan, sogar unsere Zeitung aus San Cristóbal! Sie sind der nächste Präsident Venezuelas!«
Bestürzt riss er Maruja die Zeitung aus der Hand. Torres hatte nicht nur den Artikel aus der gestrigen caraceñischen Zeitung abgedruckt, er hatte auch noch selbst einen flammenden Artikel auf Don Juan geschrieben: Seine Bescheidenheit und Zurückhaltung, seine Unbestechlichkeit und Souveränität hätten es ihm verboten, selbst zu kandidieren, aber natürlich sei er, Don Juan, der überwältigende Sieger der Wahl in Táchira. Der nächste Schritt, der Gang nach Caracas, nach Miraflores, dem Präsidentenpalast, sei damit vorgezeichnet. Es läge nun am Volk Venezuelas, ihren prädestinierten Führer, der Einzige, der in der Lage sei, die verzweifelte Situation des Landes zu lösen, der Einzige, der den gordischen Knoten durchschlagen könnte – er hätte zumindest erklären sollen, was das ist, ein gordischer Knoten, das weiß doch hier keiner, murmelte Don Juan –, und so weiter und so fort. Don Juan war konsterniert. Sofort rief er in der Redaktion an. Die Sekretärin von Torres sagte ihm, er sei unterwegs nach Rubio, er wolle ihm die Zeitung persönlich bringen.
Don Juan machte sich fertig, um auf die Hazienda zu fahren. Er wusste, dieses Gespräch mit Torres würde ein sehr wichtiges werden. Don Juan wollte das Gespräch auf der Hazienda führen, weil er sich dort selbstsicherer fühlte, aber auch, weil er wusste, dass für jeden Besucher, auch für Rodrigo Torres, die Atmosphäre auf La Cayena beeindruckend, wenn nicht gar ein-

schüchternd war. Außerdem wollte er die Viertelstunde Autofahrt nutzen, um ungestört nachzudenken.

Kurze Zeit nach Don Juan erschien Torres auf der Hazienda. Es wurde ein langes Gespräch. Torres wies seinen Freund darauf hin, dass er vor einer sehr wichtigen Entscheidung stehe, entweder sich tatsächlich aus der Politik ganz herauszuhalten oder selbst aktiv zu werden. Alles andere sei auf Dauer gefährlich, vor allem die indirekte Einflussnahme.

»Wir müssen uns fragen, lieber Don Juan, ob diese Art der Einflussnahme in die Politik auf Dauer gut ist. Sicher, Sie haben eine sehr wichtige, ich würde sagen, ganz entscheidende Rolle gespielt, als es darum ging, die Lokalpolitik in Rubio und die Zusammensetzung der Verwaltung für Táchira mit den richtigen Leuten zu besetzen. Aber eigentlich ist das ein Unding und mit unseren demokratischen Grundregeln und Prinzipien nicht zu vereinbaren, dass de facto keine Entscheidung ohne Sie läuft, obwohl Sie kein offizielles Amt bekleiden.«

»Aber, Don Rodrigo …«

»Ich weiß, Don Juan, was Sie jetzt sagen werden, ich selbst habe Sie ermutigt, aktiv zu werden. Aber ich sagte Ihnen auch, Sie müssen kandidieren. Sie betreiben Politik aus Ihrem Hinterzimmer. Und …«

Don Juan wollte ihm wieder ins Wort fallen.

»Don Juan, lassen Sie mich jetzt einfach mal zu Ende reden, ich habe vieles auf dem Herzen, was ich Ihnen sagen muss, und dann diskutieren wir darüber?«

Don Juan nickte, leicht resigniert, und gab sein Einverständnis, Rodrigo nicht weiter zu unterbrechen.

»Das Hauptproblem unseres Landes und unser gemeinsames Hauptanliegen – so kamen wir doch überhaupt bis hierher –, war und ist die Korruption. Und Sie, Don Juan, erschienen mir – und in meinen Augen sind Sie das heute mehr denn je – prädestiniert dafür, der Korruption den Kampf anzusagen. Und das haben Sie großartig verstanden. Sowohl in Rubio als auch in San Cristóbal haben Sie die Korruption der Amtsinhaber angeklagt, und sowohl die Bürgermeister als auch der Gouverneur mussten abtreten. Das allein war schon ein bisher nie dagewesener Erfolg.

Aber jetzt müssen wir uns darüber unterhalten, von welcher Art von Korruption wir sprechen. Die Korruption, von der wir meistens sprechen, ist die, dass Gelder verschwinden, weil sich die Leute bereichern. Das sind unsere Probleme im Straßenbau oder beim Bau der Wasserleitungen. Lehrer können nicht mehr bezahlt werden. Wochenlang können unsere Kinder nicht zur Schule gehen, weil die Lehrer streiken. Und warum streiken sie? Sie werden nicht bezahlt! Mit dem Geld, was die letzten Gouverneure offensichtlich gestohlen haben, hätten was weiß ich wie viele Schulen gebaut werden können, und Krankenhäuser und Wasseraufbereitungsanlagen und Straßen und Elektrizitätswerke, Gemeindehäuser und so weiter, oder hätten einfach nur Gehälter bezahlt werden können. Alles Gelder, die vorhanden und schon bewilligt waren, aber nie dort angekommen sind, wo sie hinsollten.

Aber die illegale persönliche Bereicherung ist ja nur die offensichtlichste Art der Korruption. Es geht ja viel weiter: das Ausnutzen jeglicher Information zum eigenen oder zum Nutzen Dritter, zulasten des Staates, oder von Unternehmen oder Institutionen, an denen der Staat beteiligt ist; jegliche Handlung oder Unterlassung, die dazu führt, dass die öffentliche Hand eine Entscheidung herbeiführt, die dann zu irgendeinem persönlichen Nutzen führt. Wie zum Beispiel die Vergabe der Straßenarbeiten an ein Familienmitglied oder einen engen Freund.

Ich weiß, Don Juan, Sie werden mir entgegnen, der Einfluss, den Sie ausüben, dient nicht Ihrem eigenen Nutzen, er dient der Allgemeinheit, weil Sie die besseren Vorschläge haben. Das ist alles richtig. Aber die Kontrollmechanismen des demokratischen Systems werden dennoch auf diese Art und Weise ausgehebelt.

Wir wissen alle, vor allem wir zwei, Don Juan, dass ein Neuanfang notwendig ist. Das Land steckt in einer wirklich großen Krise, und wir müssen uns darüber im Klaren sein, dass wir uns von einem Staatsmodell verabschieden müssen, an das wir uns die letzten dreißig Jahre gewöhnt haben, welches nichts anderes war als ein populistisches Verteilungssystem. Dieses System ist, wie wir wissen, restlos gescheitert, weil es nicht mehr finanzierbar ist. Und es muss uns allen klar sein, dass wir jetzt eine ganz andere Verantwortung übernehmen, jetzt, wo wir einen so profunden Wechsel vornehmen müssen.

Immer nur populistische Versprechungen, die dann nicht eingehalten werden können – das ist die Gefahr, die von Chávez ausgeht. Er verspricht den Leuten, gerade auch den kleinen Leuten, das Blaue vom Himmel, spricht von seiner Bolivarianischen Revolution – aber das wird nicht die Lösung sein. Er wird die Wohltaten in erster Linie unter seinen Leuten, den linientreuen Sozialisten, verteilen wollen.

Es ist ja möglicherweise tatsächlich so, dass eine größere Konzentration der Macht bei der Exekutive nötig ist, um die schwierigen Reformen schneller durchführen zu können, wahrscheinlich muss das so sein! Das würde für Ihr Modell, Don Juan, für das Modell einer benignen Diktatur sprechen, einer gutmütigen und treusorgenden Diktatur. Nur, wir beide wissen – und dieses Gespräch haben wir zwei immer wieder geführt –, den ›guten Diktator‹ gibt es nicht. Wir brauchen im Staat das Gewicht und

Gegengewicht der Institutionen, wir brauchen die Trennung von öffentlicher Gewalt, der uneingeschränkten Unabhängigkeit eines frei gewählten Parlaments und der Gerichte! Und der freien Presse, nicht zu vergessen!«

»Mein lieber Rodrigo, da bin ja ganz Ihrer Meinung.«

»Selbst in den heutigen modernen Monarchien muss es so funktionieren: Nicht der König macht das Gesetz, sondern das Gesetz macht den König. Und das gilt genauso für unsere demokratischen Rechtsformen: Eine Regierung, ein Präsident ist nur dann ein legitimer Souverän, wenn er und solange er Macht ausübt im Rahmen der ihm von der Verfassung eingeräumten Grenzen. Wenn diese Grundregeln nicht befolgt werden, sind wir auf dem schnellsten Weg in eine Diktatur. Und gerade wir in den lateinamerikanischen Staaten, gerade wir in Venezuela können ein Lied davon singen!«

»Und was heißt das jetzt alles für mich, mein lieber Freund?«

»Das heißt, Don Juan, dass Sie Einfluss nehmen sollen, weil Sie in meinen Augen ein guter, nein, ein hervorragender Politiker sind! Aber Sie müssen Einfluss nehmen im Rahmen einer rechtsstaatlichen Ordnung, aus einer offiziellen, gewählten Position heraus. Keine Hinterzimmerpolitik mehr! Das führt nur zu einer anderen Art der Korruption! Und die wollten wir bekämpfen!«

Es trat Stille ein, eine Stille, die sich drückend über die beiden Männer legte. Don Juan stand auf, nahm sich eine Zigarre und war so in Gedanken, dass er vergaß, auch seinem Freund eine anzubieten.

»Don Juan, ich nehme auch eine, falls Sie mir eine anbieten wollen …«

»Bitte verzeihen Sie, selbstverständlich … Ich muss sagen, Sie haben wahrscheinlich in allem, oder sagen wir, in vielem, was

Sie sagen, recht. Ich muss mich nur an den Gedanken, dass ich womöglich zum Politiker werde, erst so langsam gewöhnen.«
Don Juan reichte seinem Freund die Zigarre, die er bereits angeschnitten hatte, und hielt ihm das Feuerzeug hin. Don Rodrigo paffte ein paar Züge und setzte dann das Gespräch fort.
»Was heißt: Sie müssen sich erst so langsam daran gewöhnen, ein Politiker zu sein? Sie sind es doch längst!«
»Ja, aber gegen meinen eigenen Willen.«
Eine ganze Weile saßen die beiden auf der Veranda der Hazienda, rauchten ihre Zigarren und sprachen kein Wort.
»Mein Freund, ich muss nach San Cristóbal zurück.«
Don Rodrigo erhob sich aus seinem Schaukelstuhl.
»So gemütlich es bei Ihnen ist – Sie wissen, ich liebe es, hier auf Ihrer Hazienda zu sein –, aber ich muss zurück.«
Don Juan begleitete seinen Freund zum Wagen und setzte sich wieder auf die Veranda. Don Rodrigo hatte ihm viel zum Nachdenken gegeben.
»Mein lieber Juanito«, meldete sich sein Alter Ego. »Das ist ja reichlich schiefgelaufen, dieses Gespräch mit deinem Freund! Du wolltest ihm ein für alle Mal erklären, dass du kein Politiker bist, und jetzt haben wir das Gegenteil davon?«
»Ach, lass mich in Ruhe!«
Er brauchte einen Ortswechsel, sonst schwirrte ihm das Gespräch noch die ganze Nacht im Kopf herum.
»Ramón! Ich fahre nach Rubio, ins Haus. Ruf Maruja an, ich will zu Hause Abend essen.« Er setzte sich in seinen Wagen und fuhr schlecht gelaunt zum Tor hinaus.

XVI. SPIEL MIT DER MACHT

Don Juan Morales fühlte sich in bester Form. Die Ernte lief auf Hochtouren, und er begann, seine neue Macht zu genießen. Abwechselnd trafen sich die Delegationen aus San Cristóbal und Rubio, meistens angeführt durch den neuen Gouverneur oder den neuen Bürgermeister, entweder auf der Hazienda oder im Haus in Rubio.

Noch nie hatte es in Táchira so viel Bautätigkeit gegeben. An der neuen Straße von San Antonio nach San Cristóbal wurde von beiden Enden her gebaut, und während sich die Planung bis zum Baubeginn viele Jahre hingezogen hatte, schien die Fertigstellung nun innerhalb von ein paar Monaten zu erfolgen. Rubio bekam eine neue Fernsehantenne – böse Zungen in San Cristóbal behaupteten, damit Don Juan besser fernsehen kann –, der Aquädukt in San Cristóbal wurde tatsächlich fertig, und das Gefängnis in Santa Ana bekam einen Erweiterungsbau. Als offizielle Begründung wurde die Verbesserung der Haftbedingungen angeführt, aber jeder wusste, dass aufgrund der neuen sehr streng gehandhabten Anti-Drogen- und Korruptions-Politik mehr Platz in den Gefängnissen geschaffen werden musste. Zum ersten Mal seit vielen Jahren bezahlte die Cooperativa der *cafeteros* pünktlich, nicht erst nach Monaten, was die kleinen *productores* stets an den Rand des Ruins gebracht hatte. Sowohl in Rubio als auch im Staat Táchira schien in den paar

Wochen der neuen Regierung plötzlich alles zu funktionieren, was vorher unmöglich schien. Man sprach bereits vom *milagro del Táchira* – dem Wunder des Táchira. Alles, was unter Don Juans Anleitung angepackt wurde, schien auf Anhieb zu gelingen. Das Volk begann, Don Juan wie einen Heiligen zu verehren. Viele Frauen, die in den Kirchen Kerzen aufstellten, beteten nach wie vor zur Heiligen Jungfrau, aber man hörte sie auch Gebete für Don Juan murmeln.

Aber nicht nur in der Politik, auch mit seinen eigenen Geschäften war Don Juan sehr erfolgreich. Er wunderte sich nicht darüber, dass er einen weit höheren Preis für seinen Kaffee erhielt als die anderen Produzenten. Er schrieb dies der besseren Qualität seines Kaffees zu. Eines Tages bot ihm sein Nachbar, mit dem er immer Auseinandersetzungen über den Grenzverlauf gehabt hatte, von sich aus einen Teil seiner Hazienda zum Kauf an, der unmittelbar im Süden an das Gebiet von La Cayena angrenzte, und das zu einem Preis, der weit unter dem lag, den er seinem Nachbarn noch vor zwei Jahren geboten hatte. Auch dafür fand Don Juan eine natürliche Erklärung: Er brauchte eben jetzt das Geld und kam daher doch noch zur Vernunft. Als Don Juan in San Cristóbal einen neuen Traktor kaufen wollte, wurde ihm das neueste Modell als Probefahrzeug kostenlos zur Verfügung gestellt. Er wurde Ehrenpräsident des Club Sucre, obwohl er sich dort nur höchst selten blicken ließ. Er brauchte im Club nur einmal beiläufig zu erwähnen, dass er in San Cristóbal keine kubanischen Zigarren bekommen konnte, schon hatte er sie eine Woche später kistenweise im Haus.

Don Juan genoss sein Leben in vollen Zügen.

Der Stadtrat von Rubio und sein neuer Bürgermeister, der Apotheker, baten Don Juan anlässlich einer der Sitzungen im Hause Morales, er möge doch die diesjährige Rede zum Stadtgrün-

dungsfest auf der Plaza Bolívar halten. Don Juan fühlte sich geehrt und nahm an.
Es war der 9. Dezember, der Tag, an dem der Überlieferung nach im Jahr 1794 Don Gervasio Rubio von der spanischen Krone die Ländereien im heutigen Gebiet von Rubio erwarb, dem Städtchen, das dann viele Jahre später nach ihm benannt wurde, und als erster der neuen Großgrundbesitzer eine Kaffeeplantage pflanzte und den Grundstein für die Kirche setzte.
Die Plaza Bolívar war zum Bersten voll. Umringt von unzähligen Menschen, die ihn aus nächster Nähe hören wollten, wurde Don Juan von seinem Haus zur Plaza hinunterbegleitet.
»Dejen pasar a Don Juan Vicente!« Lasst Don Juan Vicente durch!
Man bahnte ihm einen Weg zum Pavillon in der Mitte der Plaza, nur ein paar Schritte vor dem Denkmal für Simón Bolívar. Mit Blick auf die Fassade der Kirche und Bolívar im Rücken, hob er beide Arme in die Höhe, um sich in der Menschenmenge Gehör zu verschaffen.
Auf den Stufen der Kirche erkannte er Don Rodrigo, mit einem Block in der Hand, er war offenbar eigens aus San Cristóbal herübergekommen, um sich die Rede anzuhören und dann aus erster Hand darüber in seiner Zeitung zu berichten. Don Juan hatte ein schlechtes Gewissen, immer wenn er an Don Rodrigo dachte, seit dem langen Gespräch auf der Hazienda einige Wochen zuvor. Sein Freund hatte ja möglicherweise recht mit seinen Ansichten über Demokratie und Diktatur, aber Don Juan hatte sich mittlerweile ganz gut in seiner neuen Position eingelebt, Macht auszuüben, ohne offiziell ein Amt zu bekleiden. Und er musste zugeben, dass es ihm Freude machte. Natürlich schmeichelte es ihm, dass sein Rat gesucht war und dass sowohl der Bürgermeister als auch der neue Gouverneur es ganz

offensichtlich nicht wagten, ohne seinen Segen irgendwelche Entscheidungen zu treffen. Wenn sie es doch taten, wurde es ihm von einem der Stadträte aus Rubio oder von einem der Regierungsmitglieder aus San Cristóbal sofort gemeldet, und Don Juan konnte, falls nötig, noch eingreifen. Man hatte sich an diesen Zustand gewöhnt. Don Juan war zum unumschränkten Herrscher im Táchira geworden. Er wusste natürlich, dass er dafür von seinem Freund aus San Cristóbal heftig kritisiert wurde, und die wenigen Male, die es Don Rodrigo in den letzten Wochen gelungen war, zu Don Juan am Telefon durchzudringen, hatte er immer Ausreden parat. Don Juan vermied die offene Aussprache mit seinem Freund, dem ehrlichen Kritiker. Don Rodrigo war der Einzige, der in dieser Zeit scheinbar vollendeten Glücks immer wieder Salz in die Suppe streute, er war sein »demokratisches Gewissen«. Offen sprach er von der neuen Korruption, die sich Don Juan selbst geschaffen habe.

Als Don Juan seinen Freund dort auf den Stufen der Kirche von Rubio stehen sah, beugte er sich zu einem der unter ihm stehenden Polizisten herunter und bat ihn, zu Don Rodrigo Torres zu gehen und ihm zu sagen, er möge doch bitte nach der Kundgebung in die Casa Morales kommen, um mit ihm zu Abend zu essen.

Als Don Juan sah, dass sein Freund ihm bestätigend zunickte, war er beruhigt. Er wollte nicht am nächsten Morgen irgendwelche unliebsamen Dinge über sich in der Zeitung lesen. Da würde ein klärendes Gespräch mit Don Rodrigo, bevor der seinen Artikel schrieb, sicher hilfreich sein.

Don Juan hielt an jenem Tag eine flammende Rede, immer wieder unterbrochen durch frenetischen Beifall. Er sprach über die Erfolge der letzten Monate, den intensiven Kampf gegen die Korruption, »den Weg, den wir Venezolaner gehen müssen,

damit unser Land in der internationalen Staatengemeinschaft wieder den Platz einnehmen kann, der uns gebührt!«
Und wieder hob er beide Arme, und wieder kehrte im Nu Ruhe ein.
»Unser Land, liebe Freunde, braucht euch alle! Jeder Einzelne ist aufgerufen, seinen Beitrag zu leisten! Jeder Einzelne von euch wird gebraucht, glaubt nicht, ihr könnt die da oben regieren lassen und eure Tätigkeit beschränkt sich darauf, ab und zu zur Wahlurne zu gehen!«
Applaus brauste auf.
»Nein, liebe Freunde, ihr alle, jeder Einzelne muss sich fragen, was er oder sie für unser Land tun kann! Unsere Vorväter, hier hinter mir, hier der auf seinem Denkmal, unser Befreier Simón Bolívar, und jeder Einzelne, der damals mitgekämpft hat, damit wir ein freies Land werden konnten: Keiner von ihnen hat gewartet, bis sie befreit wurden! Nein, jeder Einzelne eurer Vorväter hat zu den Waffen gegriffen oder hat die Schaufel in die Hand genommen oder hat den Mörtel angerührt, jeder an seiner Stelle, jeder für seine Aufgabe, und so haben wir Venezuela zu dem gemacht, was es heute ist, mehr noch: Wir können unser Land in eine viel bessere Zukunft bringen, indem wir alle gemeinsam kämpfen gegen die Korruption, gegen die Drogen, und für unseren gemeinsamen Erfolg!«
Ein unbeschreiblicher Jubel brach aus, die Leute waren nicht mehr zu beruhigen.
»Don Juan!« – »Don Juan!« – »Don Juan!«
Er stieg von seinem Podium, als er sah, dass er sich auch mit beiden hoch in den Himmel gestreckten Händen nicht mehr durchsetzen konnte. Na, dann lassen wir sie eben feiern, dachte er, zufrieden mit sich selbst und seinem Auftritt.
Es dauerte eine ganze Weile, bis Don Juan sein Haus wieder

erreichte, mittlerweile umringt von einer ganzen Gruppe Soldaten aus der nahe gelegenen Garnison. Der Bürgermeister, besorgt um die Sicherheit von Don Juan, hatte den wachhabenden Kommandanten verständigt, der persönlich mit einer Mannschaft seiner besten Leute anmarschiert kam. Don Juan nahm die Eskorte gerne an, so kam man doch wesentlich schneller voran. Dass ihm jemand etwas antun könnte oder wollte, glaubte er keine Sekunde.

Don Rodrigo war schon da, als ihn die Eskorte zu Hause ablieferte. Der Kommandant hatte es sich nicht nehmen lassen, jeweils zwei Soldaten an beiden Eingängen des Hauses zu postieren, am Vordereingang und an der Seite, dazu an der Einfahrt zum Küchenhof und den Garagen. Immerhin, so hatte der Bürgermeister zum Kommandanten gesagt, ist die Casa Morales jetzt so etwas wie der inoffizielle Regierungssitz!

Don Rodrigo kam dem Helden von Rubio entgegen.

»Das war wieder ein großartiger Auftritt, Don Juan! Vor allem, als Sie die Leute aufgefordert haben, nicht zu fragen, was das Land für sie tut, sondern was sie für unser Land tun können, das war reinster John F. Kennedy!«

»Ach, lassen Sie das, Don Rodrigo, ich weiß ja, dass Sie mit mir in vielem nicht einig sind. In Ihren Augen sollte ich nicht einen so starken Einfluss nehmen, wenn ich kein offizielles Amt bekleide. Ich weiß das, aber die Leute wollen es so!«

»Nein, mein lieber Don Juan, die Leute wollen es so, weil sie wissen, dass Don Juan Vicente Morales es so will!«

»Ich verstehe Ihre Einwände, und ich verstehe auch, warum Sie das nicht möchten.«

»Verstehen Sie das wirklich, Don Juan? Oder ist es nicht einfach bequem, angenehm und schmeichelhaft, die Macht in Händen zu haben? Man kann so vieles bewirken, oder?«

»Nicht ironisch werden, Don Rodrigo!«
»Ich meine es ernst. Sie verstoßen tagtäglich gegen alle Prinzipien, die wir uns beide so sehr für unser Land gewünscht hatten.«
»Ich weiß, mein Freund, ich habe aber auch viel nachgedacht in den letzten Wochen. Ich weiß, so wie wir das derzeit in Rubio und in San Cristóbal machen, geht es nur für eine Übergangszeit: bis das neue System läuft und bis es in den Köpfen der Leute festsitzt, dass der neue Weg eine Politik ohne Korruption sein muss, ohne persönliche Bereicherung und wirklich nur zum Wohle der Gemeinschaft und des Staates.«
»Und dann, nach dieser Übergangszeit? Und wer bestimmt, wie lange diese Übergangszeit dauern soll?«
»Ich denke, die Übergangszeit muss spätestens im Herbst zu den nächsten Präsidentenwahlen vorbei sein.«
»Und was heißt das, Don Juan?«
»Das heißt, dass ich mir viele Gedanken gemacht habe. Die Hazienda kann mittlerweile ganz gut von meinem Verwalter Ramón Mantilla geführt werden. Und Sie wissen ja, ich habe keine Erben. Was Ramón noch nicht weiß: Ich werde ihm und Roberto und einer kleinen Gruppe der treuesten Arbeiter, die zum Teil schon in der zweiten und dritten Generation bei uns arbeiten, Schritt für Schritt die Anteile an der Hazienda übertragen, und …«
Rodrigo Torres fiel seinem Freund ins Wort.
»Don Juan«, sagte er mit weit geöffneten Augen, »das heißt, Sie wollen kandidieren? Ich kann es kaum fassen!«
»Ach, mein lieber Freund, ich sehe es ja ein, was Sie mir vorhalten, dass es so nicht weitergehen kann, wie wir das derzeit machen – obwohl wir damit sehr erfolgreich sind.«
»Don Juan! Sie machen mir das größte Geschenk!«

»Langsam, Don Rodrigo, langsam! Ich knüpfe daran einige Bedingungen: Erstens möchte ich nicht, dass Sie zum jetzigen Zeitpunkt darüber berichten. Schreiben Sie ruhig über den heutigen Tag auf der Plaza Bolívar, aber bitte erwähnen Sie mit keiner Silbe die Möglichkeit einer Kandidatur für das Präsidentenamt. Denn wir müssen uns genau überlegen, wie wir das angehen. Ohne Parteiapparat! Und vor allem: zu welchem Zeitpunkt wir damit an die Öffentlichkeit gehen. Und dann müssen wir versuchen zu analysieren, welche Chancen wir überhaupt haben, gewählt zu werden. Wer sind die anderen Kandidaten, und was müssen wir tun, um ein überzeugendes Wahlprogramm aufzustellen? Nur gegen die Korruption zu sein, das genügt wohl nicht.«

»Don Juan, ich bin Feuer und Flamme! Ich kann es kaum glauben. Ganz genau, all diese Punkte müssen wir uns überlegen. Wir haben keine Partei, die uns trägt, aber andererseits ist das ja schon Teil des Programms der Morales-Partei!«

»Ah, Sie haben der Partei schon einen Namen gegeben?«

»Einen Arbeitstitel, Don Juan, nur als Arbeitstitel! Aber irgendetwas mit *movimiento* sollte es sein! Wie zum Beispiel *Movimiento Moral para la Patria Venezolana – MOMOPAVE!* Oder so ähnlich. Uns wird ein geeigneter Name einfallen, vor allem aber, und das wäre tatsächlich der nächste Schritt, müssen wir eine vernünftige Mannschaft aufstellen.«

»Oder MOPAVE, lassen Sie lieber die Moral aus dem Spiel, das ist nur ein Wortspiel mit meinem Namen!«

Don Juan lachte.

»Was ist, Don Juan?«

»Ich lache, weil MOPAVE auch MORALES PARA LA PATRIA heißen könnte!«

Jetzt musste auch Don Rodrigo lachen.

Don Juan fuhr lachend fort: »Ich erinnere mich außerdem an meinen Onkel José Miguel und unseren Besuch damals in Kolumbien, bei der Exilregierung von Rafaél Pinzón, damals wurden auch die Posten verteilt, aber es kam nie zu dem geplanten Staatsstreich.«
»Seien Sie froh, Don Juan, das hätte ein böses Ende genommen. Außerdem, und diesen feinen Unterschied bitte ich Sie zu beachten: Wir stellen kein Kabinett zusammen für einen bevorstehenden Staatsstreich, sondern wir werden versuchen, eine gute Mannschaft zu finden, die so überzeugend sein muss, dass sie mit einer großen Mehrheit gewählt wird. Diese Mannschaft darf selbstverständlich Ihre Handschrift tragen, und sie soll es auch.«
In diesem Moment wurden sie unterbrochen. Draußen auf der Straße war offensichtlich ein Tumult ausgebrochen. Schon kam Maruja mit einem der Soldaten vom hinteren Hof hereingeplatzt.
»Don Juan! Stellen Sie sich vor, der *Libertador* ist gestürzt!«
»Was redest du da für einen Unsinn, Maruja?«
»Nein, Don Juan, lassen Sie den Teniente berichten!«
Der Soldat berichtete, was soeben auf der Plaza Bolívar geschehen war: Die große, schwere Bronzestatue des Simón Bolívar war von ihrem Sockel gefallen.
Sofort eilten Don Juan und Don Rodrigo hinunter zur Plaza, wo die Menschentraube sprachlos vor dem Desaster stand. Die hinteren Beine des Pferdes waren gebrochen, und das Pferd mit seinem Reiter war auf eine Seite herabgestürzt.
»Früher oder später musste das Reiterstandbild wohl umfallen«, sagte der Bürgermeister. »Es war wahrscheinlich falsch berechnet, es lag zu viel Gewicht auf den Hinterbeinen, es konnte statisch nicht in Ordnung gewesen sein, das ganze Gewicht lastete auf den Hinterbeinen, sie waren zu schwach.«

»Anscheinend«, fuhr er fort, »hat bereits vor einigen Wochen, noch während der Amtszeit meines Vorgängers, eine Abordnung im Rathaus vorgesprochen, um darauf hinzuweisen, dass man Risse an den Hinterbeinen des Pferdes festgestellt hätte, auf denen das Pferd ja steht, aber man hat nicht darauf reagiert. Jetzt wird man wohl den Künstler beschuldigen, er habe das Standbild falsch konzipiert oder schlechte Materialien verwendet. Man hat aber auch bereits den Vorwurf der Sabotage erhoben, vorhin ist auch schon eine Anzeige gegen Unbekannt vorgebracht worden.«

»Ich denke«, sagte Don Juan, »man wird hier wohl eine Kommission bilden müssen, die zusammen mit Technikern untersuchen sollte, ob eventuell Sabotage vorliegt, so etwas ist natürlich immer möglich. Eine plausible Erklärung könnte natürlich auch sein, dass die Belastung durch die vielen jungen Leute zu groß war, die vorhin bei der Kundgebung auf das Pferd geklettert sind.«

»Das war mir im Trubel gar nicht aufgefallen …«

»Mir schon, es waren mindestens sechs oder sieben junge Burschen, die während meiner Rede auf das Pferd geklettert sind, wohl um besser sehen zu können. Ich habe gedacht, hoffentlich hält das das Denkmal aus! Insofern trifft mich zumindest eine Mitschuld, weil ich es gesehen, aber nichts gesagt habe!«

»Ja, aber Sie hatten wirklich anderes im Sinn«, entgegnete der Bürgermeister, »wenn überhaupt, dann wäre es die Aufgabe der Polizei gewesen, darauf zu achten.«

»Wie auch immer: Wir können von Glück reden, dass bei dem Unglück niemand zu Schaden kam und keinem der jungen Leute etwas passiert ist!«

Don Juan ging gemeinsam mit Don Rodrigo zu seinem Haus zurück. Maruja bot den Herren jedoch einen ganz anderen Grund für den Sturz des Pferdes.

»Sie wissen schon, was die Leute auf der Plaza sagen?«
»Maruja, du wirst es uns sicher sagen!«
»Sí, Señor. Für die Leute ist die Sache ganz klar: Das Pferd des *Libertador*, jener herrliche Schimmel mit dem Namen Palomo, der Simón Bolívar bei allen wichtigen Schlachten so tapfer gedient hat, wollte das Rennen um die Präsidentschaft nicht mitlaufen. Es ist ein schlimmes Vorzeichen! Die Leute sagen auch, man hat uns betrogen, das Denkmal war gar nicht aus Bronze, sondern aus Gips. Und dass es ein Zeichen Gottes ist, denn wenn uns schon Simón Bolívar verlässt, dann Gnade uns Gott!«
Don Rodrigo musste lachen.
»Nein, Señor, bitte lachen Sie nicht!«, widersprach Maruja. »Das passiert, weil der *Libertador* mit den Kandidaten für die Präsidentschaftswahl nicht einverstanden ist. Warum gibt er ausgerechnet uns hier in Rubio dieses Zeichen? Weil …« – jetzt sah sie Don Juan direkt in die Augen – »… weil er will, dass Don Juan kandidiert, er will, dass er Präsident wird!«
»Langsam, langsam, Maruja! Bitte glaub nicht alles, was du von den Leuten auf der Straße hörst.«
Rodrigo Torres schaute lächelnd zu Don Juan hinüber.
»Danke, Maruja. Jetzt lass uns bitte wieder allein.«
»Sí, Señor.«
»Sehen Sie, Don Juan? Simón Bolívar persönlich will, dass Sie Präsident werden!«
»Genauso gut hätte man sagen können: Weil Simón Bolívar in Rubio von seinem Sockel gestürzt ist, will er nicht, dass jemand aus Rubio Präsident wird!«
Jetzt mussten sie beide lachen.
»Wir wissen doch alle, Don Juan, auf Logik kommt es hier und generell in der Politik nicht an. Die Leute wollen hören, was sie hören wollen!«

Gut gelaunt stand Don Juan auf, um die Zigarren zu holen.
»Dieses Mal denke ich aber daran, Ihnen zuerst eine anzubieten! Greifen Sie zu, es sind besonders gute kubanische Partagas, die hat mir jemand aus dem Club Sucre gebracht.«
»Als Geschenk?«
»Natürlich. Er wollte sich bedanken, weil ich ihm geholfen habe ...«
Don Juan hielt mitten im Satz inne, weil ihm bewusst wurde, dass er im Begriff war, etwas zu sagen, was Don Rodrigo kritisieren würde.
»Don Juan! Ich muss Ihnen dazu nichts sagen, wobei ich gar nicht weiß, was Sie mir erzählen wollten, aber es ist ganz offensichtlich etwas, womit sie gegen unsere strengen Prinzipien der Unbestechlichkeit verstoßen haben. Und weil Sie mitten im Satz angehalten haben, wissen Sie es selbst!«
Don Juan rutschte auf seinem Schaukelstuhl etwas ungemütlich hin und her.
»Es war wirklich etwas ganz Unbedeutendes, er wollte, dass sein Sohn ...«
»Don Juan, Sie müssen sich vor mir sicher nicht rechtfertigen. Sie haben bestimmt etwas sehr Ehrenvolles getan, und Sie haben sich nicht selbst bereichert, was immer Sie für den Mann getan haben. Aber seien Sie vorsichtig! Wenn Sie wirklich kandidieren, müssen Sie unangreifbar sein. Sie werden mit der Forderung ins Rennen gehen, dass ein für alle Mal Schluss sein muss mit der Korruption. Die Leute werden Sie genau beobachten. Jeder noch so kleine Ausrutscher kann Ihnen negativ ausgelegt werden.«
»Es ist schwer, das muss ich zugeben, es ist doch in unserer Mentalität offensichtlich fest verankert, dieses: Helfe ich dir, dann hilfst du mir!«

»Ich weiß, aber Sie müssen aufpassen. Die Grenzen sind fließend zwischen dem, was noch geht, und handfester Korruption, und als Präsident wären Sie noch viel gefährdeter. Ganz ehrlich: Sie wären der Erste, der seine Machtposition nicht ausnutzen würde.«

»Soll ich mir das denn wirklich antun, Don Rodrigo? Das wird ein sehr ungemütliches Leben.«

»Erstens sind Sie noch nicht gewählt, das ist noch ein langer Weg. Und zweitens werden Sie immer, wenn Sie das wollen, einen Freund an der Seite haben, der auf Sie aufpasst.«

»Das wäre ohnehin eine meiner Bedingungen, mein Freund. Wenn ich tatsächlich meine Hazienda aufgebe, dann müssten Sie Ihre Zeitung aufgeben und mit mir nach Caracas gehen!«

»Keine einfachen Entscheidungen für uns zwei!« Mit diesen Worten verabschiedete sich Don Rodrigo.

Don Juan schlief in dieser Nacht schlecht. Immer wieder wachte er auf, aber nicht von bösen Träumen, sondern weil er einen leichten Schlaf hatte, er konnte nicht zur Ruhe kommen. Als er endlich am frühen Morgen in Tiefschlaf fiel, weckten ihn Polizeisirenen. Sofort war er hellwach. Rasch zog er sich seinen Hausmantel über und rief nach Maruja.

»Maruja? Was ist los?«

»Ich weiß es nicht, Don Juan. Jetzt gebe ich Ihnen erst einmal eine schöne Tasse Kaffee, dann gehe ich hinaus und sehe nach.«

Don Juan setzte sich mit seiner Kaffeetasse in einen der Schaukelstühle.

Kurze Zeit danach kam Maruja aufgeregt in den Patio zurück.

»Stellen Sie sich vor, Don Juan, direkt hier gegenüber, in dem Haus an der Ecke, das frühere Haus der Familie Pinzón, Sie wissen schon, in dem die alte Dame gestorben ist und jetzt nur noch die Haushälterin, die alte Maria, das Haus hütet, da hat-

ten sich offenbar in den letzten Wochen ein paar Typen einquartiert, in einem der hinteren Höfe. Die alte Maria sagt, sie habe nichts mitbekommen, weil sie sich nur im vorderen Teil des Hauses aufhält, den hinteren Teil mit den Wirtschaftshöfen habe man schon seit vielen Jahren nicht mehr genutzt. Die Männer haben da hinten offenbar einen florierenden Drogenhandel aufgezogen. Da gibt es ein Tor, das ist normalerweise immer verschlossen, direkt gegenüber von unserem Garagentor, in der Seitenstraße, da gingen die Kerle ein und aus!«
»Maruja, direkt vor unserer Nase?!«
Sí, Señor, ich kann es selber kaum glauben. Offenbar gab es Streit, die alte Maria hat etwas gehört, und Gott sei Dank ging sie nicht selbst nach hinten, sondern rief gleich die Polizei an. Die haben vorhin das Haus umstellt, da stehen mindestens sechs oder acht Polizeiautos, und es waren tatsächlich noch ein paar von den Männern da … Die anderen waren offenbar schon ausgeflogen, da gibt es ein Bettenlager für mindestens zehn Leute, sagte mir die alte Maria!«
»Und haben sie was gefunden?«
»Eine ganze Menge anscheinend! Ein komplettes Warenlager!«
»Maruja, Maruja, was sollen wir nur machen! Zuerst auf meiner eigenen Hazienda, dann hier bei unserem Nachbarn, es ist überall!«
»Don Juan, der Comandante hat mir auf der Straße gesagt, dass er gerne zu Ihnen kommen möchte, sobald Sie angezogen sind.«
Don Juan schaute auf seine Uhr. Es war halb sieben Uhr morgens.
»Sag ihm, in zwanzig Minuten kann er kommen!«
Sein Morgenritual wurde etwas verkürzt, Don Juan hatte nicht die Muße für eine gründliche Rasur mit Rasierschaum und seinem altmodischen Rasiermesser. In solchen, Gott sei Dank sel-

tenen Fällen der Eile benutzte Don Juan lieber den elektrischen Rasierer, der ihn zwar immer etwas unbefriedigt aus dem Badezimmer treten ließ, aber zumindest unversehrt. Zu oft hatte er sich, wenn Eile geboten war, mit dem scharfen Rasiermesser geschnitten. Dafür brauchte man Ruhe, es war ein Akt der Meditation, fast schon ein philosophischer Akt – weswegen Don Juan seine Nassrasur mit dem Messer so schätzte. Nur, heute ging das nicht. Dazu war er viel zu erregt.

Der Comandante ließ nicht lange auf sich warten und redete auch nicht um den heißen Brei herum: »Don Juan, wenn ich nicht wüsste, wer Sie sind und dass Sie ein integrer Mann sind … – Das sind Sie doch, oder?«

»Comandante, was meinen Sie damit?«

»Wenn ich nicht wüsste, wer Sie sind«, fuhr er fort, müsste ich Sie jetzt verdächtigen und vorläufig mitnehmen.«

»Ja, um Gottes willen, und warum?«

»Weil es kaum zu erklären ist, wie es sein kann, dass Sie von dem Treiben bei Ihnen direkt gegenüber, sozusagen vor Ihrer Nase, nichts mitbekommen haben. Ein reges Kommen und Gehen, ein offenbar recht erfolgreicher Drogenhandel mit Säcken, die aus demselben Material sind wie die Säcke, die wir auf Ihrer Hazienda gefunden haben, als wir dort eine ausgewachsene Coca-Plantage entdeckten – und wir sollen glauben, Sie hätten mit alledem nichts zu tun?«

Don Juans Augen funkelten vor Zorn.

»Aber das ist doch zu lächerlich. Selbstverständlich habe ich damit nichts zu tun! Und: Auf der Hazienda haben Sie gar nichts *entdeckt*, sondern *wir* haben Sie gerufen, schon vergessen? Mit dem Drogenhandel meines Neffen hatte ich rein gar nichts zu tun, das haben wir damals alles geklärt. Und was im Haus unserer Nachbarn vor sich geht, da muss ich sagen, das ist uns tatsächlich vollkommen entgangen. Diese Aktivitäten müssen nachts stattgefunden haben. Meine Maruja hat bekannterweise einen tiefen Schlaf, wenn sie schläft, dann schläft sie. Und mein Schlafzimmer ist das Zimmer des Hauses, welches am weitesten entfernt liegt von der Seitenstraße, die uns vom Nachbarn trennt.«

»Ich sage ja nicht, dass ich Sie persönlich verdächtige, Don Juan. Ich sage nur, dass Sie in Ihrem unmittelbaren Umkreis wachsamer sein sollten!«

Der Comandante ließ einen konsternierten Don Juan zurück.

Don Juan griff zum Telefon, um Rodrigo Torres anzurufen.

»Don Rodrigo, stellen Sie sich vor, was mir soeben zugestoßen ist!«

Sein Freund hörte sich den Bericht in Ruhe an, bevor er antwortete. »Gut, dass Sie mich anrufen und mir die Sache erklären. Ich hätte Sie ohnehin sofort angerufen, wenn mich meine Reporter, wahrscheinlich innerhalb der nächsten Stunde, aus Rubio anrufen. Stellen Sie sich vor, einer meiner Leute würde schreiben: *Großer Drogenfund in unmittelbarer Nähe von Don Juan Vicentes Haus – Gibt es einen Zusammenhang mit den Cocapflanzungen auf seiner Hazienda?* – oder etwas Ähnliches.«

»Das ist doch absurd!«

»Ja natürlich, weil wir wissen, wie es wirklich war. Aber die Leute wollen doch den Skandal, und stellen Sie sich vor: Es gäbe doch kaum etwas Aufregenderes, als in der Zeitung zu lesen, dass ausgerechnet Don Juan Vicente Morales eine Verbindung zum Drogenkartell von Cali oder Medellín hätte. Nicht auszudenken, ausgerechnet jetzt, wo Sie tatsächlich antreten wollen …«

»Hören Sie auf, Don Rodrigo, bitte nicht am Telefon! Kann es sein, dass mir hier jemand auf eine sehr perfide Art und Weise

etwas anhängen will und so meine politische Karriere zu Fall bringt, bevor wir überhaupt richtig losgelegt haben?«
»Also, Don Juan, ich kann es mir kaum denken, aber heutzutage …«
Nach einer kurzen Pause fuhr er fort: »Ich komme am besten in den nächsten Tagen noch einmal zu Ihnen, um das zu besprechen. Denkbar ist leider alles! Aber jetzt beruhigen Sie sich erst mal!«
Das war leichter gesagt als getan.
Don Juan rief Maruja zu sich. »Jetzt sag mir mal ganz ehrlich, Maruja, dein Haus im hinteren Garten ist ja nun genau gegenüber vom Tor des Nachbarhauses, hast du nie etwas gehört?«
»Ach, Don Juan, das hat mich der Comandante auch schon gefragt. Ich habe nichts gehört. Sie wissen ja, wenn ich schlafe, dann schlafe ich wie ein Stein.«
»Ich weiß, Maruja, beneidenswert!«
»Nur einmal, irgendwann letzte oder vorletzte Woche, da bin ich aufgewacht. Aber da war nur das Bellen eines Hundes, da denken wir uns normalerweise nicht so viel, es bellt immer irgendein Hund in der Umgebung. Aber ich hörte auch Stimmen von der Straße, da habe mir auch nichts dabei gedacht, Don Juan, und bin wieder eingeschlafen.«
»Maruja, kannst du dir vorstellen, dass uns da jemand etwas anhängen möchte?«
»Ich weiß es nicht, Don Juan. Wer sollte es wagen …«
»Es gibt möglicherweise genug Leute, die uns Böses wollen. Also halte Augen und Ohren auf!« Don Juan beschloss, auf die Hazienda zu fahren, den Caribú satteln zu lassen und auszureiten. Das hatte ihn bisher noch immer beruhigen können.

XVII. DIE ANKÜNDIGUNG

Eine Woche später läutete das Telefon, während Don Juan beim Frühstück saß. Maruja kam in das Esszimmer gelaufen.

»Don Juan, nehmen Sie bitte das Gespräch in Ihrem Arbeitszimmer an, es ist der Gouverneur!«

»Der Gouverneur? So früh? Hoffentlich ist nichts passiert!«

Der Professor hatte sich mittlerweile ganz gut als Gouverneur eingearbeitet. Seine Arbeit fiel ihm sichtlich leichter als ursprünglich gedacht, auch weil er wusste, im Zweifel konnte er Don Juan jederzeit anrufen.

»Don Juan Vicente!« Der Gouverneur schien ziemlich nervös zu sein. »Ich muss Ihnen eine wichtige, vertrauliche Mitteilung machen. Das kann ich leider nicht am Telefon. Bitte warten Sie auf meinen Boten, er wird Ihnen ein Schreiben überbringen und alles Weitere dazu erklären.«

»Mein lieber Professor« – so sprach Don Juan den Gouverneur immer an, denn er war der Meinung, dass ein Professorentitel viel ehrenhafter war als der eines Gouverneurs – »gut, ich bleibe im Haus, bis Ihr Bote eingetroffen ist.«

»Es ist eine sehr vertrauliche Angelegenheit und von höchster nationaler Sicherheitsstufe. Daher dürfen Sie mit niemandem darüber sprechen, bis zur Freigabe, mit niemandem!«

»Das ist ja höchst geheimnisvoll. Ich bin sehr gespannt!«

Kurze Zeit danach kam der Bote des Gouverneurs, ein junger Colonel, den Don Juan aus San Cristóbal wiedererkannte. Er gehörte zur Schutztruppe um den Gouverneur und diente ihm wohl teils als Bodyguard, aber auch als persönlicher Assistent.

Nachdem er sich versichert hatte, dass sie allein waren und auch Maruja sich nicht in Hörweite befand, übergab der Colonel ein Schreiben.

»Ein Schreiben des Präsidenten der Republik?«

»Sí, Señor.«

»Und was ist daran so geheimnisvoll?«

»Es ist hauptsächlich sicherheitsrelevant, Don Juan Vicente. Es handelt sich um den bevorstehenden Besuch des Präsidenten hier bei Ihnen in Rubio, und das muss aus Sicherheitsgründen in jedem Fall streng geheim bleiben, bis Miraflores, bis der Präsidentenpalast selbst den Besuch und die Route des Besuches bekannt gibt. Und bis dahin darf unter keinen Umständen etwas an die Öffentlichkeit. Sie sollen natürlich vorzeitig informiert werden, weil Sie direkt betroffen und involviert sind.«

»Der Präsident kommt nach Rubio? Zu mir? Du meine Güte!«

»Er wird natürlich in Begleitung des Gouverneurs kommen. Der Präsident fliegt mit der Präsidentenmaschine mit der sogenannten kleinen Entourage, bestehend aus der Truppe der Nationalgarde zu seinem Schutz sowie Sekretären und einem Staatssekretär, von Caracas zum Militärflughafen von Santo Domingo. Er fährt aber nicht nach San Cristóbal hinein, sondern begibt sich, begleitet vom Gouverneur, der ihn am Flughafen empfängt, mit drei Helikoptern direkt zu Ihnen auf die Hazienda La Cayena. Es wäre schön, wenn Sie dem Präsidenten einen kleinen Rundgang ermöglichen würden, denn er

möchte sich über den Stand der Kaffeeproduktion in Táchira erkundigen, er interessiert sich vor allem für die Produktionsmethoden. Der Präsident wird sich mit Ihnen zu einem Vieraugengespräch zurückziehen, bevor Sie dann gemeinsam nach Rubio fahren. Es wäre erwünscht, wenn Sie den Präsidenten und den Gouverneur sowie weitere Personen, die wir Ihnen rechtzeitig nennen werden, zu einem kleinen Mittagessen einladen könnten. Und nach dem Mittagessen ist geplant, dass Sie gemeinsam zur Plaza Bolívar gehen, wo eine kleine Kundgebung stattfinden wird.«
Don Juan kam aus dem Staunen nicht heraus.
Er wollte etwas fragen, aber der junge Militär kam ihm zuvor:
»Sonst noch Fragen, Don Juan Vicente?«
Don Juan erlangte langsam wieder die Fassung. »Ja, doch, sogar eine Menge Fragen. Zunächst: Wann soll das Ganze stattfinden?«
»Nächste Woche Donnerstag.«
»Meine eigenen Leute muss ich ja informieren, wir müssen ja Vorbereitungen treffen, für das Essen, und überhaupt.«
»Ihren Leuten dürfen Sie in keinem Fall sagen, dass es sich bei dem Besuch um den Präsidenten handelt. Sagen Sie, es kommt der Gouverneur zu Besuch, was ja auch der Wahrheit entspricht. Kein Wort vom Präsidenten!«
»Kein Wort vom Präsidenten«, wiederholte Don Juan.
»Sollte etwas von dem Besuch durchsickern, wären wir gezwungen, den Besuch aus Sicherheitsgründen abzusagen. Wir müssten dann den Besuch absagen, Don Juan Vicente, haben Sie verstanden?«
»Ja doch, ich habe verstanden, junger Mann!«, erklärte ihm Don Juan etwas indigniert. »Sie scheinen ja um die Sicherheit des Präsidenten sehr besorgt zu sein!«

»Das müssen wir, Don Juan Vicente, denn es gibt von unseren Geheimdiensten leider einige Hinweise auf verschiedene Kräfte, die hier in Táchira tätig sind und von denen unmittelbare Gefahr ausgeht. Wahrscheinlich eines der kolumbianischen Drogenkartelle, was aufgrund der unmittelbaren Nähe zur Grenze hier in Rubio ja auch nicht verwunderlich ist.«

Don Juan musste seufzen.

»Einige Mitglieder der Drogenmafia treiben hier tatsächlich ihr Unwesen.«

»Der nächste Punkt, den ich ansprechen wollte: In den nächsten Tagen kommt aus Caracas General Luís Umberto Machado, der Chef der Nationalgarde, persönlich zu Ihnen mit einigen seiner Leute, um die Hazienda unter die Lupe zu nehmen und um den Weg mit Ihnen abzufahren, den Sie im Präsidentenwagen mit dem Präsidenten und dem Gouverneur nach Rubio zurücklegen werden. Er wird Sie bitten, ihm alle sicherheitsrelevanten Informationen offenzulegen. Er wird Sie Dinge abfragen, die Sie möglicherweise vergessen haben oder die Ihnen noch nie durch den Kopf gegangen sind. Alles ist für die Beurteilung der Sicherheitslage von Bedeutung, jede Information kann möglicherweise lebensrettend sein.«

»Ist das nicht etwas übertrieben?«

Der eiskalte Blick des Colonels gab schon die Antwort. Sein etwas schneidendes »Nein!« wäre da nicht mehr notwendig gewesen.

Vor lauter Aufregung hatte Don Juan den Brief des Präsidenten noch gar nicht geöffnet. Jetzt endlich öffnete er das Kuvert. Darin lag eine Karte vom Präsidentenpalast Miraflores, bedruckt mit dem Wappen Venezuelas und mit nur wenigen handgeschriebenen Worten:

Palacio de Miraflores

Lieber Don Juan Vicente,
Ich freue mich sehr, Sie bald zu sehen.
Ihr
Luís Alvarez Moreno
Presidente de la Republica

Don Juan runzelte die Stirn.
»Ich nehme an, diese knappe schriftliche Form entspricht auch den Sicherheitsvorkehrungen?«
»Vollkommen richtig, Don Juan Vicente. Wir wissen, dass Sie diese knappen Zeilen nicht als Unhöflichkeit werten, sondern wirklich nur als Vorsichtsmaßnahme.«
»Ja, ja, selbstverständlich.«
»Wenn Sie sonst noch Fragen haben, hier darf ich Ihnen meine Karte geben. Aber bitte denken Sie daran: keine sicherheitsrelevanten Fragen und Antworten am Telefon. Ich komme gerne jederzeit wieder zu Ihnen, wenn Sie mich brauchen. Ansonsten wird Sie das Büro in den nächsten Tagen informieren, wann Sie mit dem Eintreffen des Generals zur konkreten Planung des Besuchs rechnen dürfen.
Mit einem recht zackigen Gruß verabschiedete sich der Colonel und ließ einen ziemlich verwirrten Don Juan zurück.

»Bravo, Juanito!«, meldete sich sein Alter Ego zurück. »Du hast es ganz schön weit gebracht! Jetzt besucht dich schon der Präsident!«
»Ach, halt's Maul! Ich muss nachdenken. Ich kann dich jetzt gar nicht gebrauchen!«
»Gerade deswegen bin ich ja da. Du weißt, du kannst alles mit mir besprechen, ich helfe dir sogar beim Nachdenken!«
»Also, jetzt hör mal zu, mein Lieber! Das Ganze ist schon kompliziert genug, da kann ich mich nicht auch noch mit dir aufhalten. Lass mich in Ruhe!«
»Aber du hältst dich ja nur auf, wenn du dich gegen mich wehrst! Ich geh nicht weg, weil ich gar nicht weggehen kann. Ich bin leider mit dir fest verbunden, das weißt du!«
Besorgt steckte Maruja den Kopf in die Tür. »Don Juan, ist irgendetwas? Ich mache mir Sorgen, dieser Besuch … Ich habe Stimmen gehört und dachte, Sie rufen vielleicht nach mir?«
»Nein, Maruja, alles ist in Ordnung, ich habe wohl Selbstgespräche geführt.«
Ein paar Tage später meldete sich General Luís Umberto Machado und kündigte seinen Besuch für den Nachmittag auf der Hazienda an. Bereits eine Stunde zuvor rückte ein ganzer Konvoi von Militärfahrzeugen an.
»Patrón!« Ein ziemlich verdutzter Ramón trat zu Don Juan. »So viel Aufwand für den einfachen Besuch des Gouverneurs, das ist doch nicht normal!«
»Ich weiß, Ramón, anscheinend sind sie um die Sicherheit sehr besorgt.«
Don Juan lächelte. Er war stolz darauf, dass es ihm gelungen war, das Geheimnis zu wahren. Ramón konnte ja nicht ahnen, dass es sich um die Vorhut des Präsidenten handelte. Aber Don Juan war sich nicht sicher, ob Ramón nicht doch etwas ahnte.

Er hatte ja recht. So ein Aufwand für den Besuch des Gouverneurs! Eigentlich konnte das nicht sein.
Die Männer ließen sich von Ramón im Haus und auf dem Gelände herumführen.
Etwas später erschien der General. »Er erschien« – das war wohl das richtige Wort, dachte Don Juan. Der Mann war wirklich eine Erscheinung! Sehr elegant in seiner olivgrünen Uniform, mit viel Gold und Ehrenzeichen, einer tadellosen Figur und sehr kurz geschorenem Haar. Er grüßte zunächst militärisch, mit der Hand an der Mütze, nahm dann die Mütze ab und schüttelte Don Juan kurz, aber sehr kräftig die Hand.
Mit seinem Händedruck will er mir offensichtlich zeigen, wie resolut er ist, dachte sich Don Juan.
»Don Juan Vicente, Sie wissen, ich bin hier, um den Besuch des Präsidenten vorzubereiten.«
»Das ist mit bekannt, General.«
An einem leichten Zucken im Gesicht sah Don Juan mit Vergnügen, dass der General es offenbar gewohnt war, mit »*Herr* General« angesprochen zu werden.
»Ich schlage vor, General, dass ich Sie zu den Orten führe, die ich dem Präsidenten zeigen möchte, Ihnen erkläre, wo und wie lange wir uns jeweils aufhalten werden, und überlasse Sie dann meinem Mayordomo Ramón Mantilla, der bereits mit Ihren Leuten unterwegs ist. Sie können dann in Ruhe entscheiden, welche Vorbereitungen Sie treffen.«
»Das ist so in Ordnung, Don Juan Vicente. Ich denke, wir benötigen circa zwei Stunden, um uns mit den Örtlichkeiten vertraut zu machen und zu entscheiden, wo und wann während Ihres Rundganges mit dem Herrn Präsidenten wie viele Personen postiert werden müssen.«

Der General betonte den *Herrn* Präsidenten besonders auffällig, um Don Juan seine Missbilligung darüber auszudrücken, dass dieser den *Herrn* weggelassen hatte.

»Und in etwa zwei Stunden würde ich dann gerne mit Ihnen die Strecke zu Ihrem Haus in Rubio abfahren. Der Kommandant der hiesigen Garnison ist informiert, er wird auf der Straße nach Rubio alle zehn Meter einen Mann postieren. Und eine halbe Stunde vorher werden die Fähnchen an die Anwohner verteilt, die angewiesen sind, vor ihren Häusern die Straße zu säumen und kräftig zu winken.«

»Um unsere Leute, General, brauchen Sie sich nicht zu sorgen, das sind brave Leute, die meisten Anwohner der Straße hinunter nach Rubio arbeiten ohnehin für mich.«

»Davon gehe ich aus, Don Juan, aber es könnten sich ja theoretisch auch andere Subjekte daruntermischen …«

»Ach, das glaube ich nicht, hier kennt jeder jeden, das würde auffallen!«

»Na, umso besser! Wir werden dennoch sichergehen. Bereits am Vortag werden wir alle Zufahrtsstraßen sperren und Straßenkontrollen errichten. Am besten, Sie geben Ihren Leuten für diesen Tag frei, es sollte sich auch nur eine sehr kleine, überschaubare Anzahl von Leuten auf der Hazienda aufhalten.«

»Wie begründen wir diesen plötzlichen Feiertag?«

»Am Morgen des Tages werden wir offiziell kundtun, dass der Präsident in Begleitung des Gouverneurs die Hazienda La Cayena besucht – das dürfte als Grund für den Feiertag wohl ausreichen?«

»Ich denke schon, General, meine Leute werden hocherfreut sein!«

»Selbstverständlich«, fügte Don Juan noch hinzu, »wird es mir eine Ehre sein, für den entstehenden Arbeitsausfall selbst aufzukommen!«

Der General reagierte auf diesen zarten Hinweis überhaupt nicht, so dass Don Juan klar wurde, dass eine Erstattung des Ausfalls noch nicht einmal in Erwägung gezogen worden war.
»Da gibt es noch einen Punkt«, fuhr der General fort. »Wir müssen noch über Ihre Verbindungen zum Drogenkartell sprechen, Don Juan.«
»Wie bitte? *Meine* Verbindungen? Ich muss doch sehr bitten!« Don Juan war konsterniert.
Der General jedoch fuhr völlig ungerührt fort: »Wenn Sie nichts damit zu tun haben sollten, werden Sie es mir ja erklären können!«
Don Juan erwiderte mit hochrotem Kopf, seine Wut unterdrückend: »Ich dachte immer, unsere Geheimdienste seien so gut informiert, dass sich solche Fragen erübrigen würden. Sie müssten doch darüber mehr wissen als ich, wer die Hintermänner waren, die meinen Neffen hinter meinem Rücken – und ohne mein Wissen – dazu gebracht haben, Kokain auf der Hazienda zu lagern, wer hinter den Anpflanzungen oben auf der Savanna stand, auf welche Weise diese Leute einen kleinen, ehrlichen und ehrbaren Mann wie meinen Ziegenhirten, den alten Pedrito, dazu gebracht oder wahrscheinlich gezwungen haben, den Drogenanbau und den Schmuggel auf meinem Grund zuzulassen! Sie müssen doch viel besser wissen als ich, Herr General, wer die Leute waren, die den offenbar schwunghaften Handel mit Drogen in Rubio, im Haus meiner Nachbarn durchführten. Und jetzt fragen Sie ausgerechnet mich, welche Verbindungen ich zu irgendwelchen Drogenkartellen habe?«
Der General reagierte auf den erregten Ausbruch vollkommen gelassen, was Don Juan noch mehr ärgerte.
»Sie können sich sicher sein, Señor Morales, dass wir sehr genau informiert sind über Sie und über alle Menschen in Ihrem

Umkreis. Aber es gehört nun mal zu meinen Pflichten, Sie persönlich zu befragen. Und Ihre ungehaltene Reaktion ist für mich außerordentlich interessant!«

Don Juan beschloss, seine Verärgerung hinunterzuschlucken, aber es fiel ihm schwer, nicht die Beherrschung zu verlieren.

»Vielen Dank für Ihre Belehrung, General. Sie entschuldigen mich einen Augenblick.«

Don Juan ließ den verwunderten General stehen und ging ins Haus.

»Es hat keinen Sinn, sich mit diesem Kerl anzulegen, Juanito!«

»Ah, mein sehr verehrtes Alter Ego! Da bin ich aber froh, dass du dich jetzt auch noch meldest, um mich weiter zu ärgern!«

»Ich will dich nicht noch mehr ärgern, sondern dir helfen, einen klaren Gedanken zu fassen. Der General mag uns nicht, aus welchen Gründen auch immer. Aber er hat sich verraten, als er dich auch noch mit dem sehr respektlosen ›Señor Morales‹ statt wie üblich und angemessen dich mit Don Juan Vicente anzusprechen! Er muss offensichtlich seine Pflicht tun, aber in der Wortwahl schießt er übers Ziel hinaus. Natürlich weiß er, dass wir keine Verbindungen zu den Drogenleuten haben. Er wollte dich reizen, ganz klar, und du bist ihm voll auf den Leim gegangen. Er wollte wissen, wie du auf seine Fragen reagierst, sagt er. Dass ich nicht lache! Er wollte dich einfach nur reizen, dich auf die Palme bringen, und das ist ihm gelungen. Also, am besten ist es, wir gehen da jetzt wieder sehr freundlich raus, du bietest ihm eine schöne Tasse Kaffee an und tust so, als wäre nichts gewesen!«

»Gut, du hast recht!«

Überaus freundlich und bestens gelaunt kam Don Juan kurz danach wieder auf die Veranda, wo er den General zurückgelassen hatte.

»Lieber Herr General, Sie entschuldigen meine Nachlässigkeit, ich hatte Ihnen noch gar keinen Kaffee angeboten. Darf ich Ihnen eine Tasse einschenken?«

Don Juan griff zur Thermoskanne hinter ihm und schenkte Kaffee ein.

»Nehmen Sie Milch oder Zucker?«

Der General war nun vollends verblüfft und wusste zunächst nicht, wie er mit dieser plötzlichen Freundlichkeit umgehen sollte.

»Nein, vielen Dank, Don Juan, ich nehme ihn gerne schwarz«, stotterte er etwas verlegen. Er nahm einen Schluck, fasste sich und sagte nunmehr wieder mit fester Stimme: »Ihr Kaffee ist vorzüglich, das ist mir schon berichtet worden.« Und nachdem er sich geräuspert hatte, fügte er hinzu: »Sie verzeihen mir, falls ich Sie beleidigt haben sollte, Don Juan Vicente, das war mit Sicherheit nicht meine Absicht. Wir sind nur leider gehalten, sehr viel Umsicht walten zu lassen, denn die Gefährdungslage scheint sehr hoch zu sein. Und Sie verstehen, wir müssen sichergehen, dass Sie keine Verbindung zu irgendwelchen Drogenleuten haben …«

»Ich verstehe voll und ganz, General, machen Sie sich keine Sorgen, Sie tun nur Ihre Pflicht. Ich nehme es Ihnen in keinster Weise übel!«

Freunde werden wir wohl nicht mehr, dachte Don Juan, als er dem General die Stufen von der Veranda hinunter zu seinen Leuten folgte.

Knapp zwei Stunden später war die Inspektion der Hazienda beendet. Der General streckte Don Juan die Hand zum Abschied entgegen.

»Don Juan Vicente, ich bedanke mich sehr bei Ihnen für Ihre Unterstützung. Ich denke, die Strecke zurück nach Rubio schaffe ich mit meinen Leuten auch allein. Wir müssen noch die Aufstellung der Posten besprechen. Vielen Dank und bis nächste Woche!«

»Gerne, General! Wir sehen uns!«

Don Juan war wieder allein. Er setzte sich auf einen der Schaukelstühle.

»Da sind wir zwei eine Erfahrung reicher, Juanito!«

»Das kann man wohl sagen. Aber wir haben es ihm gezeigt, diesem arroganten General. Was denkt der sich eigentlich, wen er vor sich hat!«

»Dasselbe denkt er sich wahrscheinlich über dich, Juanito! Der ist den Umgang mit so hohen Persönlichkeiten wie Don Juan Vicente Morales einfach nicht gewohnt!«

»Wie gut, dass wenigstens du immer noch derselbe bist! Aber es ist doch interessant, was man alles erleben muss, wenn man Besuch vom Präsidenten erwartet!«

Zufrieden mit sich selbst, nahm sich Don Juan eine Zigarre. Mit Genugtuung registrierte er, dass er ausnahmsweise sogar mit seinem Alter Ego einer Meinung war.

XVIII. DER BESUCH

Endlich war der große Tag gekommen. Don Juan war bereits am Vorabend auf die Hazienda gefahren. Er hatte die Nacht etwas unruhig geschlafen, aber jetzt saß er ganz entspannt auf der Veranda und sah bei einer Tasse Kaffee dem geschäftigen Treiben auf den Patios vor dem Haupthaus zu.

Der zum Trocknen ausgebreitete Kaffee war am Tag zuvor zusammengekehrt und in Säcken verschnürt ins Magazin getragen worden und die Patios mit Wasser abgespritzt. Jetzt war alles bereit, um die Helikopter des Präsidenten landen zu lassen. Die Wagen der Präsidenten-Kolonne waren eine Stunde zuvor angekommen und standen in protokollarischer Reihenfolge und in Fahrtrichtung innerhalb der Mauern vor dem großen Tor, bereit zur Abfahrt. Mit ihnen war auch General Machado erschienen. Er war am Abend zuvor bereits nach Santo Domingo geflogen und hatte dort die Wagen persönlich inspiziert, bevor sie sich in Richtung auf die Hazienda in Bewegung gesetzt hatten. Auf der Straße zwischen Rubio und La Cayena hatte er die Neugierigen vor ihren Häusern gesehen, die inzwischen mitbekommen hatten, dass sie heute etwas zu sehen bekommen würden.

»Sehr munter, Ihre Leute, Don Juan Vicente, die stehen jetzt schon da und winken!« Der General schien gut gelaunt.

»Mittlerweile hat es sich wohl herumgesprochen, dass der Präsident kommt!«, entgegnete Don Juan.

Der General wandte sich wieder ab, um weitere Kommandos zu geben, kam jedoch nach kurzer Zeit wieder zu Don Juan zurück, um ihm zu melden, dass sich die Helikopter auf dem Weg befänden.

»Der Präsident wird wohl in zehn Minuten hier sein. Wir warten am besten hier auf der Veranda, Don Juan Vicente, bis die Helikopter gelandet sind und die Rotoren abgeschaltet wurden, dann begleite ich Sie zum Herrn Präsidenten.«

Kurze Zeit danach kündigte ein Raunen der wartenden Soldaten die Ankunft an, dann sah Don Juan die Hubschrauber auf die Hazienda zukommen. Zuerst landete der erste, während der zweite und der dritte über ihnen in der Luft schweben blieben. Dem ersten Helikopter entstiegen sehr schnell sechs Männer der Nationalgarde, in voller Montur und mit Maschinengewehren bewaffnet, und sicherten den Landeplatz für den zweiten, den Präsidentenhubschrauber, der jetzt langsam, fast majestätisch und nicht so hektisch wie der erste, auf den Patio herunterschwebte, während der dritte darüber in der Luft stehen blieb. Die Männer der Nationalgarde umstellten den Hubschrauber, und erst als die Rotoren vollkommen zum Stillstand gekommen waren, wurde die Tür geöffnet.

Don Juan und der General waren inzwischen am Helikopter angekommen.

Zuerst erschien der Gouverneur in der Tür. Etwas eingeschüchtert und offenbar überwältigt von den Ereignissen, schüttelte er Don Juan zögerlich die Hand.

»Mein lieber Gouverneur, willkommen auf La Cayena!«, hieß ihn Don Juan willkommen.

Nelson Gutiérrez war von der Situation offenbar etwas überfordert. Er hatte einen hochroten Kopf, möglicherweise war er nie zuvor in einem Helikopter geflogen, es schien ihm auch etwas

schwindelig zu sein. Er war jedenfalls sichtlich erleichtert, wieder festen Boden unter den Füßen zu haben und bei Don Juan in guten Händen zu sein.
Es blieb jedoch nicht viel Zeit für weitere Höflichkeiten, denn jetzt stieg, mithilfe von zwei Männern der Garde, der Präsident aus der Maschine; fast schon wurde er heruntergehoben, was, wie Don Juan bemerkte, wohl auch notwendig war. Der Präsident hatte eine beeindruckende Leibesfülle, die es ihm ganz offensichtlich unmöglich machte, alleine und ohne Hilfe dem Helikopter zu entsteigen.
Er ist noch viel korpulenter als im Fernsehen, bemerkte Don Juan im Stillen. Der dicke, stark aufgedunsene Kopf mit seinem charakteristischen Schnauzbart steckte halslos auf den hochgezogenen Schultern.
Heftig schnaufend, als er endlich festen Boden unter seinen Füßen spürte, und überaus freundlich kam er auf Don Juan zu.
»Don Juan Vicente, ich habe mich sehr auf diesen Tag gefreut. Ich freue mich, Ihre Hazienda kennenzulernen, von der ich so viel Gutes höre, und dass wir Gelegenheit haben werden, ausführlich miteinander zu sprechen. Wir haben ja so vieles zu besprechen!«
»Willkommen, Señor Presidente!«
Hinter ihm salutierte der General erleichtert, als er hörte, dass Don Juan nun doch das förmliche »Herr Präsident« aussprach.
»Ich nehme an, dass ich Ihnen als Erstes eine schöne Tasse von unserem eigenen Kaffee anbieten darf?«
»Ich bitte darum, darauf freue ich mich schon die ganze Zeit!«
Der Präsident, der Gouverneur und Don Juan setzten sich auf der Veranda in die bereitgestellten Schaukelstühle, und Ramóns Frau stellte den drei Herren die Tassen auf den kleinen Tischchen ab, die sie zuvor zu jedem Schaukelstuhl gerückt hatte.

Gott sei Dank waren die Schaukelstühle breit genug und nicht zu niedrig, ging es Don Juan durch den Kopf, darauf hätte mich der General eigentlich vorbereiten sollen! Ich muss nachher Maruja anrufen, dass sie im Haus die niedrigen Sessel beiseiteschafft und dafür die Stühle vom Kartentisch bereitstellt. Die Peinlichkeit, aus diesen tiefen Sesseln nicht mehr alleine aufstehen zu können, die müssen wir dem Präsidenten ersparen!

Nach dem Kaffee begaben sich die Herren auf den Rundgang.

»Lieber Don Juan Vicente, Ihr Kaffee ist ausgezeichnet, schön mild und doch voller herrlicher Aromen!«

»Es wird mir ein Vergnügen sein, Ihnen einen kleinen Vorrat nach Caracas zu senden!«

»Don Juan Vicente, wenn Sie mir schon die Freude machen wollen, könnten Sie mir doch gleich etwas in den Helikopter verladen lassen!«

Don Juan musste schmunzeln. »Aber selbstverständlich, Señor Presidente!«

»Nein, mein Freund, sagen Sie doch bitte nicht immer Presidente zu mir, nennen Sie mich Luís!«

»Don Luís, es ist mir eine große Ehre!«

Der General musste sich sehr wundern, er hatte noch nie gehört, dass sich der Präsident von jemandem mit dem Vornamen ansprechen ließ, nicht einmal von seinen engsten politischen Freunden in der Partei oder den Kabinettsmitgliedern. Alle sprachen sie den Präsidenten mit »Señor Presidente« an. Der General schüttelte leicht irritiert den Kopf. Der Präsident und seine Partei mussten offenbar sehr verzweifelt sein, sich an so einen Mann zu hängen! Ich kann mir nicht denken, dass das Militär bei der Sache mitmacht, sagte sich der General im Stillen. Sein Blick wurde immer finsterer.

Dem hinter dem Präsidenten stehenden Staatssekretär fiel die Mimik des Generals auf. Normalerweise kannte er den General nur als Pokerface. Er musste den Präsidenten unbedingt darauf ansprechen, dachte der Staatssekretär, wusste der General etwas über diesen Morales, was er nicht wusste? Hatte er ihn nicht vollständig informiert? Auch er wunderte sich darüber, dass sich der Herr Präsident mit Vornamen ansprechen ließ. Der Mann hätte den Anstand haben müssen, das abzulehnen, dachte sich der Staatssekretär, er hätte beim respektvollen »Señor Presidente« bleiben müssen, stattdessen sagte er »Don Luís« mit einer Vertrautheit, als hätte er sein ganzes Leben nichts anderes getan! Der Staatssekretär konzentrierte sich wieder darauf, der Konversation zu folgen.

»Ich dachte, Don Luís, wir fangen vielleicht mit unserer kleinen Manufaktur an, und ich zeige Ihnen, wie wir den Kaffee selber rösten.«

Sie überquerten den hinteren privaten Garten und gingen durch ein kleines Tor in eine Lagerhalle.

Ein wunderbarer Duft nach geröstetem Kaffee kam ihnen entgegen.

Zwei Männer und Ramón, der sich nicht nehmen lassen wollte, dem Präsidenten seine Arbeit persönlich zu demonstrieren, standen an einem großen offenen Kessel, der von unten mit kontrollierten Gasflammen erhitzt wurde. Er war mit einer großen schaufelartigen Apparatur versehen, die sich ständig in rotierender Bewegung befand.

»Hier sehen Sie, Don Luís, wie die rohen Kaffeebohnen geröstet werden. Die Bohnen sollten dafür mindestens ein halbes Jahr trocken gelagert werden, dann sind sie bereit, weiterverarbeitet zu werden, entweder zum Verkauf an die großen Röstereien, oder für uns hier. Wir rösten eigentlich nur zum

Hausgebrauch, aber wir denken daran, eine eigene Marke herauszubringen.«

»Also, lieber Don Juan Vicente, mit mir hätten Sie schon einen Kunden!«

In diesem Moment zischte es in der Apparatur, und der Präsident zuckte zusammen. Der General griff unwillkürlich an sein Pistolenhalfter.

Don Juan musste lachen:

»Keine Sorge, Don Luís, das ist die Dampfzufuhr. Wir führen von Zeit zu Zeit heißen Dampf zu, der sich wie ein Sprühregen über die in Bewegung gehaltenen röstenden Bohnen ergießt. Das tun wir, weil wir glauben, dass dann die Bohnen, gleichsam wie im Schock, ihre Poren verschließen und so die Aromen später, wenn der Kaffee gemahlen und aufgebrüht wird, einen noch besseren Wohlgeschmack ergeben.«

»Ramón, wie viele Pakete unseres gerösteten Kaffees können wir dem Herrn Präsidenten mitgeben?«

Ramón strahlte über das ganze Gesicht. »Ich denke, ein gutes Dutzend Tüten mit abgepacktem Kaffee haben wir schon da.«

»Gut, Ramon, mach bitte ein schönes Paket daraus und gib es dem Piloten mit.«

Sie begannen den Rundgang vor dem Maschinenhaus.

»Hier, Don Luís, werden während der Ernte die Körbe mit den eingesammelten Kaffeekirschen eingeworfen. Die Arbeiter steigen dort auf die Treppe und schütten den Inhalt ihrer Körbe in dieses Becken. Das große Rad, das Sie dort sehen, wird durch Wasserkraft angetrieben, an dem Rad hängen über Bänder und Ketten alle Maschinen und Apparate, die Sie hier sehen, das heißt also, dass bei uns alles durch Wasserkraft angetrieben wird. Damit wir – auch in Zeiten größerer Dürre – immer über genügend Wasser verfügen, haben wir ein Stück weiter oben einen kleinen Stausee angelegt, aus dem wir uns direkt mit unserem kleinen Aquädukt versorgen.«

Der Präsident nickte, sichtlich beeindruckt.

Don Juan fuhr fort: »Die roten Kirschen werden mit dem Wasserfluss in die Kanäle geleitet und dann in diese Maschine, die das Fruchtfleisch und die obere Haut vom Kern, der doppelten Bohne, trennt. Die beiden Zwillingsbohnen sind dann noch von einem Häutchen umgeben, das entfernt werden muss. Dazu werden die Bohnen in dem mit Wasser gefüllten Becken dort, weiter unten, einige Tage zum Fermentieren belassen. Dann können wir die Wasserschleusen öffnen, und die Bohnen werden zum Trocknen auf die Patios gelassen, dort ausgebreitet, um einige Tage in der Sonne zu trocknen. Anschließend werden sie in diese Trommeln geschaufelt, die von unten befeuert werden, damit das Häutchen ganz trocknet und als ›Pergamenthaut‹ von selber abfällt. Erst jetzt haben wir die zwei voneinander getrennten Bohnen. Die werden noch in den Sortiermaschinen nach Größe und Form sortiert, das gehört zur Qualitätskontrolle, und schließlich in Säcke verpackt, wo sie dann einige Wochen und Monate trocken lagern.«

»Du meine Güte, das ist ja wirklich ein großer Aufwand!«

»Ja natürlich. Dabei habe ich Ihnen noch gar nicht gezeigt, was wir draußen in den Feldern alles machen, bis der Kaffee reif ist zum Ernten. Dazu würde ich vorschlagen, dass wir ein paar Schritte hinausgehen, in die Anpflanzungen.«

Don Juan wies den Weg, am Maschinenhaus vorbei, zur großen Palmenallee, von wo aus man die Anpflanzungen am besten sehen konnte.

»Lieber Don Juan Vicente, das ist sehr beeindruckend und sehr schön anzusehen, die Kaffeesträucher und darüber die Schattenbäume. Es ist lange her, dass ich auf einer Kaffeeplantage war.«

Don Juan setzte an, dem Präsidenten weitere Erklärungen über den Kaffeeanbau zu geben, aber der unterbrach ihn.
»Lieber Don Juan Vicente, das ist hochinteressant, und ich werde jede Tasse Kaffee jetzt noch viel bewusster trinken als vorher. Aber jetzt möchte ich mit Ihnen ein paar Schritte gehen, weil ich mit Ihnen etwas besprechen möchte. Aber Sie können sich ohnehin denken, worum es geht …«
»Don Luís, ich habe keine Ahnung …«
Sie setzten ihren Weg auf der Palmenallee fort.
Der Präsident zog die Augenbrauen hoch. »Na kommen Sie, mein Freund, Sie werden doch zumindest vermuten, warum Sie der Präsident der Republik aufsucht?«
»Ich kann es vielleicht vermuten, aber ich möchte es mir gar nicht erst vorstellen.«
Der Präsident bedeutete den Herren seiner Entourage, etwas Abstand zu halten, er wollte ein Vieraugengespräch. Unwillig blieben der General und der Staatssekretär ein paar Schritte zurück und tauschten misstrauische Blicke aus. Der Gouverneur, der von alledem nichts bemerkte, folgte ein paar Schritte dahinter.
»Also gut«, fing der Präsident an, »lassen Sie mich am besten gleich auf den Punkt kommen: Wir haben Sie in letzter Zeit sehr genau beobachtet.«
Jetzt war es Don Juan, der die Augenbrauen nach oben zog. »So?«
»Ja, denn es fiel uns schon auf, wie Sie es in sehr kurzer Zeit geschafft haben, zu einer politischen Größe in unserem Land zu werden, die aus der heutigen Szene nicht mehr wegzudenken ist!«
»Ja, aber das war nie meine Absicht …«
»Ich weiß, Don Juan Vicente, Sie sträuben sich möglicherweise immer noch dagegen, Politiker zu werden, aber Sie übersehen

dabei, dass Sie längst einer sind, und zwar einer unserer besten und erfolgreichsten! Niemand hat so wie Sie die Themen unserer Zeit erkannt, und es gibt auch niemand, dem diese Themen, vor allem die Korruption und der Kampf gegen die Drogen, so glaubhaft abgenommen werden wie Ihnen.«

Don Juan wollte dem Präsidenten etwas entgegnen, aber er kam nicht dazu.

»Nein, Don Juan Vicente, lassen Sie mich bitte aussprechen. Der Grund, warum Ihnen die Leute so begeistert zustimmen, ist ganz einfach. Wie wir wissen und gesehen haben, spüren es die Leute ganz genau: Da ist endlich einer, der wirklich meint, was er sagt, weil er selbst vollkommen unbestechlich ist. Sie sind unabhängig, Sie sind keiner Partei irgendetwas schuldig. Sie mussten sich nicht in einem Parteiapparat hochdienen, um als Kandidat aufgestellt zu werden. Sie brauchen auf niemand und auf nichts Rücksicht zu nehmen. Sie sagen einfach das, was Sie tatsächlich meinen und wovon Sie wirklich überzeugt sind. Sie sagen es den Leuten, und das spüren sie, und deswegen glauben sie Ihnen.«

Der Präsident blieb stehen, um den Ausblick auf die Anpflanzungen zu genießen.

»Gott, ist das schön, mein Freund! Ich sollte wiederkommen, falls Sie mich einladen, nach meiner Amtszeit, um das hier noch viel mehr genießen zu können!«

»Aber sehr gerne, Don Luís, jederzeit!«

»Wissen Sie, Don Juan Vicente«, fuhr der Präsident fort, »das ist doch das Problem mit uns Politikern: Die Menschen, unser Wählervolk glaubt uns nicht mehr. Die Wähler sind von unserer Unglaubwürdigkeit überzeugt, und zum Teil leider zu Recht, weil wir Politiker zu viel gelogen und gestohlen haben. Und wir haben uns zu sehr darauf verlassen, dass es immer so weitergehen würde. Wir haben uns daran gewöhnt, dass die zwei großen Parteien, die COPEI und die AD, sich regelmäßig abwechseln.«

»Ja, Don Luís«, entgegnete ihm Don Juan, »und wir wissen doch auch, warum: Weil jede Regierung während ihrer fünf Jahre so viel Mist gebaut hat, dass sie danach nicht mehr wählbar war, und dann waren wieder die anderen dran.«

»Das ist vielleicht etwas drastisch formuliert, Don Juan Vicente, aber natürlich ist da etwas dran. Politisch und programmatisch liegen die beiden großen Parteien, die COPEI und die AD, ja eigentlich gar nicht so weit auseinander. Es geht eher darum, dass andere Personen an die Regierung kommen.«

»Ja, Don Luís, andere Personen, und mit ihnen ihre entsprechende Anhängerschaft, von den höchsten Staatsämtern bis zum kleinen Verkehrspolizisten. Und weil jeder wusste, dass er nur fünf Jahre hat, weil dann die anderen wieder an die Regierung kommen, musste man in den fünf Jahren sehen, wo man bleibt. Jeder versucht dann natürlich, in möglichst kurzer Zeit sich und seine Freunde auf Kosten des Staates zu bereichern.«

»Ich kann Ihnen gar nicht mal widersprechen, das ist ja die Tragik! Wir alle haben so gehandelt. Und weil die anderen so gehandelt haben, haben wir es genauso gemacht – sonst hätten unsere Leute gesagt, wenn die es machen, müssen wir es auch machen, sonst sind wir ja die Blöden!«

Beide Männer gingen ein paar Schritte schweigend nebeneinanderher, und beide wussten, was jetzt kommen würde.

Der Präsident sprach es aus.

»Don Juan Vicente, und deswegen bin ich hier. Unsere Politik, die Politik unseres Landes ist festgefahren. Wir sitzen in einer Sackgasse, einer Sackgasse, die wir, die beiden großen Parteien, uns selbst geschaffen haben. Deswegen haben Leute wie Chávez, ein gescheiterter Putschist, ja sogar ehemalige Schönheits-

königinnen wie Irene Sáez so viel Erfolg. Die Leute laufen ihnen in Strömen hinterher. Wir laufen Gefahr, dass einer dieser beiden die nächsten Wahlen zur Präsidentschaft gewinnt. Beide prangern – zu Recht – die Korruption in unserem Land an, und Chávez vermischt seine Mission mit einem gehörigen Schuss Populismus und Sozialismus. Er verspricht den Leuten eine Bolivarianische Revolution, er will die großen Unternehmen verstaatlichen, ja, wahrscheinlich einen neuen lateinamerikanischen Kommunismus einführen! Wir können nicht sehenden Auges unser Land in den Abgrund stürzen lassen. Und ich fürchte, ich muss sogar meinem Vorgänger Carlos Andrés Pérez recht geben, obgleich ich sonst nicht so viel von ihm halte, wie Sie sich denken können, wenn er sagt: *Si gana el Chavismo tendrán un gobierno de delincuentes que acabarán con el país!* – Wenn der Chavismo siegt, werdet ihr eine Regierung von Verbrechern haben, die das Land zugrunde richten wird!«
»Na, so schlimm wird es doch wohl nicht werden!«, entgegnete ihm Don Juan.
»O doch, Don Juan! Unterschätzen Sie diesen Chávez nicht! Ich fürchte, es könnte sehr schlimm kommen. Aber, Don Juan: Deswegen bin ich hier! Es gibt einen Mann, der diesem Chávez die Stirn bieten kann, der gegen ihn eine echte Chance hätte, und das sind Sie!«
Sie gingen ein paar Schritte, und beide warteten darauf, dass der andere fortfuhr. Schließlich ergriff wieder der Präsident das Wort.
»Ja, Sie, Don Juan Vicente! Sie sind derjenige, dem die Leute glauben, wenn er sagt, er will der Korruption und den Drogen den Kampf ansagen, Sie haben es bereits bewiesen, dass Sie es können, Ihr Modell ist hier in Táchira außerordentlich erfolgreich. Wir würden Sie gerne unterstützen, Don Juan. Kandidie-

ren Sie! Kandidieren Sie für das Amt des Präsidenten der Republik!«

Und nach kurzem Zögern fügte er hinzu: »Ich habe den Auftrag meiner Partei, Ihnen mitzuteilen, dass wir, die COPEI, Ihre Kandidatur unterstützen. Und wenn die Kollegen von der AD noch ein wenig Hirn haben, dann schließen sie sich uns an. Wir würden unseren gesamten Apparat in den Dienst Ihrer Kandidatur stellen! Was sagen Sie, Don Juan Vicente?«

Don Juan war sprachlos.

»Ich weiß gar nicht, wie ich darauf antworten soll ...«

»Don Juan, ich weiß, dass Sie am liebsten so weitermachen würden wie bisher, Ihr schönes Leben auf Ihrer wunderschönen Hazienda, und die Politik geht ihren Weg, denn durch Ihre Einflussnahme geht sie den richtigen Weg. Aber so wird es nicht weitergehen, denn Ihre Einflussnahme auf die Bürgermeister und die Gouverneure wird sehr bald ein Ende haben, wenn jemand wie Chávez die Wahl gewinnt. Dann ist es vorbei – darüber brauchen wir uns gar keine falschen Hoffnungen zu machen –, dann ist es mit uns allen vorbei, auch mit Ihnen!«

»Señor Presidente!« Unbewusst kehrte Don Juan wieder zur förmlichen Anrede zurück, um Abstand zu gewinnen. Dem Präsidenten war das nicht entgangen, aber er sagte nichts.

»Sie müssen jetzt nichts sagen, mein verehrter Don Juan Vicente, Sie können sich natürlich auch mit Ihrem Vertrauten, Don Rodrigo Torres besprechen ...«

»Woher wissen Sie ...«, fiel ihm Don Juan verblüfft ins Wort.

»Don Juan Vicente, wir wissen sehr viel. Sie können sich doch denken, dass ich, dass meine Partei, Ihnen einen solchen Vorschlag nicht unterbreiten würde, wen wir nicht ganz genau wüssten, wer Sie sind und mit wem Sie sich umgeben, und natürlich haben wir uns mit Don Rodrigo Torres unterhalten.«

»Aber davon hat er mir nie ...«
»Natürlich nicht, denn er war von uns zur absoluten Verschwiegenheit verpflichtet worden. Und Sie wissen ja, mit ihm haben Sie einen wichtigen und mächtigen Verbündeten, der es aufs Beste versteht, die Volksmeinung über Sie in die richtigen Bahnen zu lenken ...«
Jetzt war es Don Juan, der den Präsidenten unterbrach: »Sie meinen, den perfekten Manipulator?«
Der Präsident musste schmunzeln.
»Auch das, aber um ehrlich zu sein: Das ist genau das, was wir jetzt brauchen! Wir müssen die Wählerschaft mehrheitlich hinter uns bringen, mit Ihrer Hilfe, mit der Hilfe von Rodrigo Torres, mit der Hilfe der Presse, mit der Hilfe von allen Seiten, die wir für unsere Sache gewinnen können.«
»Heißt das, dass ich der Kandidat der COPEI wäre und dass ich Parteimitglied werden müsste?«
»Auch auf diese Frage bin ich vorbereitet, Don Juan Vicente, weil ich weiß, dass Sie das nicht wollen würden. Wir haben das im Parteivorstand besprochen. Sie müssten nicht Parteimitglied werden, Sie wären nicht der Kandidat der Partei, sondern Sie wären der Kandidat, der Sie sein wollen, unabhängig und überparteilich. Sie wären bei der Auswahl und Zusammenstellung Ihrer Mannschaft vollkommen frei, Sie wären nicht verpflichtet, vorrangig Parteimitglieder der COPEI auszuwählen. Natürlich würden wir uns darüber freuen, aber das ist nicht Bedingung. Wir würden aber keinen eigenen Kandidaten aufstellen, unser Kandidat wären Sie! Uns, meiner Partei, geht es tatsächlich in erster Linie darum, Chávez zu verhindern.«
»Wie viel Zeit habe ich, um mir das Ganze zu überlegen? Ich meine, mein ganzes Leben ...«

»Ich weiß, Don Juan Vicente, das ist ein großer Schritt. Und es bedeutet eine Riesenverantwortung. Nur, die Verantwortung, die werden Sie so oder so nicht mehr los. Wie immer Sie sich auch entscheiden.«

Nach ein paar Schritten blieb Don Juan stehen. »Wie auch immer ich mich entscheide, ich trage Verantwortung?«

»Das ist so, mein Freund. Den Rubikon der Politik haben Sie längst überschritten. Wenn Sie sich für das Präsidentenamt entscheiden, tragen Sie große Verantwortung für unser Land. Sie haben es in Ihrer Hand, den Versuch zu unternehmen, unser Land in die richtige Richtung zu führen. Niemand wird Ihnen eine Garantie dafür geben können, dass es Ihnen gelingt. Sie werden viele Menschen an Ihrer Seite haben, die Sie aus vollem Herzen und mit Überzeugung unterstützen werden, und Sie werden mindestens genauso vielen Menschen begegnen, die Sie bekämpfen werden bis aufs Messer. Sie leben ständig in Lebensgefahr, denn es wird immer Menschen geben, die Ihrem Leben ein Ende bereiten wollen. Sehen Sie, ich selbst habe nie geglaubt, dass mir irgendjemand etwas antun wollte. Dieser ganze lästige Sicherheitsapparat, dieser unglaubliche Aufwand, der betrieben wird, um den Präsidenten der Republik zu schützen – ich dachte am Anfang, das gehört wohl zu einem hohen Staatsamt, sonst haben die Leute keinen Respekt vor dem Amt des Präsidenten. Bis mir klar wurde, dass meine Sicherheitsleute, der Geheimdienst und alle, die hier zusammenwirken, eine ganze Armee, dass die tatsächlich hin und wieder etwas verhindern! Auch das muss ich Ihnen ganz offen sagen, Don Juan Vicente, so ehrenvoll und großartig es sein kann, auf höchster Ebene unserem Land zu dienen, so gefährlich ist es auch. Sie sind dann kein freier Mensch mehr. Und dennoch werden Sie es genießen. Die Macht, das wollen wir doch gar nicht beschönigen oder leugnen, ist das beste Aphrodisiakum, das es gibt! Die Macht, Don Juan Vicente, macht uns süchtig. Ich weiß, dass es mir wie allen meinen Vorgängern gehen wird: Am Tag danach, nach dem Auszug aus Miraflores, muss man aufpassen, nicht in ein tiefes Loch zu fallen. Was einem dann wirklich hilft – das weiß ich jetzt schon, wenn im nächsten Jahr der Tag kommt, an dem ich meinen Schreibtisch räume –, ist die Familie, die fängt dich auf.«

Bevor Don Juan dem Präsidenten antworten konnte, fuhr dieser fort: »Ich weiß um das schwere Unglück in Ihrer Familie, Don Juan Vicente, ich weiß, dass Sie keine Frau haben und somit auch keine Primera Dama, die Sie begleiten kann. Das macht es Ihnen nicht leichter.«

»Lieber, verehrter Präsident, ich weiß es zu schätzen, dass Sie so offen mit mir sprechen, und ich weiß auch um die Verantwortung, das heißt, ich kann sie mir vorstellen, aber ich habe – während Sie gesprochen haben – auch erkannt, dass ich die Verantwortung wohl nicht mehr loswerde. Nehme ich diese Aufgabe an, trage ich eine Riesenverantwortung, lehne ich ab, trage ich offenbar auch Verantwortung.«

»So ist es. Dann kann es sein, dann wird es mit ziemlicher Sicherheit so sein, dass Chávez Präsident wird. Der Schönheitskönigin traue ich es nicht zu, aber Chávez, der würde wohl gewählt werden. Weil wir ihm nichts entgegenzusetzen haben, nichts, kein zündendes Programm und keine personelle Alternative. Die einzige Alternative sind Sie!«

»Sie bringen mich hier in eine grauenvolle Lage, Don Luís, ich …«

»Nein, Don Juan Vicente, nicht ich oder wir oder irgendjemand bringt Sie hier in eine missliche Lage, in eine Situation, aus der Sie nicht mehr herauskommen. Sie selbst haben diesen Weg beschritten. Sie selbst haben erkannt, dass das Land Sie braucht. Es gibt kein Zurück!«

Don Juan schüttelte ratlos den Kopf.
Nach ein paar Schritten fuhr der Präsident fort: »Ja, mein Freund, aber lassen Sie uns dabei nicht vergessen: Am Ende des langen und schwierigen Weges, der jetzt noch vor Ihnen liegt, da ist Miraflores! Das Amt des Präsidenten der Republik! Und es gibt nichts Schöneres, nichts Befriedigenderes, als unserem Land zu dienen, unserem Land, das so dringend Ihrer Hilfe bedarf! Und zwar nicht an irgendeiner Stelle, sondern ganz oben!«
Der Präsident drehte sich um. Er sah, dass die kleine Gruppe der Herren, die ihnen gefolgt waren, der Gouverneur, der Staatssekretär, der General und die Sicherheitsleute weit zurückgeblieben waren. Er sah auch, dass ihnen ein Jeep gefolgt war. Don Juan bemerkte jetzt, dass der Präsident ins Schwitzen gekommen war.
»Don Luís, ich denke, wir kehren um. Wir waren so in unser Gespräch vertieft, wir haben gar nicht bemerkt, dass wir uns ziemlich weit vom Haus entfernt haben.«
»Das wurde mir auch soeben bewusst. Ich muss zugeben, ich bin schon lange nicht mehr so viel und so lange zu Fuß gegangen. Ich denke, das hat mir gutgetan. Das sollte ich in Zukunft vielleicht öfter machen.«
»Ich könnte mir vorstellen, dass Sie ab dem nächsten Jahr dazu auch mehr Zeit haben werden!«
Jetzt mussten sie beide lachen. Der Präsident gab dem Fahrer des Jeeps ein Zeichen, der daraufhin sofort heranbrauste.
An den Hauptgebäuden der Hazienda angekommen, bereitete sich die Delegation auf die Abfahrt vor. Don Juan wurde gebeten, mit dem Präsidenten in seinen Wagen einzusteigen, vorne neben dem Fahrer nahm der General Platz, während der Gouverneur mit dem Staatssekretär und den übrigen Männern die

nachfolgenden Wagen besetzte. Vorneweg, in offenen Jeeps, die Soldaten in voller Montur und mit Maschinenpistolen, und hinten die ebenso bewaffnete Nachhut.
Die Fahrt nach Rubio geriet zum Triumphzug. Links und rechts der Straßen standen die Leute dicht gedrängt, schwenkten ihre Fähnchen und winkten und riefen. »*Viva el Presidente!*« – »*Viva Don Juan Vicente!*« – »*Viva Don Juan!*«
»Ich sehe, mein verehrter Don Juan Vicente, dieser Jubel gilt in erster Linie Ihnen, nicht dem Präsidenten. Ich denke, die Leute haben schon verstanden, dass hier im Wagen der jetzige und der zukünftige Präsident sitzen!«
»Also wissen Sie, Señor Presidente, das geht mir ein wenig zu schnell ...«
»Jetzt freue ich mich erst mal auf das Mittagessen in Ihrem Haus. Ich bin Ihnen für Ihre Gastfreundschaft, für Ihre wirklich sehr großzügige Gastfreundschaft sehr dankbar! Und dass Sie auch noch meine Lieblingsspeise ...«
»Woher wissen Sie, was wir essen werden?«
»Ach, das hätte ich vielleicht nicht verraten dürfen! Das tut mir leid, aber meine Leute haben sich leider angewöhnt, dass es keinerlei Überraschungen in unserem Tageslauf geben darf. Aber in diesem Fall erhöht es meine Vorfreude! Denn ich habe gehört, dass die *Hallacas* in Ihrem Hause besonders gut sein sollen!«
»Ihr General hat ja wohl schon vorgekostet?«
»Also ganz so weit ist es noch nicht!«, entgegnete lachend der Präsident, während sich der General vorn im Wagen missmutig leicht nach hinten beugte.
Don Juan fügte hinzu:
»Wir haben uns allerdings gut überlegt, was wir Ihnen heute vorsetzen, und haben uns dann doch für die *Hallacas* entschieden, obgleich das ja eigentlich unser traditionelles Weihnachts-

essen ist. Aber tatsächlich macht meine Köchin Maruja besonders gute *Hallacas*. Das mag daran liegen, dass das Maismehl nicht gekauft ist, sondern von uns selbst auf der Hazienda produziert wird, für unseren Hausgebrauch. Sie werden sehen, es ist etwas gelblicher und grobkörniger als das fertige Maismehl aus dem Supermarkt. Das Fleisch für die Füllung stammt natürlich auch von uns, allerdings müssen wir die Kichererbsen, Oliven, Kapern und die Gewürze am Markt kaufen. Aber die Bananenblätter, in die die *Hallacas* eingewickelt werden, stammen natürlich auch von La Cayena!«

»Hören Sie auf, Don Juan Vicente!«, unterbrach ihn der Präsident lachend. Ich habe schon so großen Appetit, das ist ja nicht mehr auszuhalten!«

»Keine Sorge, ich habe die Berge gesehen, die meine Maruja in den letzten Tagen vorbereitet hat, mithilfe der halben Nachbarschaft. Es wird schon für uns alle reichen!«

»Ich war mir sicher, wir würden in Ihrem Hause nicht darben.« Jetzt wurde der Präsident wieder ernster. »Ich habe mir übrigens erlaubt, in der Hoffnung, dass Sie nichts dagegen haben, unseren großen ›Manipulator‹ Don Rodrigo Torres dazuzubitten.«

»Aber …«

»Ich dachte, Don Juan Vicente, dass es zum einen ganz gut wäre, Ihren Freund persönlich kennenzulernen. Und es wäre wohl nicht schlecht, wenn Sie Gelegenheit haben, mit ihm ein paar Worte zu sprechen, bevor wir gemeinsam zur Kundgebung auf die Plaza Bolívar gehen. Er wird sich brennend dafür interessieren, wie unser Gespräch auf der Hazienda verlaufen ist!«

»Das heißt, Rodrigo weiß, worüber Sie mit mir sprechen wollten?«

»Aber selbstverständlich, mein Freund. Don Rodrigo ist in den letzten Wochen ein sehr wichtiger Berater für mich geworden.

Aber wir haben uns bisher nicht persönlich getroffen, wir haben nur miteinander telefoniert, und das ziemlich häufig, wobei er eine der sicheren Leitungen im Haus des Gouverneurs benutzen musste.«

»Das heißt, der Gouverneur ist auch informiert?«

Der Präsident schüttelte den Kopf.

»Nein, der Gouverneur hat keine Ahnung.«

Als die Wagenkolonne in die Avenida einbog, die zum Haus der Familie Morales führte, standen die Leute dicht gedrängt. Sobald die Wagen auftauchten, brach Jubel aus. Die vorausfahrenden Militärpolizisten auf ihren Motorrädern hatten die Zufahrtsstraßen gesperrt, so erreichten die Wagen unbehindert das Haus.

»Das ist schon sehr komfortabel, Don Luís, so ganz ohne Verkehr fahren zu können!«, bemerkte Don Juan anerkennend.

»Ja, aber der Aufwand! Jetzt ist meine Präsidentschaft fast schon vorbei, aber ich habe mich letztlich nie ganz daran gewöhnen können.«

Vor dem Haus war die Straße abgesperrt, und die Menschen standen in einigem Abstand, von den motorisierten Soldaten abgeschirmt, um das Haus.

»Viva! Viva!« Die Rufe wurden lauter, als sich die Autotüren öffneten.

Maruja empfing die Herren im Hauseingang und ging vor dem Präsidenten fast auf die Knie vor Ehrfurcht.

»Na, Don Juan Vicente, sagen Sie doch Ihrer wunderbaren Angestellten, dass ich nicht der Papst bin, der hier zu Besuch kommt, sie muss mir auch nicht den Ring küssen, ich bin nur der Präsident!«

Don Juan musste schmunzeln. »Ist schon gut, Maruja, es ist nur der Präsident!«

Maruja wurde tiefrot im Gesicht und bat die Herren in den Patio, wo sie einen Tisch mit frisch gepressten Fruchtsäften vorbereitet hatte.
»Das kann ja heiter werden, wenn Sie mein Nachfolger werden!«, flüsterte ihm der Präsident zu.
Rodrigo Torres kam ihnen entgegen. Mit einem breiten Lächeln begrüßte er den Präsidenten und Don Juan.
»Endlich lerne ich Sie persönlich kennen, Don Rodrigo, es ist mir eine große Freude, denn Sie waren mir eine große Hilfe, und ich denke, Sie können ein großer Unterstützer für unseren Freund hier werden!«
»Señor Presidente, es war mir nicht nur eine große Ehre, Sie zu unterstützen, sondern auch ein sehr wichtiges Anliegen, weil ich davon überzeugt bin, dass wir der richtigen Sache dienen!«
»Es scheint ja so, mein Freund«, mischte sich jetzt Don Juan in das Gespräch ein, »dass ich aus dieser Sache kaum noch herauskomme. Da haben Sie mir ganz schön was eingebrockt!«
»Ich kann es immer wieder nur wiederholen, Don Juan: Das Land braucht Sie! Und wir brauchen Sie!«
Der Präsident hakte sich bei Don Juan ein. »Kommen Sie, mein Freund, ich bin hungrig! Ich kann es kaum erwarten, die köstlichen *Hallacas* des Hauses Morales zu probieren. Und wenn ihr euch hier alle einig seid, kann ich ja nach dem Essen auf der Plaza die Kandidatur offiziell verkünden!«
»Aber Don Luís, sollte ich nicht noch einmal darüber schlafen? Das ist ja doch eine sehr schwere Entscheidung …«
»Aber, mein Freund, wir kennen doch das Ergebnis, Sie werden doch jetzt keinen Rückzieher mehr machen! Lassen Sie uns diese einmalige Gelegenheit nicht verstreichen, diese Nachricht wird die Nation aufrütteln! Und so wie ich unseren Freund Rodrigo hier inzwischen kenne, hat er seinen Bericht für die

Zeitungen des Landes längst vorbereitet, nicht wahr, Don Rodrigo?«

Rodrigo Torres lächelte und wollte etwas entgegnen, aber Don Juan fiel ihm ins Wort:

»Don Rodrigo, Sie sind ein unglaublicher Verschwörer! Kommt, lasst uns essen, ich habe ein gutes Essen nach diesem Schock weiß Gott verdient!«

Auf dem Weg zum Speisezimmer, in dem bereits der Gouverneur und der Staatssekretär warteten, folgte den drei Herren der General mit ernster und besorgter Miene. Er hatte verstanden. Er konnte es nicht fassen und war davon überzeugt, dass der Präsident dabei war, einen historischen Fehler zu begehen.

Nach dem Essen begaben sich der Präsident, der Gouverneur und Don Juan unter größten Sicherheitsvorkehrungen, umgeben von einem Ring schwer bewaffneter Soldaten der Nationalgarde, zu Fuß hinunter zur Plaza.

Als die Männer unter unbeschreiblichem Jubel das Podium vor der Kirche, gegenüber dem Denkmal von Simón Bolívar, betreten wollten, fielen die Schüsse. Die Menge schrie, und jemand rief: *»Matáron al presidente!«*

Der Präsident und Don Juan standen direkt nebeneinander, von Sicherheitsleuten umgeben, dahinter der General und Don Rodrigo. Als die Schüsse fielen – Rodrigo Torres erinnerte sich später an zwei oder drei –, gingen alle gemeinsam zu Boden, halb stürzten sie, halb wurden sie zu Boden gedrückt.

»Matáron al presidente!«, hieß es wieder, der aber richtete sich sehr bald, verwirrt um sich blickend, wieder auf.

Die Nachricht verbreitete sich wie ein Lauffeuer durch ganz Rubio, die anwesenden Radioanstalten brachten die Nachricht live. Nach wenigen Minuten, als sich der Knäuel, der sich um die Männer auf dem Podium gebildet hatte, zu entwirren

begann und der Krankenwagen sich einen Weg durch die Menge gebahnt hatte, wurde klar, wem das Attentat gegolten hatte: Don Juan Vicente Morales war auf der Plaza Bolívar in Rubio durch zwei Schüsse aus nächster Nähe getötet worden. Der Präsident und der Gouverneur waren unverletzt.
In derselben Nacht starb ein weiterer Mann, nur ein paar Schritte entfernt, in seinem Haus an der Ecke zur Plaza Bolívar: Der Ehemann der jungen Frau, in die sich Miguelito, der Sohn Don Juans, einst unsterblich verliebt hatte, erschoss sich in seinem Bett. Er hinterließ einen Abschiedsbrief, in dem er sich an dem Mord an Miguelito schuldig bekannte. Er konnte nicht länger mit seiner Schuld leben.

Epilog

Knapp zwanzig Jahre waren seitdem vergangen.
Rodrigo Torres hatte seinen Nachruf auf Don Juan Vicente Morales geschrieben und dem Bericht den Titel »Plaza Bolívar« gegeben. Er dachte an die traurige Geschichte seines Landes, an all die verpassten Gelegenheiten und falschen Entscheidungen, den Weg ins Verderben und ins Chaos. Und er fühlte sich verantwortlich.
Er hatte sich seine Schuld von der Seele schreiben müssen.
»Ich bin schuld an seinem Tod«, hatte er sich immer wieder vorgeworfen, »ich hätte ihn nicht so bedrängen dürfen, in die Politik zu gehen!«
Über die Gerüchte, die damals nach seinem Tod kursierten, hatte er nicht geschrieben: Don Juan sei von Mitgliedern der Präsidentengarde umgebracht worden, sagten die einen. Es war eines der Drogenkartelle, denen er den Kampf angesagt hatte, behaupteten andere. Wieder andere erklärten, es handele sich um ein Komplott der etablierten Parteien, die mit Don Juan als Präsidentschaftskandidaten ihre Felle davonschwimmen sahen. Oder waren es, wie ebenfalls einige behaupteten, die Chavistas, die ihren gefährlichsten Konkurrenten für das Präsidentenamt aus dem Weg räumen wollten.
Wie auch immer: Der Tod von Don Juan Vicente Morales und die Unfähigkeit der etablierten Parteien hinterließen ein großes Vakuum, und in dieses Vakuum konnte Chávez hineinstoßen. Er

bediente die unerfüllte Sehnsucht der Venezolaner nach dem starken Mann, der Don Juan Vicente Morales hätte sein können und eigentlich schon geworden war, bevor er den Weg nach Miraflores überhaupt eingeschlagen hatte.
Die etablierten Parteien des Landes wurden von Chávez hinweggefegt. Don Juan hätte sie womöglich auch davongejagt, wenn er Präsident geworden wäre.
Mit seinen großen Versprechungen auf eine sozialistische Gerechtigkeit, mit seiner Vision einer Bolivarianischen Republik, dem Sozialismus des 21. Jahrhunderts, dem neuen Weg Südamerikas, gelang es Chávez, das Volk einzulullen. Und die Opposition? Die war und blieb zerstritten, sie konnten sich nie einigen!
Rodrigo musste immer wieder den Kopf schütteln, während er in seinem Büro auf und ab ging.
Inzwischen hatten zuerst Chávez und dann sein Nachfolger Maduro das Land endgültig ruiniert …
»Wir haben die Chance gehabt für einen Neuanfang. Für eine kurze, leider zu kurze Zeit schienen Ehrlichkeit, Integrität, Unbestechlichkeit wieder Tugenden zu sein, die existieren. Erstmals hatten wir seit Langem das Gefühl, Politik ist nicht nur ein schmutziges Geschäft. Der gran líder, *auf den wir so lange gewartet hatten, wir haben ihn verloren, bevor wir die Chance hatten …«*
Diesen Satz las sich Rodrigo Torres immer wieder vor.
Der Verleger wurde aus seinen Gedanken gerissen, als unten auf der Straße wieder Schüsse fielen.
Warum gingen sie nicht? Auf was warteten sie noch? Wie kann es sein, dass sich Maduro und seine verbrecherische Clique immer noch an der Macht festhalten können? Warum greift nicht endlich das Militär ein? Oder das Ausland?
Er musste wieder an seinen Freund Don Juan denken, der so oft von Pérez Jiménez gesprochen hatte, dem Präsidenten, der damals

freiwillig abgetreten war. »Nos vamos!«, hatte Marcos Pérez Jiménez in jener Nacht vom 23. Januar 1958 zu seinen Gefolgsleuten gesagt, als er die Ausweglosigkeit seiner Situation erkannt hatte. Im ganzen Land hatte sich das Volk gegen sein Regime erhoben. Nach langen Gesprächen mit seinen Vertrauten war er zum Schluss gekommen, dass der Preis des Überlebens seines Regimes den Streitkräften zu hohe Opfer abverlangt hätte. Er wollte den Bürgerkrieg vermeiden. Und so war nach ziemlich genau fünf Jahren Militärdiktatur dieses Kapitel der Geschichte Venezuelas zu Ende gegangen. Aus heutiger Sicht erschien es fast unglaublich, was Pérez Jiménez in dieser kurzen Zeit, tatsächlich in nur fünf Jahren, geschaffen hatte. Man musste zugeben, dass die Straßen und Autobahnen, die Erschließung einer Infrastruktur für viele Teile des Landes, die bis dahin nur sehr schwer zu erreichen waren, die Errichtung von Krankenhäusern, Hotels und Flughäfen dem Land zu einem großen Sprung verholfen hatten. Seine Regierung hatte dem Land in dieser kurzen Zeit eine neue Infrastruktur gegeben und den Grundstock gelegt für einen nachhaltigen Aufschwung, der Venezuela zum reichsten Land Südamerikas gemacht hatte.

Rodrigo hörte seinen Freund sagen: »Pérez Jiménez hatte wenigstens die richtige Zukunftsvision. Und es gab im Land keine Korruption. Es gab sehr wohl die Korruption seiner kleinen Clique, und natürlich muss er sich persönlich auch ganz schön bereichert haben, denn das gute Leben, welches er in seinem Exil in Madrid vierzig Jahre lang führte, musste ja irgendwie finanziert sein. Aber alles in allem hat er ein gesundes Land hinterlassen!«

Das waren immer die Argumente von Don Juan gewesen. Und so ganz unrecht hatte er nicht, musste Don Rodrigo zugeben.

»Und jetzt sind wir wieder so weit«, hörte Don Rodrigo seinen Freund Don Juan sprechen. »Damals sagte ich dir, die einzige

Lösung aus der Krise ist ein golpe, *ein Militärputsch! Und jetzt? Wer befreit uns heute von der Plage der Maduro-Clique?«*

Rodrigo Torres war verwirrt. War das tatsächlich die Stimme seines Freundes, die er gehört hatte?

»Don Juan, ich habe lange nicht mehr Ihre Stimme gehört!«

»Ich wollte dir nur sagen, dass du nicht aufgeben sollst! Maduro wird verschwinden, und eine neue Generation wird unser schönes Land wiederaufbauen. Es wird eine Weile dauern, aber es wird gelingen, da bin ich mir ganz sicher!«

Rodrigo Torres musste lächeln. Sein Leben lang hatte Don Juan ihn gesiezt, jetzt wo sein Freund tot war, duzte er ihn.

Er nahm sich vor, wenn es die Situation erlaubte und man wieder einigermaßen sicher nach Rubio fahren konnte, hoffentlich bald, Don Juans Männer auf der Hazienda zu besuchen. Sie hatten nach Don Juans Tod La Cayena fortgeführt. Ramón und Roberto würden sich sicher freuen, und er hatte lange keinen guten Kaffee mehr getrunken.

Nachwort

Plaza Bolívar ist eine Geschichte über mein Venezuela. Mein schönes, tieftrauriges Venezuela – das Land, in dem ich geboren wurde und meine Kindheit verbracht habe. Die ersten Entwürfe zu dieser Geschichte liegen weit zurück, ich hatte daran in den 1990er-Jahren während meiner Aufenthalte in Venezuela begonnen. Seitdem ging es mit dem Land unaufhörlich bergab, es taumelt von einem Kollaps zum nächsten. Aber wie konnte es so weit kommen? Wegen der unsäglichen Korruption und der unglaublichen Misswirtschaft des Maduro-Regimes, werden die meisten Beobachter sagen. Ich glaube, es hat viel tiefere Gründe, die im Charakter der Venezolaner begründet liegen. Aber das ist eine lange Geschichte.

Jedenfalls litt ich sehr darunter, dass ich in den letzten Jahren nicht mehr in mein Geburtsland fahren konnte, das mittlerweile im Chaos versunken ist. Oder wie mein in Venezuela lebender Cousin Luís sagte: »Chavez und Maduro haben uns zwanzig Jahre unseres Lebens gestohlen!« Leider die entscheidenden zwanzig Jahre!

Dann habe ich mich an den vor etwa zwanzig Jahren begonnenen Text erinnert. Ich fand ihn tatsächlich wieder auf einer alten Diskette, die ich auf meinen Laptop herüberkopieren lassen konnte. Ich begann, an diesem Buch weiterzuschreiben. Ich konnte damit versuchen, mein Heimweh nach meinem

Geburtsort, unserem Haus und unserer Kaffeeplantage zu kompensieren.

Als ich das Manuskript von *Plaza Bolívar* fertiggestellt hatte, verfasste ich eine Vorbemerkung:

PLAZA BOLIVAR ist eine fiktive Erzählung. Der Autor hat sich allerdings von realen Personen und Orten inspirieren lassen, und manche tragen sogar ihre Namen oder sehr ähnliche. Aber dennoch sind sie fiktive Personen und fiktive Orte. Der Autor hat sich erlaubt, jederzeit völlig frei zu erzählen, ohne dass die erzählten Ereignisse notwendigerweise mit der Wirklichkeit übereinstimmten. Es hätte sich allerdings durchaus so zutragen können …

Eigentlich stimmt das auch. Aber dann wurde mir klar, dass ich im Grunde genommen nur über mich selbst geschrieben habe, über mich, mein Geburtsland, mein Dorf, meine Plaza Bolívar, mein Haus, meine Hazienda, und natürlich über die Menschen dieses Landes, so wie ich sie kennengelernt habe.

Ich fing damals an zu schreiben, weil ich mir einen Freiraum schaffen wollte. Ich wollte vor meiner Mutter fliehen. Nicht im wörtlichen Sinne, aber ich wollte eine Ausrede haben, um mich vor ihren ständigen »Befehlen« verstecken zu können. In den achtziger Jahren des vergangenen Jahrhunderts hatten wir in Rubio, meinem Geburtsort in den venezolanischen Anden, unser neues Haus bezogen. Es war mir durch Zufall gelungen, eines der wenigen noch erhalten gebliebenen Häuser im spanischen Kolonialstil aus dem 19. Jahrhundert zu erwerben, direkt gegenüber dem Geburtshaus meiner Mutter, in einer Straße, die zur Plaza Bolívar hinunterführte, dem Zentrum des Dorfes, mit der obligatorischen Bronzestatue von Simón Bolívar, dem Befreier Südamerikas, und der Dorfkirche, die durchaus etwas Kathedralenhaftes hatte. Meine Mutter war trotz der vielen Schicksalsschläge, die sie durchlebt hatte, eine starke Frau, die vor allem was mich, ihren einzigen Sohn betraf, zeitlebens von großer Strenge war (in der Beziehung waren meine Schwestern glücklicher dran). Sie wollte mich immer um sich haben, zumindest in den Wochen, in denen wir uns bei ihr im Haus in Rubio aufhielten. Der Ruf nach mir erscholl meist dreifach, mit verschieden hoher Stimmlage und in zunehmender Lautstärke: »Konni? – Konni?? – Konni!!«

Der erste Ausruf meines Namens konnte noch als Suchen beschrieben werden: Wo bist du? Der zweite Ausruf war schon erheblich dringlicher: Wo bist du denn jetzt? Wo versteckst du dich?? Der dritte Ausruf kam einem sofortigen Stellungsbefehl gleich. Wenn ich dann keine passende Ausrede hatte, blieb mir nichts anderes übrig, als dem Ruf zu folgen, und zwar auf der Stelle. Mal war es, dass sie mir in der Küche das wunderbare Rindsfilet zeigen wollte, das für das Abendessen vorbereitet werden sollte, oder im hinteren Garten eine neue Orchidee, die ich angeblich noch nicht gesehen hatte (hatte ich natürlich schon, am Tag davor), oder weil die neue Hibiskuspflanze gerade dabei war, ihre erste Blüte zu öffnen, nachdem meine Mutter ein paar Wochen zuvor an einem Strauch in Capacho einen Zweig abgezwickt, ihn eingepflanzt und ihm unaufhörlich gut zugeredet hatte, bis das neue junge Pflänzchen tatsächlich zu blühen anfing.

Aber ich sollte der Reihe nach erzählen.

Wie kam es dazu, dass ich, ein Münchner Kunsthändler, seit dem Ende der achtziger Jahre des vergangenen Jahrhunderts jedes Jahr, meistens die Sommermonate, in einem Haus in Rubio verbrachte und damit begann, ein Buch über Venezuela zu schreiben?

Das ist eine lange Geschichte – und ich fürchte, ich muss sie doch von Anfang an erzählen.

Die Geschichte beginnt in München, am Ende des 19. und zu Beginn des 20. Jahrhunderts. Es war die Zeit der Blüte des jüdischen deutschen Großbürgertums, es war die kurze, glückliche Zeit der europäischen Geschichte, in der jüdische Familien in Deutschland und in ganz Europa glaubten, durch Assimilation könne man die lange erwartete und ersehnte Gleichberechtigung in der Gesellschaft erreichen. Meine Familie, die Familie Bernheimer, gehörte zu diesen Juden in Deutschland, die fest davon überzeugt waren, es geschafft zu haben. Sie waren zwar traditionsgemäß mit der jüdischen Gemeinde verbunden, und es war ihnen wichtig, auf dem Jüdischen Friedhof ein Grab zu besitzen, und es musste groß und repräsentabel sein, denn man war schließlich wer. Die Bernheimers gehörten zu den vermögenden assimilierten Kaufleuten, jüdisch von ihrer Herkunft, aber nicht religiös. Sie waren als Kunsthändler und als Einrichter der obersten Schichten, des Adels und der regierenden Häuser fest verankert in der Münchner Gesellschaft. Der Urgroßvater hatte bereits von König Ludwig II. den schönen Titel eines Bayerisch-Königlichen Hoflieferanten verliehen bekommen, man trug mit Stolz die Titel Geheimrat und Kommerzienrat. Den aufkommenden Antisemitismus wollte man nicht wahrhaben. Viel zu lange glaubte die Familie, er würde sie nichts angehen. Als nach 1933 die Menschen links und rechts verschwanden und man von der Existenz des KZ Dachau erfuhr, verhielt sich meine Familie wie die Mehrheit der deutschen Bevölkerung: Man wollte es nicht sehen.

Mein Vater wuchs in einem behüteten Elternhaus auf. Die Wintermonate verbrachte man in München, und im Sommer zog die Familie nach Feldafing in ihre Villa am Starnberger See. Heute hängt bei mir in München das Porträt meines Vaters als kleiner Junge. Corneille Max, ein erfolgreicher Gesellschaftsporträtist jener Zeit, malte meinen Vater als Fünfjährigen, und er sieht auf dem Bild genauso aus, wie sich die Nazis einen kleinen Judenjungen vorgestellt haben: blond, blauäugig, mit Lederhose und grünem Janker und mit seinem Hund …

Aber dann kam das jähe Aufwachen aus dem Traum, der meine Familie, wie viele andere, hatte glauben lassen, es könne ihnen nichts passieren: Die Nacht vom 9. auf den 10. November 1938 – die sogenannte Reichskristallnacht – veränderte alles auf einen Schlag. Mein Vater und mein Großvater kamen nach Dachau.

Aber ich sollte hier nicht die ganze dramatische Geschichte meiner Familie noch einmal erzählen, wie sie aus dem KZ herauskommen konnten, wie und warum sie nach Venezuela kamen … Das habe ich bereits ausführlich getan, in meinem Buch *Narwalzahn und Alte Meister**.

Nur so viel: Mein Vater kam nach der Entlassung aus dem KZ Dachau zunächst in die Keller der Gestapo im Wittelsbacher Palais, bis er nach einigen Wochen, geschunden an Leib und Seele, entlassen wurde, als die Familie endlich nach London ausreisen durfte. Dort musste die Familie einen Zwischenstopp einlegen, bis die erwarteten Visa für Venezuela endlich eintrafen. Mein Großvater und mein Onkel Ludwig, der Bruder meines Vaters, hatten Glück. Ihre Visa erreichten sie noch rechtzeitig im Sommer 1939. Mein Vater war noch in London, als am 1. September England dem Deutschen Reich den Krieg erklärte als Antwort auf den Überfall Hitler-Deutschlands auf Polen. Mein Vater wurde umgehend verhaftet und kam als »Enemy Alien« ins Internierungslager auf die Isle of Man.

---

* Konrad O. Bernheimer, *Narwalzahn und Alte Meister: Aus dem Leben einer Kunsthändlerdynastie,* 2. Auflage, Hamburg 2015.

In der Zwischenzeit waren mein Großvater Otto und Onkel Ludwig in Venezuela angekommen – auf abenteuerlichen Umwegen, über Trinidad, wo sie sich plötzlich im Gefängnis wiederfanden, bis sie sich die Weiterfahrt bis zum Hafen von La Guaira in Venezuela erkauft hatten.
Sie fuhren mit dem erstaunlich großen Gepäck, das sie hatten mitnehmen dürfen, über Land, das hieß im Jahr 1939, auf zum Teil unbefestigten Straßen, an die tausend Kilometer nach Südwesten, nach Rubio, kurz vor der kolumbianischen Grenze, mitten in den Anden.
Sie erreichten die Hazienda La Granja, die in einem schönen grünen Tal oberhalb von Rubio lag. Es war die Kaffeeplantage, die ihnen in den Ausreiseverhandlungen mit Hermann Göring zugesprochen worden war. Der Großvater war gezwungen worden, die Hazienda einer Verwandten von Göring abzukaufen, zu einem weit überhöhten Preis. Nachdem die Plantage nunmehr das Einzige war, was die Familie noch besaß, blieb ihnen nichts anderes übrig, als sich dorthin auf den Weg zu machen, so beschwerlich es auch war.
Der Zufall wollte es, dass die Nachbarhazienda »La Palmita« im Besitz der alteingesessenen Familie Uzcátegui war. Don Daniel Uzcátegui hatte neun Kinder, und mein Vater verliebte sich in Mercedes, die zweitjüngste Tochter.
Mein Vater wollte sein Leben in Deutschland ein für alle Mal hinter sich lassen, er hatte ein neues Paradies gefunden, in einer Dorfgemeinschaft, die ihn herzlich aufnahm, eine wunderschöne junge Frau an seiner Seite, die ihn von Herzen liebte, eine Schwiegerfamilie und viele neue Cousins. Er und sein Bruder arbeiteten unermüdlich, und sie schufen aus einer verfallenen und vernachlässigten Kaffeeplantage in kürzester Zeit eine Muster-Hazienda.

Doch über allem lag die Schwermut der Vergangenheit, der man zwar entronnen war, aber der Verlust der Heimat, die Entwurzelung wog schwer. Die über alles geliebte Mutter meines Vaters, meine Großmutter Carlotta, starb recht bald – an gebrochenem Herzen, wie meine Mutter immer sagte. Die Großmutter hatte in Rubio eine Münchner Tradition der Familie fortgeführt: die nachmittägliche Teestunde. Meine Mutter erzählte, dass diese Stunden auf der Granja ein Muss für alle Familienmitglieder waren. Bis meine Großmutter im Jahr 1943 starb.

Der Großvater hielt es in Venezuela nicht lange aus, er wollte, sowie es ging, bereits im Sommer 1945 wieder zurück nach München. Er versuchte, meinen Vater zu überzeugen, mit ihm nach München zurückzukehren, um das Geschäft wiederaufzubauen.

Aber mein Vater wollte nicht zurück. Seine neue Heimat mit seiner venezolanischen Familie war hier in Rubio. Einmal hat er, im Jahr 1948, nach dem nicht enden wollenden Drängen meines Großvaters den Weg nach München gewagt. Aber es ging nicht, zu stark waren die seelischen Verwundungen. Er erlitt einen Zusammenbruch. Meine Mutter brachte ihn in ein Schweizer Sanatorium, bis er wieder reisefähig war und sie beide den Rückflug nach Caracas antreten konnten. Er sollte Deutschland nie mehr wiedersehen. Kurz bevor er ein zweites Mal versuchen sollte, mit seiner Frau und den drei kleinen Kindern nach München zu reisen, nahm er sich auf der Hazienda das Leben.

So kamen meine Schwestern und ich ohne meinen Vater nach Deutschland zurück.

Erst viele Jahre später, Ende der achtziger Jahre, erwarb ich das Haus in Rubio. Meine Mutter liebte dieses Haus, es wurde zu ihrem eigenen Zuhause. Es lag direkt gegenüber dem Haus

ihrer Familie, in dem zwei ihrer Schwestern lebten und in dem sie selbst im Jahr 1923 geboren worden war.
Viele Jahre verbrachten wir dort mit unseren Töchtern die Sommermonate. Mit der Zeit wurde ich mit Rubio und seinen Menschen wieder sehr vertraut. Und ich stellte fest, dass mir der Betrieb einer Kaffeeplantage große Freude bereitete. Ich fühlte mich mindestens so venezolanisch wie deutsch, ich fühlte mich, als sei ich in meine eigentliche Heimat zurückgekehrt.
Während meiner Aufenthalte in Rubio begann ich sehr bald mit dem Schreiben. Ich saß an meinem Schreibtisch und schrieb, nunmehr weniger häufig von den Gestellungsbefehlen meiner Mutter unterbrochen, weil ich tiefe Konzentration und blinde Arbeitswut mimte.
Die Geschichte, die ich schreiben wollte, sollte mit den Menschen und dem Land zu tun haben, das ich so liebte. Vieles von dem, was ich erlebt hatte und im Dorf täglich vor mir sah, wollte ich einfangen und die Menschen und ihre Eigenarten beschreiben, aber in Form einer erfundenen Geschichte. Vieles hatte ich erlebt und mit angesehen, und so ergab sich die Handlung fast wie von selbst, eine Handlung, die mitsamt den handelnden Personen durchaus so hätte geschehen können. Wenn ich sie nicht erfunden hätte …
Der Titel für mein Buch war schnell gefunden, denn nicht nur in meiner Erzählung, sondern in jeder Stadt des Landes, in jedem noch so kleinen Dorf spielt sich alles um oder in der Nähe des zentralen Platzes ab, der in Venezuela zu Ehren des *Libertador*, des Befreiers Südamerikas vom spanischen Joch benannt ist: *Plaza Bolívar*.
Als ich mich damals in den neunziger Jahren bei meinen jährlichen Besuchen in Rubio am Schreibtisch niederließ, am Ende des Korridors, der den Patio umrahmte, und versuchte, an mei-

ner Geschichte weiterzuschreiben, trotz der insistierenden Rufe meiner Mutter, war Chávez noch nicht Präsident. Es war die letzte Periode einer untergehenden Welt, das ahnte man schon, denn so konnte es ganz offensichtlich nicht weitergehen. Die Unzufriedenheit der Bevölkerung wuchs immer weiter an, die Korruption hatte das Land fest im Griff. Eine ernsthafte Bedrohung waren – vor allem durch die unmittelbare Nähe zur kolumbianischen Grenze – die Guerillas der FARC (*Fuerzas Armadas Revolucionarias de Colombia*) und die kolumbianischen Drogenkartelle, die den benachbarten venezolanischen Andenstaat Táchira nutzten, um vor den staatlichen Sicherheitskräften Kolumbiens Schutz zu suchen. Schon damals ließen sich die venezolanischen Sicherheitskräfte eher bestechen, als dass sie entschieden gegen die illegalen Grenzüberschreitungen vorgegangen wären. Aber trotz aller Mängel und Fehler und der Unentschlossenheit der politischen Kaste: Venezuela war damals immer noch eine Demokratie, auch wenn sie nicht mehr wirklich funktionierte. Chávez hatte das Land noch nicht übernommen und im Sinne seiner »Bolivarianischen Revolution« zu einem sozialistischen Staat geformt. Und Maduro, sein Nachfolger, hatte dem Land noch nicht den Rest gegeben.

Das Leben des Juan Vicente Morales hätte von vielen Menschen seiner Generation so oder ähnlich gelebt werden können, so wie auch viele der Charaktere, die in der Geschichte vorkommen, so oder so ähnlich gelebt haben und ich mich gut an sie erinnern kann. Ich selbst hätte ein ähnliches Leben dort in Rubio leben können, wenn mich nicht ein anderes Schicksal nach Deutschland gebracht hätte. Hätte mein Vater länger gelebt und wären wir nicht nach Deutschland gekommen, wäre ich wohl in Rubio aufgewachsen. Ich hätte sicher eines Tages auf unserer Kaffeeplantage gearbeitet, die Bernheimer'sche Hazienda La Granja wäre vielleicht dennoch verkauft worden, und ich hätte, wie es dann später wirklich geschah, die Nachbarhazienda La Palmita der Familie meiner Mutter, der Familie Uzcátegui, übernommen. Und ich hätte keine Ahnung davon gehabt, wie es sich in München und London als Kunsthändler lebt. Ich hätte als Rubiense und Kaffeeplantagenbesitzer vor Ort und nicht nur als gelegentlicher Besucher den Verfall eines ganzen Staates miterlebt. Ich hätte miterlebt, wie es möglich war, dass ein Land innerhalb von zwanzig Jahren so herabgewirtschaftet wurde, dass aus dem reichsten Land des Kontinents eines der Armenhäuser der Welt wurde. Ich hätte täglich lernen müssen, mit der Korruption und seinen Auswirkungen fertigzuwerden, und vielleicht wäre wirklich der Redakteur in San Cristóbal mein Freund geworden. Ich glaube allerdings nicht, dass ich jemals für das Amt des Präsidenten kandidiert hätte. Somit wäre mir wohl das Schicksal erspart geblieben, auf der Plaza Bolívar in Rubio erschossen zu werden … In die Lokalpolitik hätte ich mich vielleicht doch eingemischt. Aber ich hatte einen Cousin, der durchaus das Zeug zu einem großen Politiker gehabt hätte, der wurde tatsächlich erschossen, und man hat nie erfahren, von wem und warum.

In diesem Buch wurde aus »La Palmita«, der Hazienda meiner Familie, die Hazienda von Juan Vicente Morales, »La Cayena«. *La cayena* ist auf Spanisch die Bezeichnung für Hibiskus, eigentlich den roten Hibiskus, der Lieblingspflanze meiner Mutter, die in allen erdenklichen Farben und Formen den Patio des Hauses in Rubio schmückten.

Alle Krisen, die Don Juan auf seiner Hazienda erlebte, die Ölfunde, die Bankenkrise, die Korruption, den Wassermangel und alle anderen Sorgen, die ein Plantagenbesitzer durchlebt, habe ich am eigenen Leib und auf unserer Hazienda La Palmita erfahren. Da musste ich – leider – nicht sehr viel recherchieren. Als ich verstanden hatte, dass mein venezolanischer Traum ausgeträumt war und ich wohl nicht mehr die Chance haben würde, nach den Verwüstungen des Regimes von Chávez und Maduro mitzuhelfen, unser Land wiederaufzubauen, habe ich den treuesten unserer Mitarbeiter auf La Palmita, die zum Teil schon in der zweiten und dritten Generation bei uns gearbeitet haben, das Land und die Hazienda übertragen. Mein Traum war es gewesen, nach meiner aktiven Zeit als Kunsthändler jedes Jahr ein paar Monate auf der Hazienda zu leben. Das wird nicht mehr geschehen können. Manuel und Hector, die in der Geschichte Ramón und Roberto heißen, sind jetzt die Herren der Hazienda. Sie haben mir versprochen: Sollte ich doch eines Tages nach Rubio zurückkehren und sie besuchen können, würden sie mir die beste Tasse Kaffee einschenken, und sie würden immer ein Zimmer für mich bereithalten.

Conrado Rubio alias Konrad Bernheimer